# Un extraño en el espejo

Biblioteca Sidney Sheldon

**Biografía**

Sidney Sheldon es el maestro indiscutible de la literatura de entretenimiento. Todos sus libros han sido adaptados al cine o a la televisión y llevan vendidos más de cien millones de ejemplares en treinta países. Escribió, dirigió y produjo más de treinta películas, protagonizadas por estrellas como Cary Grant, Judy Garland, Fred Astaire y Bing Crosby. Creó también populares series televisivas. Más tarde se dedicó a escribir libros, con los que ha alcanzado un éxito notable, entre ellos *Más allá de la medianoche*, *Cuéntame tus sueños* y *Presentimientos*, publicados por el sello Emecé Editores. Ha ganado un Premio Oscar, un Tony y un Edgar Allan Poe. Actualmente vive con su mujer, Alexandra, entre Los Ángeles y Palm Springs.

Sitio web del autor: www.sidneysheldon.com

# Sidney Sheldon
## Un extraño en el espejo

Traducción de Elisa López de Bullrich
y Mª José Sobejano

Sheldon, Sidney
    Un extraño en el espejo.- 1ª ed. – Buenos Aires : Booket, 2006.
    336 p. ; 19x13 cm.

    Traducido por: Elisa López de Bullrich y María José Sobejano

    ISBN 987-580-085-6

    1. Narrativa Estadounidense-Novela I. López de Bullrich, Elisa, trad.
II. Sobejano, María José, trad. III. Título
    CDD 813

Diseño de cubierta: Peter Tjebbes

Título original: *A Stranger in the Mirror*
© 1976, Sidney Sheldon
© 1995, Emecé Editores, S. A.

Derechos exclusivos de edición en castellano
reservados para todo el mundo
© 2006, Grupo Editorial Planeta S.A.I.C. / Booket
Independencia 1668, C 1100 ABQ, Buenos Aires
www.editorialplaneta.com.ar

38ª edición: 6.500 ejemplares
(1ª edición del sello Booket)

ISBN-13 978-987-580-085-4
ISBN-10 987-580-085-6

Impreso en Gráfica MPS SRL,
Santiago del Estero 338, Gerli,
en el mes de marzo de 2006.

Hecho el depósito que prevé la ley 11.723
Impreso en la Argentina

Ninguna parte de esta publicación, incluido el diseño de cubierta,
puede ser reproducida, almacenada o transmitida en manera alguna
ni por ningún medio, ya sea eléctrico, químico, mecánico, óptico,
de grabación o de fotocopia, sin el previo permiso escrito del editor.

# Nota para el lector

El arte de hacer reír a otros es indiscutiblemente un maravilloso don de los dioses. Dedico afectuosamente este libro a los cómicos, a los hombres y mujeres que poseen ese don y lo comparten con nosotros. Y a uno de ellos en especial: a Groucho, padrino de mi hija.

Ésta es una obra de ficción. Todos los personajes son imaginarios, a excepción de las personalidades teatrales.

> Si aspiras a encontrarte a ti mismo,
> No te mires al espejo
> Porque allí encontrarás solamente una sombra,
> Un extraño…
>
> SILENIUS, *Odas a la verdad*

# Prólogo

Una serie de extraños e inexplicables acontecimientos tuvieron lugar un sábado por la mañana a principios del mes de agosto de 1969, a bordo del lujoso transatlántico de cincuenta y cinco mil toneladas, *S. S. Bretagne,* mientras se disponía a zarpar del puerto de Nueva York con destino a El Havre.

Claude Dessard, primer comisario del *Bretagne,* un hombre capaz y meticuloso, administraba lo que se complacía en llamar «un barco organizado». Durante los quince años que Dessard había servido en el *Bretagne,* no había tropezado jamás con un problema que no hubiera podido solucionar eficiente y discretamente. Teniendo en cuenta que el *S. S. Bretagne* era un barco francés, ello resultaba en realidad doblemente laudable. No obstante, en ese especial día de verano, todos los demonios parecían haberse confabulado contra él.

Que las minuciosas investigaciones llevadas a cabo luego por las filiales norteamericanas y francesas de la Interpol y los propios organismos de seguridad de la línea naviera no consiguieran descubrir ni la más mínima explicación lógica para los extraordinarios sucesos que ocurrieron ese día, no fue un gran consuelo para su sensible orgullo galo.

Debido a la popularidad de las personas involucradas, la historia figuró en las primeras páginas de todos los diarios del mundo, pero el misterio siguió sin resolverse.

En cuanto a Claude Dessard, se retiró de la Compagnie Transatlantique, abrió un pequeño restaurante en Niza, y no se cansaba de revivir con su clientela ese extraño e inolvidable día de agosto.

Dessard recordaba que todo había empezado con las flores enviadas por el presidente de los Estados Unidos de Norteamérica.

Una limusina negra con matrícula gubernamental llegó al muelle noventa y dos, situado sobre el curso inferior del río Hudson, una hora antes de la fijada para la partida del barco. Un hombre vestido con un traje gris oscuro bajó del coche llevando un ramo de treinta y seis rosas Sterling Silver. Se aproximó a la pasarela y cambió unas palabras con Alain Safford, oficial de guardia del *Bretagne*. Las flores fueron ceremoniosamente transferidas entonces a Janin, un joven oficial de cubierta que después de entregarlas a su destinatario partió en busca de Claude Dessard.

—Pensé que le interesaría saber que el presidente le ha enviado un ramo de rosas a madame Temple —le informó Janin.

*Jill Temple*. Su fotografía había aparecido durante el último año en la primera página de todos los diarios y revistas, ya fuera en Nueva York, Bangkok, París o Leningrado. Claude Dessard recordaba haber leído que había ocupado el primer puesto en una reciente encuesta sobre las mujeres más admiradas en todo el mundo y que muchísimas niñas recién nacidas habían sido bautizadas con el nombre "Jill". Los Estados Unidos habían tenido siempre sus heroínas. Jill Temple se había convertido ahora en una de ellas. Su valor y la increíble batalla que había ganado, y luego perdido, tan irónicamente, le habían granjeado la simpatía del mundo entero. Era una gran historia de amor, pero también algo más: poseía todos los ingredientes de los clásicos dramas y de las tragedias griegas.

Claude Dessard no sentía mucha simpatía por los norteamericanos, pero en este caso hacía gustoso una excepción. Admiraba inmensamente a Mme. Toby Temple. La encontraba —y ése era el galardón máximo que Dessard podía otorgar— galante. Decidió por tanto encargarse de que su travesía en ese barco fuera memorable.

El primer comisario desvió sus pensamientos de Jill Temple y se concentró en una última revisión de la lista de pasajeros. Figuraba el habitual conjunto de lo que los norteamericanos designan como VIP, siglas que Dessard detestaba, sobre todo teniendo en cuenta las desatinadas teorías que tenían respecto de lo que convertía a una persona en importante. Advirtió que la esposa de un rico industrial viajaba sola. Dessard sonrió ampliamente y revisó la lista en busca de Matt Ellis, estrella futbolística de color. Cuando lo encontró, sonrió satisfecho para sus adentros. Dessard comprobó a su vez que ocupaban camarotes contiguos un importante senador y Carlina Rocca, prostituta sudamericana, cuyos nombres habían aparecido íntimamente relacionados en las últimas crónicas periodísticas. Sus ojos siguieron recorriendo la lista.

David Kenyon. Dinero. En grandes cantidades. Había viajado anteriormente en el *Bretagne*. Dessard recordaba que era apuesto, bien bronceado, con un cuerpo delgado y musculoso. Un hombre tranquilo, pero que no pasaba desapercibido. Dessard escribió M. C. junto al nombre de David Kenyon, lo que equivalía a sentarlo a la mesa del capitán.

Clifton Lawrence. Había decidido embarcarse en el último momento. Una pequeña arruga apareció en la frente del primer comisario. Ah, ése era en realidad un problema delicado. ¿Qué debía hacerse con el señor Lawrence? En otra oportunidad a nadie se le hubiera ocurrido perder un segundo en pensarlo porque habría sido colocado automáticamente en la mesa del capitán, donde habría deleitado a todos los comensales con sus divertidas anécdotas. Clifton Lawrence era un agente teatral que en su época había representado a buena parte de los principales artistas del mundo del espectáculo. Pero desgraciadamente la buena estrella del señor Lawrence parecía haberse eclipsado. A pesar de que en oportunidades anteriores el agente había insistido siempre en reservar la lujosa Princess Suite, en este viaje había tomado un camarote simple situado sobre una de las cubiertas bajas. En primera clase, por supuesto, pero no obstante... Claude Dessard resolvió postergar la decisión hasta después de haber revisado los otros nombres.

Entre ellos figuraban un famoso cantante de ópera, un novelista ruso que rechazó el premio Nobel y algunos miembros de la nobleza.

Un golpe en la puerta interrumpió la concentración de Dessard y acto seguido entró Antoine, uno de los camareros.

—¿Qué sucede? —inquirió Dessard.

—¿Dio órdenes usted de que se cerrara con llave el teatro? —preguntó Antoine mirándolo con sus ojos congestionados.

—¿Qué está diciendo…? —respondió Dessard, frunciendo el ceño.

—Supuse que sería usted. ¿Quién iba a hacerlo si no? Hace unos minutos decidí verificar si todo estaba en orden. Pero las puertas estaban cerradas con llave. Me dio la impresión de que dentro del teatro alguien estaba pasando una película.

—Jamás se pasan películas mientras estamos en un puerto —afirmó Dessard con firmeza—. Y jamás se cierran con llave esas puertas. Iré a ver qué sucede.

Por lo general, Claude Dessard habría investigado inmediatamente la veracidad de la denuncia, pero en ese instante debía ocuparse de numerosos detalles de último momento que exigían ser solucionados antes de que zarpara el barco a mediodía. Había una diferencia en la reserva de dólares norteamericanos, una de las mejores suites había sido adjudicada por error a dos personas diferentes y el regalo de boda que había encargado especialmente el capitán Montaigne había sido entregado por equivocación en otro barco. El capitán se iba a poner furioso. Dessard se interrumpió para escuchar el familiar ronroneo de las cuatro poderosas turbinas del buque al ponerse en marcha y sintió el movimiento del *S. S. Bretagne* al separarse del muelle y dirigirse por el canal. En seguida se concentró nuevamente en sus problemas.

Media hora más tarde apareció Léon, el jefe de los camareros de la cubierta principal.

—¿Sí, Léon? —preguntó Dessard levantando la vista impacientemente.

—Siento mucho molestarlo, pero creo que debería saber…

—¿Hum? —Dessard casi no le prestaba oídos, pues su mente estaba concentrada en la delicada tarea de terminar de colocar los comensales en la mesa del capitán durante todas las noches de la travesía. El capitán no era un hombre dotado para el trato social, y tener que compartir todas las noches su mesa con los pasajeros era para él una penosa tarea. Dessard era quien debía ocuparse de que el grupo le resultara *agréable*.

—Es respecto a madame Temple… —comenzó a decir Léon.

Dessard dejó inmediatamente el lápiz y fijó en el camarero sus pequeños y vivaces ojos negros.

—¿Sí?

—He pasado hace un momento frente a su cabina y he oído una acalorada discusión seguida por un grito. Era difícil percibir claramente lo que decían del otro lado de la puerta, pero me pareció oírle decir: «Me has matado, me has matado». He creído más prudente no intervenir y por eso he venido a contarle lo ocurrido.

Dessard asintió.

—Ha hecho bien. Iré a echar un vistazo para comprobar que no le haya ocurrido nada.

El primer comisario miró alejarse al jefe de camareros de cubierta. Era inconcebible pensar que alguien pudiera hacer daño a una mujer como madame Temple. Era un ultraje a la caballerosidad gálica de Dessard. Se puso la gorra, se miró rápidamente en el espejo que colgaba de la pared y se dirigió a la puerta. Pero en ese preciso momento comenzó a sonar el teléfono. El comisario titubeó un instante, pero en seguida tomó el aparato.

—Dessard.

—Claude… —Era la voz del tercer piloto—. Por el amor de Dios, envía a alguien con una bayeta al teatro. Está todo lleno de sangre.

Dessard sintió una desagradable sensación en la boca del estómago.

—Inmediatamente —prometió. Colgó, llamó a un camarero y luego marcó el número del médico de a bordo.

—¿André? Habla Claude. —Trató de que su voz pareciera normal—. Quería saber si habías tenido que prestar auxilio médico a alguien... No, no... no me refería a pastillas para el mareo. La persona a la que me refiero debía de estar herida y con una seria hemorragia... Comprendo. Gracias. —Dessard colgó y sintió que aumentaba su intranquilidad. Salió de su oficina y se dirigió a la suite ocupada por Jill Temple. Estaba a medio camino cuando ocurrió otro curioso hecho. Al llegar a la cubierta de los botes salvavidas sintió que cambiaba el ritmo de la marcha del barco. Miró hacia el mar y vio que habían llegado a la boya Ambrose, donde los abandonaría la lancha del práctico del puerto y la nave enfilaría sola hacia el mar abierto. Pero inesperadamente el *Bretagne* parecía haberse detenido. Estaba ocurriendo algo fuera de lo normal.

Dessard corrió hacia la borda y miró hacia abajo. La lancha del práctico se había aproximado a la escotilla de carga del *Bretagne* y dos marineros sacaban unas maletas del transatlántico y las depositaban en el remolcador. Mientras el comisario verificaba esa maniobra, un pasajero salió de la escotilla y subió a la pequeña embarcación. Dessard pudo ver fugazmente la espalda de esa persona, pero tuvo la seguridad de haberse equivocado en su identificación. Sencillamente no era posible. En realidad, el hecho de que un pasajero abandonara el barco de esa manera era algo tan extraordinario que el primer comisario sintió un estremecimiento de alarma. Dio media vuelta y se dirigió rápidamente hacia la suite de Jill Temple. Llamó a la puerta, pero no obtuvo respuesta. Llamó una segunda vez un poco más fuerte.

—Madame Temple... Soy Claude Dessard, el primer comisario. Quería saber si podía ayudarla en algo.

No recibió contestación alguna. A esa altura de los acontecimientos todo el sistema de alarma interior de Dessard había entrado en funcionamiento. Su instinto le indicaba que estaba relacionado de alguna forma con esa mujer. Una serie de pensamientos insensatos y espantosos pasaron por su mente. Habría sido asesinada o secuestrada o… Tomó el pomo de la puerta y lo hizo girar. No tenía echada la llave. Dessard la abrió lentamente. Jill Temple estaba de pie en el extremo más alejado de la cabina mirando por el ojo de buey, de espaldas a él. Dessard abrió la boca para hablar, pero algo en la frialdad de su figura lo detuvo. Se quedó parado allí durante un instante sin saber qué hacer, dudando entre retirarse silenciosamente, cuando de repente el camarote se llenó con un sonido agudo inhumano, similar al aullido de un animal herido. Impotente ante esa demostración de tan profundo e íntimo dolor, Dessard optó por retirarse cerrando cuidadosamente la puerta a su paso.

Se detuvo frente a la cabina durante un instante escuchando esos alaridos infrahumanos y luego, profundamente conmovido, dio media vuelta y se dirigió al teatro del barco situado en la cubierta principal.

Un camarero secaba con una bayeta un reguero de sangre que salía del recinto.

*Mon Dieu,* pensó Dessard. *¿Y ahora qué?* Trató de abrir la puerta y advirtió que no estaba cerrada con llave. Entró al moderno auditorio con capacidad para seiscientas personas. Estaba vacío. Siguiendo un impulso se dirigió a la cabina de proyección. La puerta estaba cerrada con llave. Solamente dos personas tenían la llave, él y el operador. Dessard la abrió con su llave y entró. Todo parecía en orden. Se acercó a los dos proyectores Century de 35 milímetros y apoyó las manos sobre ellos.

Uno estaba caliente.

Dessard encontró al operador en la cubierta D, destinada a la tripulación. Éste le aseguró que no tenía la menor idea de que hubiera sido utilizado el teatro.

Al regresar a su oficina, Dessard decidió cortar camino pasando por la cocina. El *chef* lo detuvo presa de gran furia.

—¡Mire esto! —le ordenó a Dessard—. ¡Mire lo que hizo un idiota!

Sobre el mármol de una mesa de repostería había una magnífica torta de bodas de seis pisos, con las figuras del novio y la novia hechos en azúcar adornando el último piso.

Alguien había roto la cabeza de la novia.

—Fue en ese momento —les decía Dessard a los absortos clientes de su restaurante— cuando comprendí que iba a pasar algo terrible.

# Primera parte

# 1

En el año 1919 la ciudad de Detroit, situada en el estado de Michigan, era la urbe industrial más próspera del mundo entero. Acababa de terminar la Primera Guerra Mundial y Detroit había tenido un papel importante en la victoria de los aliados al abastecerlos de tanques, camiones y aviones. Desaparecida entonces la amenaza de los bárbaros, las fábricas se dedicaron nuevamente con todo su poderío a la producción de coches. Al poco tiempo, se manufacturaban, armaban y despachaban cuatro mil vehículos por día. Operarios especializados y otros no especializados llegaban de todos los confines de la tierra en busca de trabajo en la industria automotriz. Italianos, irlandeses, alemanes…

Entre ellos estaban Paul Templarhaus y su esposa Frieda. Paul había trabajado como aprendiz de carnicero en Múnich. Con la dote que recibió al casarse con Frieda decidió emigrar a Nueva York y abrir allí una carnicería que al poco tiempo resultó un fracaso. Se mudó entonces a St. Louis, a Boston y finalmente a Detroit, luego de sucesivos fiascos en cada ciudad. En una época en que los negocios prosperaban y el aumento de la población llevaba consigo una creciente demanda de carne, Paul Templarhaus se las arregló para perder dinero dondequiera que instalaba su carnicería. Era un buen carnicero pero un pésimo comerciante. En realidad, le interesaba mucho más escribir versos que ganar dinero. Era capaz de pasarse horas enteras soñando con rimas y figuras poéticas que luego escribía y enviaba a los diarios y revistas, pero éstos nunca compraron sus obras maestras. El dinero no tenía importancia para Paul. Fiaba a todos y la voz corrió rápidamente: si uno quería comprar carne de primera y no tenía con qué pagarla, había que ir a la carnicería de Paul Templarhaus.

Frieda, su esposa, era una muchacha desabrida que no había tenido experiencia alguna con los hombres hasta que se presentó Paul y le propuso matrimonio —aunque en realidad y de acuerdo a las normas, habló primero con su padre—. Frieda le suplicó a su padre que aceptara la proposición de Paul, pero el viejo no necesitaba que nadie lo convenciera, ya que había tenido mucho miedo de quedarse con Frieda durante el resto de sus días. Había aumentado inclusive la dote para que Frieda y su marido pudieran irse de Alemania e instalarse en el Nuevo Mundo.

Frieda se enamoró tímidamente de su marido en cuanto lo conoció. Jamás había visto antes a un poeta. Paul era delgado, tenía cierto aire intelectual, unos pálidos ojos miopes y pronunciadas entradas en el pelo. Transcurrieron varios meses hasta que consiguió convencerse de que ese apuesto joven le pertenecía realmente. No se hacía ilusión alguna respecto de su propio físico. Era gordita, con cierto parecido a una croqueta de patatas. Su mayor atractivo residía en sus vivos ojos color azul violáceo, pero el resto de su cara tenía rasgos de otras personas. Su nariz era como la de su abuelo, grande y gruesa, la frente era la de su tío, alta e inclinada, y el mentón, idéntico al de su padre, cuadrado y enérgico. No obstante, en su interior, Frieda era una bonita muchacha, limitada por una cara y un cuerpo que Dios le había dado como si se tratara de una broma cósmica. Lástima que la gente solamente podía ver ese imponente exterior. Excepto Paul. Su Paul. Fue una suerte con todo que Frieda nunca se diera cuenta de que el atractivo era su dote, que para Paul representaba una vía de escape de los sanguinolentos bistecs de ternera y sesos de cerdo. Los sueños de Paul consistían en abrir su propio negocio y, una vez que hubiera ganado suficiente dinero, dedicarse a su idolatrada poesía.

Frieda y Paul pasaron la luna de miel en una hostería de las afueras de Salzburgo, un precioso castillo antiguo situado sobre un lago encantador y rodeado de prados y bosques. Frieda había repasado mentalmente un centenar de veces su primera noche de bodas. Paul cerraría la puerta con llave, la tomaría entre sus brazos murmurando dulces palabras y procedería a desvestirla. Sus labios buscarían los de ella y luego descenderían paulatinamente sobre su cuerpo desnudo, tal como lo hacían en todos esos pequeños libros verdes que había leído a escondidas. Su miembro estaría turgente, erguido y orgulloso como un estandarte alemán y Paul la llevaría a cuestas hasta la cama (aunque quizá sería más prudente que la tomara solamente del brazo) y la acostaría tiernamente. *Mein Gott, Frieda*, le diría. *Amo tu cuerpo. No eres como esas muchachas raquíticas. Tienes las formas de una mujer.*

La realidad fue un duro golpe. Es cierto que Paul cerró la puerta con llave cuando entraron al cuarto. Pero lo que ocurrió después resultó totalmente diferente a sus sueños. Frieda se quedó mirando a Paul mientras se desabrochaba la camisa, dejando al descubierto un pecho prominente, delgado y sin un pelo. Se quitó entonces los pantalones. Entre sus piernas advirtió un pequeño y fláccido pene, oculto por el prepucio. No se parecía en absoluto a los provocadores cuadros que había visto Frieda. Paul se acostó sobre la cama en actitud de espera y Frieda comprendió que daba por sentado que se desvestiría por su cuenta. Comenzó a quitarse lentamente la ropa. *Bueno, el tamaño no es todo*, pensó Frieda. *Paul va a ser un amante sensacional.* Instantes después, la temblorosa novia se unía al novio en el lecho conyugal. Y mientras esperaba ansiosa escuchar de sus labios alguna frase romántica, Paul se arrojó sobre ella, introdujo su miembro rápidamente unas cuantas veces y luego se apartó bruscamente hacia un lado de la cama. Para la absorta novia todo había terminado antes de haber empezado. En cuanto a Paul, dado que sus experiencias sexuales previas habían sido con las prostitutas de Múnich, iba a buscar su billetera cuando recordó que ya no debía pagar más por lo que había realizado. De ahora en adelante sería siempre gratis. Un buen rato después que

Paul se hubo dormido, Frieda seguía acostada tratando de no pensar en su desilusionante experiencia. *El sexo no lo es todo,* dijo para sus adentros. *Mi Paul va a ser un marido maravilloso.*

Pero resultó que se había equivocado una vez más.

Poco después de terminada la luna de miel, Frieda comenzó a ver a Paul bajo un ángulo más realista. Había sido educada como una *Hausfrau* siguiendo las tradiciones germánicas, de modo que obedecía a su esposo sin chistar, pero no era nada estúpida. Lo único que le interesaba a Paul eran sus poemas y Frieda empezó a darse cuenta de que eran muy malos. No pudo evitar reconocer que dejaba mucho que desear prácticamente en todos los aspectos. A la indecisión de Paul se oponía la firmeza de Frieda y a su incapacidad como negociante la astucia de su mujer. Al principio se había limitado a quedarse sentada sufriendo en silencio mientras el jefe de la familia tiraba por la ventana su suculenta dote por culpa de las idioteces que cometía por su buen corazón. Pero a Frieda se le acabó la paciencia cuando se trasladaron a Detroit. Un buen día se presentó en la carnicería de su marido y se hizo cargo de la caja. La primera medida que tomó fue colocar un cartel que decía: NO SE FÍA. Su esposo se quedó absorto, pero eso fue sólo el principio. Frieda subió los precios de la carne y comenzó a hacer propaganda, inundando el vecindario con folletos, de resultas de lo cual el negocio prosperó de la noche a la mañana. De ahí en adelante, Frieda se encargó de tomar todas las decisiones importantes y Paul se limitó a obedecerla. La desilusión experimentada la había transformado en una tirana. Descubrió que tenía talento para dirigir los negocios y a las personas y se volvió inflexible. Era ella la que resolvía ahora cómo debían invertir el dinero, dónde vivirían, dónde pasarían las vacaciones y cuándo sería tiempo de tener un niño.

Le anunció una noche a Paul su decisión y lo puso a trabajar en el proyecto hasta que el pobre hombre por poco sufrió una crisis nerviosa. Tenía miedo de que un abuso del sexo le arruinara la salud, pero Frieda era una mujer muy decidida.

—Mételo dentro de mí —le ordenaba.

—¿Cómo he de hacerlo? —protestaba Paul—. No está interesado.

Frieda agarraba entonces su arrugado y pequeño pene, empujaba el prepucio y si nada pasaba se lo metía en la boca.... «¡*Mein Gott*, Frieda! ¿Qué estás haciendo?», hasta que se endurecía a pesar de él y entonces lo introducía entre sus piernas hasta que el semen de Paul inundaba su interior.

Tres meses después de haber empezado, Frieda le dijo a su marido que podía tomarse un descanso. Estaba embarazada. Paul quería una niña y Frieda un varón, de modo que ninguno de sus amigos se sorprendió cuando el bebé resultó ser de sexo masculino.

Frieda insistió en dar a luz en su casa ayudada por una partera. Todo anduvo perfectamente bien en el preciso instante del parto. Pero en ese momento los que estaban junto a la cama se quedaron boquiabiertos. El recién nacido era perfectamente normal, a excepción de su pene. El miembro del niño era enorme y colgaba entre sus muslos inocentes como un hinchado y gigantesco apéndice.

*Su padre no es así,* pensó Frieda con impetuoso orgullo.

\* \* \*

Decidió llamarlo Tobías, como un concejal de su distrito. Paul le dijo a Frieda que él se encargaría de educar al niño. Al fin y al cabo, al padre le correspondía hacerse cargo de la educación de su hijo.

Frieda lo escuchó y sonrió, pero rara vez permitió a Paul acercársele. Ella se encargó de criarlo. Lo dirigió con una fuerte mano teutónica y sin contemplaciones. A los cinco años, Toby era un niño delgado, de piernas largas, con una cara simpática y los ojos azules violáceos de su madre. Toby la adoraba y anhelaba su cariño. Quería que lo agarrara y lo sentara sobre su amplia y mullida falda para poder apoyar la cabeza contra su pecho. Pero Frieda no tenía tiempo para esas cosas. Estaba muy ocupada ganando el sustento de su familia. Quería mucho al pequeño Toby y estaba decidida a no permitir que se convirtiera en un ser débil como su padre. Frieda exigía que todo lo que Toby hacía fuera perfecto. Cuando empezó a ir al colegio, revisaba todos sus deberes y si tenía alguna dificultad con una materia su madre le decía: «Vamos, muchacho… ¡arremángate!", y se quedaba de pie junto a él hasta que resolvía el problema. Cuanto más severa era Frieda, más la quería Toby. Temblaba ante la idea de disgustarla. Era rápida para castigarlo y lenta para alabarlo, pero lo hacía con el convencimiento de que todo era para su bien. Frieda supo desde el primer instante en que depositaron al niño en sus brazos, que un día se convertiría en un hombre famoso e importante. No sabía cómo ni cuándo, pero sabía que ello ocurriría. Era como si Dios se lo hubiera comunicado en secreto. Antes que su hijo tuviera edad suficiente como para comprender lo que decía, Frieda le hablaba incesantemente de la fama que alcanzaría en el futuro. Y fue así como el pequeño Toby creció con el convencimiento de que un día se convertiría en una celebridad aunque no sabía cómo. Lo único que sabía era que su madre nunca se equivocaba.

* * *

Algunos de los momentos más felices de la vida de Toby fueron cuando se instalaba en la enorme cocina a hacer los deberes mientras su madre estaba atareada cocinando. Solía preparar unas sabrosas y espesas alubias en las que flotaban salchichas enteras y también otros suculentos platos con embutidos y trozos de patatas con azúcar quemado. Y otras veces pasaba largo rato amasando con sus manos grandes y fuertes, y salpicando luego la masa con una fina lluvia de harina con la que se transformaba mágicamente en unas deliciosas *Pflaumenkuchen* o *Apfelkuchen*. Toby se le acercaba entonces y rodeaba con sus brazos el voluminoso cuerpo y apoyaba la cabeza contra la cintura de su madre. El excitante aroma a almizcle que emanaba de ella se unía a los otros deliciosos olores de la cocina y una espontánea sexualidad se agitaba en su interior. En esos momentos Toby habría dado gozoso su vida por ella. Durante el resto de sus días el olor a manzanas frescas cocinándose en manteca resucitaba momentáneamente una vívida imagen de su madre.

Una tarde, cuando Toby tenía doce años, se presentó de visita la señora Durkin, la chismosa del barrio. Era una mujer de cara huesuda, con ojos negros y vivaces y una lengua mordaz. Cuando se fue, Toby realizó una imitación de ella que hizo estallar en carcajadas a su madre. Toby tuvo la impresión de que era la primera vez que la oía reírse. A partir de ese momento no perdió oportunidad de hacerla reír. Sus ocasionales imitaciones de los clientes de la carnicería, de sus maestros y compañeros de escuela, provocaban la hilaridad de su madre.

Toby había descubierto por fin una forma de obtener su beneplácito.

Se inscribió en una obra teatral que representarían en el colegio y consiguió el papel principal. La noche del estreno su madre se sentó en una butaca de la primera fila y aplaudió el éxito obtenido por su hijo. En ese momento, Frieda comprendió en qué forma se cumpliría la promesa que le había hecho Dios.

Era a principios de 1930, en el comienzo de la depresión, y las salas de espectáculos de todo el país estaban ensayando toda clase de triquiñuelas para llenar los asientos vacíos. Rifaban bandejas y radios, organizaban noches en las que se jugaba a la lotería y al bingo y contrataban organistas para acompañar los entrenamientos mientras el público tomaba parte en las canciones.

Realizaban también concursos de aficionados. Frieda revisaba cuidadosamente la sección teatral del diario para averiguar dónde se realizaban los concursos. Llevaba entonces allí a Toby y se sentaba en la platea mientras su hijo imitaba a Al Jolson, James Cagney, Eddie Cantor y exclamaba: «¡*Mein Himmel!* ¡Qué muchacho más inteligente!». Toby ganaba casi siempre el primer premio.

Había crecido bastante, pero seguía siendo un muchacho flaco con unos inocentes ojos azules en una cara de querubín. La primera palabra que le venía a uno a la mente al mirarlo era «inocencia». Al verle daban ganas de rodearlo con los brazos y protegerlo de las acechanzas de la vida. La gente lo quería y lo aplaudía. Toby comprendió por primera vez cuál iba a ser su destino: iba a convertirse en una estrella, para su madre en primer lugar y para Dios en el segundo.

Los instintos sexuales de Toby comenzaron a manifestarse a los quince años. Se masturbaba en el baño, único lugar donde tenía la seguridad de no ser molestado, pero eso no le resultaba suficiente. Decidió que le hacía falta una chica.

Una tarde, Clara Connors, hermana casada de una compañera de colegio, lo condujo de regreso a casa después de haber realizado una diligencia que le había encargado su madre. Clara era una rubia bonita con grandes pechos, y Toby comenzó a tener una erección mientras estaba sentado junto a ella. Acercó nerviosamente su mano hacia las piernas de la muchacha y comenzó a meterla bajo la falda dispuesto a retirarla inmediatamente si gritaba. Clara estaba más divertida que molesta, pero cuando Toby exhibió su miembro y vio las dimensiones que tenía, lo invitó a su casa la tarde siguiente e inició a Toby en las delicias de las relaciones sexuales. Fue una maravillosa experiencia. En lugar de una mano jabonosa, Toby encontró un suave y tibio receptáculo que palpitaba y estrujaba su pene.

Los gemidos y gritos de Clara le provocaron sucesivas erecciones, de modo que tuvo un orgasmo tras otro sin necesidad de abandonar ese cálido y húmedo refugio. El tamaño de su miembro había sido siempre motivo de vergüenza para Toby. Pero ahora se había convertido súbitamente en su crédito.

Clara no pudo guardar el secreto de ese fenómeno y al poco tiempo Toby se encontró atendiendo las necesidades sexuales de media docena de mujeres casadas de su barrio.

Durante los dos años siguientes se las arregló para hacerles perder la virginidad a la mitad de sus compañeras de clase. Algunos de sus compañeros eran primeras figuras futbolísticas, o más apuestos o ricos que él, pero Toby triunfaba donde ellos fracasaban. Era el muchacho más gracioso y adorable que jamás habían conocido las chicas y era imposible decir que no a ese rostro inocente y a esos pensativos ojos azules.

Durante su último año de colegio, cuando tenía dieciocho años, fue convocado un día al despacho del director. En el cuarto estaban presentes su madre, con una cara larga, una lacrimosa jovencita de dieciséis años llamada Eileen Henegan perteneciente a la religión católica y su padre, un sargento de policía uniformado.

Toby comprendió que estaba metido en un serio problema en cuanto puso un pie en el cuarto.

—Iré directamente al grano, Toby —dijo el director—. Eileen está embarazada. Dice que tú eres el padre de la criatura. ¿Has tenido relaciones con ella?

Toby sintió de repente que tenía la boca seca. Lo único en que podía pensar era en lo mucho que había disfrutado Eileen y cómo había gemido suplicando y pidiendo más. Y ahora esto.

—¡Contesta, pequeño degenerado! —exclamó el padre de Eileen—. ¿Tocaste realmente a mi hija?

Toby miró de soslayo a su madre. Lo que más le molestaba era que estuviera presente presenciando su vergüenza. La había defraudado, decepcionado. Se sentiría asqueada por su conducta. Toby resolvió que si lograba salir de ese trance, si Dios le ayudaba en esa única oportunidad realizando una especie de milagro, no tocaría jamás a una muchacha mientras viviera.

Iría directamente a ver un médico y le pediría que lo castrara, así no volvería a pensar nunca más en el sexo y...

—Toby... —Su madre hablaba con voz firme y tono frío—. ¿Te acostaste con esta chica?

Toby tragó, respiró hondo y musitó:

—Sí, mamá.

—Pues entonces te casarás con ella. —Había una nota de firme determinación en su voz. Miró a la atribulada joven y le preguntó—: Eso es lo que quieres, ¿verdad?

—S-sí —respondió Eileen entre sollozos—. Quiero a Toby. —Y dándose la vuelta hacia él agregó—: Me obligaron a decirlo. Yo no quería contarles quién había sido.

Su padre, el sargento de policía, anunció estentóreamente a los presentes:

—Mi hija tiene sólo dieciséis años. Es violación penada por la ley. Podría ser enviado a la cárcel el resto de su miserable vida. Pero si está dispuesto a casarse con ella...

Todos se dieron la vuelta hacia Toby, que tragó dificultosamente y dijo:

—Sí, señor. Siento mucho lo ocurrido.

Toby permaneció sentado en silencio junto a su madre mientras volvían a su casa, sintiéndose muy apenado por haberla herido de esa forma. Ahora tendría que buscar un trabajo para mantener a Eileen y al niño. Posiblemente terminaría en la carnicería y eso sería el fin de sus sueños y planes para el futuro. Cuando llegaron a casa, su madre le dijo:

—Ven arriba conmigo.

Toby la siguió a su dormitorio, juntando fuerzas para afrontar la inevitable reprimenda. Pero se quedó absorto al verla sacar una maleta y comenzar a guardar en ella su ropa.

—¿Qué estás haciendo, mamá?

—¿Yo? Yo no estoy haciendo nada. Tú lo harás. Te irás lejos de aquí.

Se detuvo y lo miró.

—¿Has pensado que voy a permitir que desperdicies de ese modo tu vida con esa chica que no vale nada? Te acostaste con ella y está embarazada. Bien. Eso demuestra dos cosas: Que eres humano y ella una estúpida. Oh, no..., nadie engancha de ese modo a mi hijo. Dios quiere que seas un hombre importante, Toby. Irás ahora a Nueva York y me mandarás a buscar cuando te conviertas en una gran estrella.

Toby luchó para reprimir las lágrimas y se arrojó en brazos de su madre, que lo estrechó contra su generoso pecho. Se sintió súbitamente perdido y asustado ante la idea de abandonarla. Pero al mismo tiempo experimentó cierta excitación, cierto regocijo al lanzarse a una nueva vida. Iba a formar parte del mundo del espectáculo. Iba a convertirse en una estrella, iba a ser famoso.

Así lo había dicho su madre.

## 2

La ciudad de Nueva York era en el año 1939 la meca del teatro. Los tiempos de la depresión habían pasado. El presidente Roosevelt había asegurado que a partir de entonces lo único que debíamos temer era tener miedo. Afirmó que los Estados Unidos de Norteamérica era la nación más próspera de todo el mundo. Y no se equivocaba. Toda la gente tenía dinero para gastar. En Broadway se estaban representando treinta espectáculos diferentes y todos parecían ser grandes éxitos.

Toby llegó a Nueva York con cien dólares que le había dado su madre. Sabía que iba a ser rico y famoso. La mandaría a buscar entonces, vivirían en un precioso departamento y ella asistiría todas las noches al teatro para ver cómo le aplaudían. Pero, mientras tanto, tenía que encontrar un trabajo. Llamó a las puertas de cuanto teatro había en Broadway y les explicó lo inteligente que era. Lo echaron de todas partes. Durante las semanas que pasó buscando un empleo, consiguió colarse en diferentes salas de espectáculos y cabarets y observó las actuaciones de las primeras figuras, especialmente de los cómicos. Vio a Ben Blue, Joe E. Lewis y Frank Fay. Sabía que un día sería mejor que todos ellos.

Como se le estaba acabando el dinero, aceptó un trabajo de lavaplatos. Todos los domingos por la mañana llamaba por teléfono a su madre, porque las tarifas eran más baratas, y ella le contó la indignación que había suscitado su huida.

—Si lo hubieras visto —le dijo—. Venía todas las noches a preguntar. Por la forma en que actúa parecería que somos una banda de asaltantes. No deja de preguntar dónde estás.

—¿Y qué le contestaste? —inquirió Toby ansiosamente.

—La verdad. Que te escapaste como un ladrón en mitad de la noche y que si alguna vez te tengo al alcance de la mano te romperé el pescuezo.

Toby lanzó una carcajada.

Durante el verano consiguió un trabajo como ayudante de un mago, un saltimbanqui de ojos pequeños y negros que se hacía llamar el Gran Merlín. Actuaron en varios hoteles de segunda categoría en los Catskills y el trabajo principal de Toby era cargar y descargar los pesados trastos de Merlín de la camioneta y cuidar de los seis conejos blancos, tres canarios y dos hámsters que completaban su equipo. Toby tenía que dormir con los animalitos en unos armarios que más bien parecían alacenas, porque Merlín tenía miedo de que se los «comieran» y para Toby ese verano consistió en una permanente y agobiante oleada nauseabunda. Estaba físicamente exhausto por el esfuerzo realizado al transportar pesados arcones con trampas en los lados y falsos fondos y de correr detrás de los animalitos que se escapaban continuamente. Se sentía solo y desilusionado. Solía quedarse sentado contemplando su miserable habitación, pensando qué estaba haciendo allí y si era posible que ése fuera el primer paso para iniciarse en el mundo del espectáculo. Practicaba sus imitaciones frente al espejo y su público consistía en los hediondos animalitos de Merlín.

Un domingo a fines de verano, Toby realizó la habitual llamada telefónica a su madre. Esta vez le contestó su padre.

—Soy Toby, papá. ¿Cómo estás?

Hubo un silencio.

—¿Hola? ¿Me oyes?

—Te oigo, Toby. —Algo en la voz de su padre le provocó un escalofrío.

—¿Dónde está mamá?

—La llevaron anoche al hospital.

Toby agarró con tanta fuerza el aparato que casi lo rompió.
—¿Qué le ocurrió?
—El médico dijo que era un ataque al corazón.
¡No! ¡No era posible!
—Se recuperará, ¿verdad? —preguntó Toby hablando a gritos—. ¡Dime de una vez que se va a mejorar, caray!

Le pareció oír llorar a su padre a millones de kilómetros de distancia.

—Murió... murió hace unas horas, hijo.

Las palabras tuvieron en Toby el mismo efecto que si hubieran sido lava ardiente; le quemaron y abrasaron hasta que tuvo la sensación de que todo su cuerpo ardía. Su padre mentía. No podía haber muerto. Tenían un pacto. Toby iba a ser famoso y su madre estaría junto a él. Le esperaba un magnífico departamento y un coche con chofer y pieles y diamantes... Sollozaba tan fuerte que no podía casi respirar. Oyó la voz lejana que decía:

—¡Toby! ¡Toby!
—Voy para allí. ¿Cuándo es el entierro?
—Mañana —respondió su padre—. Pero no debes venir. Te están esperando, Toby. Falta poco para que Eileen tenga el bebé. Su padre quiere matarte. Te buscarán en el entierro.

De modo que ni siquiera podía despedirse de la única persona que quería en el mundo. Toby permaneció tirado sobre la cama todo ese día pasando revista a sus recuerdos. Las imágenes de su madre eran vívidas y reales. Le parecía verla en la cocina, preparando la comida y diciéndole que sería un hombre muy famoso y luego en el teatro, sentada en la primera fila y exclamando: «*¡Mein Himmel!* ¡Qué muchacho tan listo!».

Y riéndose de sus imitaciones y chistes. Y preparándole la maleta. *Me mandarás a buscar cuando seas un artista famoso. Jamás olvidaré este día,* pensaba mientras yacía tirado paralizado de pena. *No lo olvidaré jamás. 14 de agosto de 1939. Es el día más importante de mi vida.*

Tenía razón. Pero no debido a la muerte de su madre, sino por algo que estaba ocurriendo en Odessa, Texas, a mil kilómetros de distancia.

El hospital era un edificio de cuatro pisos sin pretensiones y con el color de la caridad. Su interior era semejante a una conejera, con numerosos cubículos destinados a diagnosticar enfermedades, aliviarlas, curarlas y a veces enterrarlas. Era un supermercado de medicina, y en él había algo para cada persona.

Eran las cuatro de la mañana, hora para una muerte tranquila o un sueño reparador. Una hora en que el personal del hospital podía gozar de un momento de respiro antes de reanudar las tareas del siguiente día.

El equipo de obstetricia de la sala de operaciones número 4 se encontraba en dificultades. Lo que había comenzado como un parto de rutina se había convertido en una urgencia. Todo había sido normal hasta el preciso momento del nacimiento del bebé de la señora de Karl Czinski. La señora Czinski era una persona sana y joven, con anchas caderas de campesina que constituían el sueño de un ginecólogo. Las contracciones se habían acelerado y todo parecía desarrollarse de acuerdo a lo previsto.

—Es una presentación podálica —anunció el doctor Wilson. Las palabras no produjeron alarma alguna. Si bien solamente en un tres por ciento de los nacimientos la criatura se presenta de pie (es decir, que lo primero que aparece son las extremidades inferiores), por lo general se resuelven fácilmente. Existen tres tipos de parto en presentación podálica: el espontáneo, para el que no se necesita ayuda alguna; el asistido, en el que el ginecólogo colabora con la naturaleza, y una interrupción total, en la que el feto se traba en el vientre de la madre.

El doctor Wilson advirtió con satisfacción que éste parecía ser espontáneo, o sea, el más sencillo. Vio aparecer los pies del bebé seguidos por las dos pequeñas piernas. La madre tuvo otra contracción y aparecieron los muslos.

—Casi estamos —dijo el doctor Wilson animosamente—. Puje una vez más.

La señora Czinski obedeció. Pero no pasó nada.

—Pruebe otra vez. Con más fuerza —insistió frunciendo el ceño.

Nada.

El doctor Wilson tomó las piernas del bebé en sus manos y tiró suavemente. No hubo ningún movimiento. Metió las manos entre el cuerpo de la criatura y el estrecho canal vaginal y comenzó a explorar. Gotas de sudor aparecieron de repente en su frente. La enfermera de maternidad se le acercó y le secó la transpiración.

—Tenemos un problema —dijo el doctor Wilson en voz baja.

La señora Czinski lo oyó.

—¿Qué pasa? —preguntó.

—Todo está bien. —El doctor Wilson metió las manos más adentro tratando de empujar suavemente el bebé hacia abajo. Pero no se movió. Sintió que el cordón umbilical estaba prensado entre el cuerpo de la criatura y la pelvis materna, cortándole el suministro de aire.

—Fetoscopio.

La enfermera buscó el instrumento que le pedía y lo aplicó contra el abdomen de la madre para escuchar los latidos del bebé.

—Han bajado a treinta —anunció—. Y existe una pronunciada arritmia.

Los dedos del doctor Wilson, como si fueran una remota antena de su cerebro, exploraban y tanteaban dentro del cuerpo de la madre.

—Estoy perdiendo por momentos los latidos cardíacos fetales —dijo la enfermera con voz preocupada.

El niño estaba muriéndose dentro del seno materno. Existía todavía una pequeña posibilidad de que pudiera ser reanimado si conseguían sacarlo a tiempo. Tenían un tiempo máximo de cuatro minutos para extraerlo, limpiarle los pulmones y conseguir que su pequeño corazón latiera nuevamente. Pasados los cuatro minutos el cerebro resultaría con gravísimas e irreparables lesiones.

—Tomen el tiempo —ordenó el doctor Wilson.

Todos los presentes en el cuarto levantaron instintivamente la vista hacia el reloj eléctrico instalado en la pared. La manecilla de los minutos acababa de posarse sobre las doce y la larga saeta roja del segundero comenzó a realizar su primer giro.

El equipo de partos entró en acción. Un tubo de oxígeno fue arrimado a la camilla mientras el doctor Wilson trataba de liberar al infante atrapado dentro de la pelvis. Comenzó con el procedimiento Bracht, tratando de hacer girar al bebé tomándolo de los hombros para que pudiera salir por la abertura vaginal. Pero fue inútil.

Una enfermera practicante que presenciaba por primera vez un parto, se sintió súbitamente mal y tuvo que salir de la sala.

Mientras tanto Karl Czinski estrujaba nerviosamente su sombrero entre sus grandes y callosas manos al otro lado de la puerta del quirófano. Era el día más feliz de su vida. Era un carpintero, un hombre sencillo que creía que lo mejor era casarse joven y tener una familia numerosa. Éste sería su primer hijo y difícilmente podía controlar su excitación. Amaba profundamente a su esposa y sabía que estaría perdido sin ella. Pensaba en su mujer en el preciso momento en que la enfermera practicante salió apresuradamente de la sala de partos.

—¿Cómo está? —le preguntó ansioso.

La perturbada joven, ensimismada en las dificultades por las que había pasado el bebé, respondió:

—¡Ha muerto! Ha muerto —y se alejó corriendo presa de una gran excitación.

El señor Czinski se puso blanco como un papel. Se llevó las manos al pecho y comenzó a jadear. Cuando lo llevaron finalmente a la sala de urgencias no se pudo hacer ya nada para salvarlo.

El doctor Wilson trabajaba frenéticamente mientras tanto dentro de la sala de partos, tratando de ganarle la carrera al reloj. Podía tocar con sus dedos el cordón umbilical y sentir la presión, pero no había forma de aflojarla. Todos sus instintos le impulsaban a sacar el bebé a medio nacer por la fuerza, pero había visto ya varias veces lo que les ocurría a las criaturas que nacían en esa forma. La señora Czinski gemía en su semidelirio.

—¡Puje, señora Czinski! ¡Más fuerte! ¡Vamos!

Pero era inútil. El doctor Wilson echó un vistazo al reloj. Habían transcurrido dos preciosos minutos durante los cuales el cerebro del bebé no tuvo irrigación alguna. El médico comenzó entonces a considerar otro problema: ¿qué haría si el bebé se salvaba luego de haber transcurrido los cuatro minutos? ¿Permitirle vivir y convertirse en una especie de vegetal? ¿O brindarle una rápida y piadosa muerte? Apartó el pensamiento de su mente y comenzó a actuar con más rapidez. Cerró los ojos y comenzó a trabajar por tacto, concentrando toda su atención en lo que estaba ocurriendo dentro del vientre de esa mujer. Trató de emplear la maniobra de Mauriceau-Smellie-Veit, una complicada serie de movimientos destinados a liberar el cuerpo del bebé. De repente sintió que algo se desplazaba y que comenzaba a moverse.

—¡Fórceps! —exclamó.

La enfermera le acercó rápidamente los fórceps y el doctor Wilson los colocó en la cabeza de la criatura. Momentos después aparecía la cabeza.

El bebé había nacido.

Ése era siempre el momento glorioso, el milagro de una nueva vida, cuyo rostro abotargado y gemidos reflejaban su indignación al ser obligado a abandonar ese tranquilo y oscuro refugio para enfrentarse a la luz y al frío.

Pero no ocurrió lo mismo con este bebé. Esta criatura tenía un color azul mortecino y no se movía. Era una niña.

El reloj. Faltaba todavía un minuto y medio. Todos los movimientos fueron entonces totalmente mecánicos, el resultado de una larga experiencia. Unos dedos cubiertos con gasas despejaron la parte posterior de la faringe de la pequeña para permitir el paso del aire por la abertura de la laringe. El doctor Wilson apoyó al bebé de espaldas. La enfermera le alcanzó un pequeño laringoscopio conectado con un aparato succionador. Lo colocó en el debido lugar y movió ligeramente la cabeza. La enfermera accionó un interruptor. Y en seguida comenzó a oírse el rítmico sonido de la bomba aspirante.

El doctor Wilson miró el reloj.

Faltaban veinte segundos. No se oían latidos.

Quince..., catorce... Todavía no se oían latidos.

Estaba al borde del momento crucial para tomar una decisión. Tal vez era demasiado tarde para evitar lesiones cerebrales. Nadie podía tener certeza absoluta respecto de esas cosas. Había visto salas de hospital repletas de patéticas criaturas con cuerpos de adultos y mentes infantiles o peores cosas todavía.

Diez segundos. No se sentía el pulso, ni siquiera una mínima palpitación como para poder alentar esperanzas.

Cinco segundos. Tomó entonces una decisión y confió en que Dios lo perdonaría y comprendería. Iba a desenchufar la máquina explicando que el bebé no podía salvarse. Nadie pondría en tela de juicio su decisión. Palpó nuevamente la piel del bebé. Estaba fría y pegajosa.

Tres segundos.

Miró a la niñita y sintió ganas de llorar. Qué pena, era una nenita tan bonita. Con toda seguridad se convertiría en una mujer preciosa. Se preguntó para sus adentros qué le depararía la vida. ¿Se casaría y tendría hijos? ¿O tal vez sería una artista o una maestra o quizás una ejecutiva? ¿Sería rica o pobre? ¿Feliz o desgraciada?

Un segundo. Ningún latido.

Cero.

Estiró la mano hacia el enchufe y en ese preciso instante comenzó a latir el corazón del bebé. Era un espasmo irregular, desigual, pero que fue seguido por otro hasta estabilizarse en seguida en un ritmo fuerte y regular. El silencio de la sala fue roto por un espontáneo grito de alegría seguido por entusiastas felicitaciones. El doctor Wilson no oía nada.

Tenía los ojos fijos en el reloj de la pared.

Su madre decidió llamarla Josephine, en recuerdo de la abuela de Cracovia. Un segundo nombre habría sido algo pretencioso tratándose de la hija de una costurera polaca de Odessa, Tejas.

El doctor Wilson insistió, por motivos que la señora Czinski no podía comprender, en que Josephine debía ser llevada al hospital todas las semanas para ser observada. Las conclusiones fueron siempre las mismas: parecía normal.

Sólo el tiempo lo diría.

# 3

La temporada de verano en los Catskills terminaba a principios de septiembre, y el Gran Merlín se quedó sin trabajo y junto con él Toby. Toby podía ir a cualquier parte. Pero ésa era la cuestión: ¿adónde? No tenía hogar, trabajo ni dinero. Alguien se encargó de evitarle tomar una decisión al ofrecerle veinticinco dólares para conducirla a ella y a sus tres niños desde los Catskills a Chicago.

Toby se marchó sin despedirse del Gran Merlín ni de sus pestilentes animalitos.

En 1939 Chicago era una ciudad próspera cuyas puertas estaban abiertas de par en par. Era una ciudad con un precio, y aquellos que eran hábiles podían comprar cualquier cosa, desde mujeres, hasta drogas o políticos. Había cientos de lugares nocturnos de diversión que satisfacían todos los gustos. Toby los recorrió todos, desde el importante y lujoso Chez Paree hasta los pequeños bares de Rush Street. La respuesta era siempre la misma. Nadie quería contratar un cómico que no era más que un muchachito. El tiempo transcurría inexorablemente y ya era hora de que llevara a la realidad el sueño de su madre.

Tenía casi diecinueve años.

Uno de los lugares frecuentados por Toby era el Knee High, donde la atracción consistía en un conjunto de tres músicos, un cómico de edad madura borracho y agotado, y dos prostitutas llamadas Meri y Jeri que figuraban como las Hermanas Perry y que, por raro que parezca, eran realmente hermanas. Tenían alrededor de veinte años y poseían cierto atractivo, por vulgar que fuera. Jeri se acercó una noche al bar y se sentó junto a Toby. Éste sonrió y le dijo amablemente:

—Me gusta tu número.

Jeri se dio la vuelta y se encontró con un muchachito ingenuo, con cara de bebé, demasiado joven y muy mal vestido como para ser un posible cliente. Estaba a punto de girar nuevamente la cabeza cuando Toby se puso de pie. Jeri se quedó mirando el increíble bulto que sus pantalones no lograban ocultar y acto seguido levantó nuevamente la vista hacia la cara joven e inocente.

—Dios mío —dijo—. ¿Es todo tuyo?

—Existe una única forma de averiguarlo —respondió el muchacho sonriendo.

A las tres de la madrugada Toby estaba en la cama en compañía de las dos hermanas Perry.

Todo había sido planeado meticulosamente. Una hora antes de que comenzara la función, Jeri había llevado al cómico del cabaret, un jugador empedernido, a un departamento de la avenida Diversey donde se llevaba a cabo una partida de dados. Al verse en ese ambiente se pasó la lengua por los labios y dijo:

—Nos quedaremos sólo un minuto.

Cuando Jeri se escabulló al cabo de media hora, el cómico estaba tirando los dados gritando como un poseído:

—¡Un ocho, grandísimo hijo de puta! —Se hallaba sumido en un extraño mundo donde el éxito y el estrellato y el dinero dependían de cada tirada de los dados.

Toby, bien vestido, esperaba sentado en el bar del Knee High. El dueño del cabaret comenzó a maldecir indignado al aproximarse la hora de la función sin que el cómico hubiera aparecido.

—Esta vez se terminó, ¿oyeron? ¡No lo dejaré trabajar nunca más aquí!

—Lo comprendo —dijo Meri—. Pero me parece que tiene suerte. Hay un nuevo cómico sentado en el bar. Acaba de llegar de Nueva York.

—¿Qué? ¿Dónde? —El dueño echó un vistazo a Toby y exclamó—: ¡Por el amor de Dios! ¿Dónde está su niñera? ¡Si es una criatura!

—¡Es magnífico! —interpuso Jeri con toda sinceridad.

—Pruébelo —agregó Meri—. ¿Qué puede perder?

—¡Mi condenada clientela! —Pero se encogió de hombros y se acercó a Toby—. Conque eres un cómico, ¿verdad?

—Así es —respondió Toby como de pasada—. Acabo de actuar en los Catskills.

El dueño lo miró durante un momento.

—¿Cuántos años tienes?

—Veintidós —mintió Toby.

—Las ganas. Muy bien. Sal allí, pero si resultas un fracaso no vivirás hasta los veintidós.

Y fue así como sucedió. Finalmente se había convertido en realidad el sueño de Toby Temple. Estaba de pie iluminado por el reflector mientras la orquesta tocaba una fanfarria en su honor, y el público, su público, permanecía sentado esperando descubrirlo y adorarlo. Sintió una oleada de cariño tan intensa que se le hizo un nudo en la garganta. Era como si él y los espectadores formaran un solo cuerpo, unidos por una maravillosa y mágica cuerda. Pensó durante un instante en su madre y deseó que, estuviera donde estuviera, pudiera verlo en esos momentos. La orquesta terminó la obertura. Toby se dispuso a iniciar su número.

—Buenas noches, simpática gente. Me llamo Toby Temple. Supongo que todos ustedes saben cómo se llaman.

Silencio.

—¿Oyeron lo que se cuenta sobre el nuevo jefe de la mafia de Chicago? Que es un pederasta. De ahora en adelante, el Beso de la Muerte incluye comida y baile.

Nadie se rió. Todos lo miraban con ojos fríos y hostiles y Toby comenzó a sentir que las agudas garras del miedo empezaban a destrozar su estómago. Súbitamente su cuerpo quedó empapado de sudor. Ese maravilloso vínculo con el público había desaparecido.

Pero no se amilanó.

—Acabo de cumplir un contrato con un teatro de Maine. La sala estaba tan metida dentro del bosque que su administrador era un oso.

Silencio. Todos le despreciaban.

—Nadie me advirtió que ésta era una convención de sordomudos. Tengo la impresión de ser el animador del *Titanic*. Estar aquí es semejante a caminar por la barandilla, pero sin que exista el barco.

Comenzaron a abuchearlo. Dos minutos después de haber subido al escenario, el dueño hizo unas señas frenéticas a los músicos, que empezaron a tocar con todas sus fuerzas, ahogando la voz de Toby, que permaneció allí de pie, su cara iluminada por una amplia sonrisa, pero luchando por dominar las lágrimas.

Tenía ganas de gritar.

La señora Czinski se despertó al oír los gritos. Eran agudos y salvajes, y sus notas misteriosas rompieron la tranquilidad de la noche, pero sólo cuando se sentó en la cama se dio cuenta de que la que gritaba era su nenita. Corrió al cuarto que había arreglado para la niña. Josephine se sacudía hacia uno y otro lado y tenía la cara azul por las convulsiones. Un médico interno del hospital le aplicó un sedante endovenoso y en seguida cayó en un pacífico sueño. El doctor Wilson, que había traído al mundo a Josephine, la examinó detenidamente. No encontró anormalidad alguna. Pero no se sentía tranquilo. No podía olvidar el reloj de la pared.

# 4

El vodevil había florecido en los Estados Unidos desde 1881 hasta que el teatro Palace cerró sus puertas en 1932, fecha que señaló su desaparición total. Había sido el campo de aprendizaje de cuantos jóvenes aspiraban a convertirse en cómicos y el campo de batalla en el que debieron aguzar su talento para vencer al público hostil. No obstante, los artistas que resultaron victoriosos alcanzaron luego fama y fortuna. Eddie Cantor y W. C. Fields, Jolson y Benny, Abbott y Costello, y Jessel y Burns y los hermanos Marx y muchísimos otros. Era un refugio, les aseguraba un sueldo fijo, pero su desaparición les obligó a volcarse hacia otras áreas. Los artistas de más renombre fueron contratados para audiciones radiales y apariciones personales, y también actuaron en los más importantes centros de diversión nocturna en todo el país. Sin embargo, el asunto era diferente para los cómicos novatos como Toby. Trabajaron también en cabarets, pero en un mundo diferente. Era llamado el Circuito de los Baños, y ese nombre era un eufemismo. Consistía en sucios bares a lo largo y a lo ancho del país, en el que un público no muy selecto se congregaba a beber cerveza, recibían con eructos a las coristas y destruían por puro placer a los cómicos. Los camerinos eran baños hediondos, que apestaban a olor a comida, bebidas derramadas, orina, perfume barato y más que todo, a sudor rancio: el característico olor del miedo a fracasar. Los baños eran tan sucios que las artistas preferían orinar en los lavabos de los vestuarios. El pago oscilaba entre una indigesta comida o cinco, diez y a veces quince dólares por noche según la reacción del público.

Toby Temple los recorrió todos y se convirtieron en su escuela. Los nombres de las ciudades cambiaban, pero los lugares y los olores eran siempre los mismos, inclusive era invariable la hostilidad del público. Si el actor no les gustaba, le arrojaban botellas de cerveza, lo molestaban con preguntas durante su actuación y le silbaban hasta obligarlo a abandonar el escenario. Era un aprendizaje duro, pero bueno, porque le enseñó a Toby todos los trucos para sobrevivir. Aprendió a lidiar con turistas borrachos y con pillos sobrios y a no confundir jamás unos con otros. Aprendió a detectar un provocador latente y a tranquilizarlo pidiéndole un sorbo de su bebida o que le prestara la servilleta para secarse el sudor de la frente.

Toby trabajó en lugares con nombres como Lago Kiamesha, Shawanga Lodge y Avon. Actuó en Wildwood, Nueva Jersey, los salones D'nai B'rith y los Hijos de Italia y el Moose.

Y su aprendizaje continuó.

Su número consistía en parodias de canciones populares, imitaciones de Gable, Grant, Bogart y Cagney, con material robado a los cómicos de renombre que podían permitirse pagar guionistas caros. Todos los aprendices de cómicos robaban su material y se jactaban de ello. «Estoy haciendo a Jerry Lester —con lo que querían significar que utilizaban sus guiones— y soy el doble de bueno que él.» «Yo hago a Milton Berle.» «Deberías ver mi Red Skelton.»

Y como la clave del éxito residía en los guiones, robaban únicamente los mejores.

Toby era capaz de hacer cualquier cosa. Clavaba sus inocentes ojos azules en los fríos rostros del público y les decía: «¿Alguna vez han visto orinar a un esquimal?».

Tras lo cual ponía sus dos manos frente a la bragueta y comenzaban a salir de ellas cubitos de hielo.

También solía colocarse un turbante y envolverse en una sábana. «Abdul, el encantador de serpientes», anunciaba entonces. Acto seguido, cuando comenzaba a tocar la flauta, una cobra aparecía del interior de una cesta, moviéndose acompasadamente siguiendo los acordes de la música, a medida que Toby tiraba de los alambres. La serpiente era una manguera. Siempre había alguien entre el público al que le parecía gracioso.

Utilizaba todos los recursos cómicos que más llegaban a los espectadores.

Tenía docenas de chistes. Pero debía estar preparado para pasar rápidamente de uno a otro, antes que comenzaran a volar botellas de cerveza.

Y en cualquier lugar que actuara, podía tener la certeza de que durante su actuación se oiría inevitablemente el ruido de un depósito de inodoro que se vaciaba.

Toby viajó por todo el país en autobús. En cuanto llegaba a una nueva ciudad, lo primero que hacía era registrarse en el hotel o pensión más baratos y en seguida realizaba una inspección de los bares, salones donde se reciben apuestas para las carreras y lugares de diversión nocturna. Rellenaba sus zapatos con cartón y blanqueaba con tiza los cuellos de las camisas para ahorrarse la tintorería. Las ciudades eran siempre siniestras y la comida igualmente mala; pero lo que más le molestaba era la soledad. No tenía a nadie. No existía en el mundo entero una sola persona a la que le preocupara que estuviera vivo o muerto.

Le escribía de tanto en tanto a su padre, pero más como una obligación que por amor. Toby necesitaba desesperadamente alguien con quien hablar, alguien que pudiera comprenderlo y compartir sus ilusiones.

Miraba con envidia a los animadores de éxito alejarse de los centros de diversión en sus grandes y lujosos coches acompañados por sus amigos y esas preciosas y elegantes muchachas. *Algún día...*, pensaba Toby.

Pero los peores momentos eran cuando su actuación resultaba

un fracaso y le silbaban en la mitad de la representación, obligándolo a salir del escenario antes de haber tenido una oportunidad para demostrar sus habilidades. En esos momentos Toby odiaba a los integrantes del público y sentía deseos de matarlos. No era sólo por haber fracasado sino por haber fracasado en ese nivel tan bajo, ya que no había ya otro escalón que descender. Estaba tocando fondo. Se refugiaba entonces en su cuarto de hotel, se echaba a llorar y le suplicaba a Dios que lo dejara en paz, que le quitara esas ansias de ponerse frente al público con la intención de divertirlo. *Permíteme ser un vendedor de zapatos o un carnicero, Dios mío*, rezaba, *cualquier cosa que no sea esto*. Su madre se había equivocado. El Señor no lo había elegido entre todos los demás.

Jamás llegaría a ser famoso.

Mañana buscaría otra clase de trabajo. Solicitaría un empleo en una oficina desde las nueve de la mañana hasta las cinco de la tarde y viviría como un ser humano normal.

Pero a la noche siguiente aparecía nuevamente en el escenario, realizando sus imitaciones, diciendo toda clase de chistes, tratando de conquistarse la simpatía del público antes que se lanzaran en contra de él y lo atacaran.

Los miraba con su sonrisa inocente y les decía:

—Había un hombre que estaba enamorado de un pato y una noche lo llevó con él al cine. El taquillero le dijo que no podía entrar en la sala con el animal, por tanto el pobre tipo dio vueltas a la esquina y se lo metió dentro del pantalón. Compró luego una entrada y se instaló en la platea. Pero el pato empezó a inquietarse, por lo cual el hombre abrió la bragueta y dejó que sacara por ella la cabeza. Pero resultó que había una mujer sentada junto a él. Y ésta se dio la vuelta hacia su marido y le dijo: «Ralph, el hombre que está sentado junto a mí está exhibiendo su sexo». «¿Te molesta?», le preguntó Ralph, y ella le respondió negativamente. «Pues entonces olvídalo y disfruta de la película.» Pocos minutos después la mujer se dirigió nuevamente a su esposo: «Ralph, su miembro...», y el marido le repitió: «Te dije que hicieras caso omiso de él», pero ella respondió: «No puedo, ¡se está comiendo mis palomitas de maíz!».

Realizó apariciones esporádicas en el Three Six Five de San Francisco, en el Rudy's Rail de Nueva York y en Kin Wa Low's en Toledo. Animó numerosas convenciones y fiestas de caridad y banquetes. Y aprendió.

Y finalmente una de las cosas que Toby Temple aprendió fue que podía pasarse el resto de la vida actuando en el Circuito de los Baños ignorado por todos y sin que nadie lo descubriera. Pero ocurrió algo que volvió el asunto en algo académico.

Una fría tarde de principios de diciembre de 1941 Toby estaba realizando la primera de unas cinco representaciones en el Dewey Theatre de la calle Catorce en Nueva York. El programa constaba de ocho actos y parte del trabajo consistía en anunciarlos. El primero transcurrió muy bien. Pero durante el segundo acto, cuando Toby anunció a los Kanazawas Voladores, una familia de acróbatas japoneses, el público inició una silba. Toby se refugió entre las bambalinas.

—¿Qué demonios les pasa? —preguntó.

—¿Pero es que no te has enterado? Los japoneses atacaron Pearl Harbour hace unas horas —le respondió el director.

—¿Y qué pasa con eso? —replicó Toby—. Mire a esos tipos..., son fantásticos.

Cuando les tocó el turno de actuar a los japoneses en el siguiente número, Toby salió al escenario y dijo:

—Damas y caballeros, tengo el privilegio de presentarles a los Voladores Filipinos, ¡recién llegados de Manila!

Pero en cuanto el público reconoció a los integrantes del equipo japonés nuevamente comenzaron a oírse silbidos. Toby se pasó el resto del día presentándolos como los Alegres Hawaianos, los Locos Mongoles y finalmente los Esquimales Voladores. Pero no pudo salvarlos. Y, como pudo comprobar más tarde, tampoco pudo salvarse él. Cuando llamó por teléfono a su padre esa misma tarde, se enteró que había llegado a su casa una carta dirigida a él, que comenzaba diciendo: «Saludos» y que estaba firmada por el presidente.

Seis semanas después Toby ingresaba en el ejército de los Estados Unidos. El día que lo alistaron, la cabeza le latía tan violentamente que apenas tuvo fuerzas para prestar el juramento.

Las jaquecas aparecían frecuentemente, y cuando se presentaban la pequeña Josephine tenía la sensación de que dos manos gigantescas le apretaban las sienes. Trataba de no llorar, para no molestar a su madre. La señora Czinski había descubierto la religión. Siempre había tenido la secreta impresión de que ella y su niñita habían sido responsables de la muerte de su marido. Una tarde en que concurrió a una reunión religiosa oyó que el predicador decía:

—Todos vosotros estáis empapados en el pecado y la maldad. El Dios que os sujeta sobre la boca del infierno como a un insecto sobre el fuego os aborrece. ¡Colgáis de un hilo fino, todos y cada uno de vosotros pecadores, y las llamas de su ira os consumirán a menos que os arrepintáis!

La señora Czinski se sintió inmediatamente mejor porque comprendió que estaba escuchando la palabra del Señor.

—Es un castigo de Dios porque matamos a tu padre —solía decirle a su hijita Josephine, y si bien era muy joven aún para comprender el significado de esas palabras, sabía no obstante que había hecho algo malo y deseaba saber qué era exactamente, para poder decirle a su madre que lo sentía mucho.

# 5

Al principio, la guerra resultó una pesadilla para Toby Temple.

En el ejército era un cualquiera, un número de serie vestido con un uniforme como muchísimos otros, sin rostro ni nombre, un ser anónimo.

Fue enviado a un centro de entrenamiento en Georgia y luego pasó a Inglaterra, donde su regimiento fue destinado a un lugar de Sussex. Toby le dijo al sargento que quería ver al comandante en jefe. Consiguió entrevistarse con el capitán. Éste se llamaba Sam Winters. Era un hombre de tez morena y mirada inteligente que rondaba los treinta años.

—¿Cuál es su problema, soldado?

—Sucede lo siguiente, capitán —comenzó a decir Toby—. Soy un animador. Trabajo en el teatro. El mundo del espectáculo es mi esfera de acción

El capitán Winters sonrió al constatar su vehemencia.

—¿A qué se dedicaba exactamente? —le preguntó.

—Hacía un poco de todo —respondió Toby—. Imitaciones, parodias y... —Al ver la expresión del capitán agregó tímidamente—. Y cosas por el estilo.

—¿Dónde trabajó?

Toby se dispuso a contestar, pero calló. Era inútil. Al capitán solamente le impresionarían lugares como Hollywood y Nueva York.

—No creo que usted conozca ninguno de esos lugares —contestó Toby comprendiendo que estaba perdiendo el tiempo.

—Aunque no es de mi incumbencia, veré lo que puedo hacer —acotó el capitán Winters.

—Por supuesto —agregó Toby—. Muchísimas gracias, capitán.
—Se cuadró, saludó y se retiró.

El capitán Sam Winters permaneció un rato largo sentado frente a su escritorio pensando en Toby después que éste se marchó. Sam Winters se había enrolado porque le parecía que ésa era una guerra en la que había que pelear y vencer. Al mismo tiempo la detestaba por lo que les sucedía a muchachos como Toby Temple. Pero si el tal Temple tenía realmente talento, éste aparecería tarde o temprano porque el talento es semejante a una débil flor que crece bajo una roca sólida. Al final nada puede evitar que salga a la superficie y florezca. Sam Winters había renunciado a un buen trabajo como productor de películas en Hollywood para unirse al ejército. Había producido varias películas para la Pan-Pacific que tuvieron mucho éxito, y había visto aparecer y desaparecer a docenas de jóvenes llenos de esperanzas como Toby Temple. Lo menos que merecían era una oportunidad. Esa misma tarde habló con el coronel Beech sobre Toby.

—Creo que deberíamos permitirle realizar una prueba con los Servicios Especiales —sugirió el capitán Winters—. Tengo la impresión de que puede resultar bueno. Dios sabe que los muchachos van a necesitar toda clase de diversión posible.

El coronel Beech miró al capitán Winters y contestó fríamente:
—Correcto, capitán. Envíeme una nota recordándomelo.

Se quedó mirando luego la puerta por la que se había marchado. El coronel Beech era un soldado de carrera, había estudiado en West Point y su padre también. Despreciaba a todos los civiles, y para él el capitán Winters era un civil. El hecho de que luciera un uniforme y las insignias de capitán no lo convertía en un soldado. Cuando el coronel Beech recibió la nota del capitán Winters sobre Toby Temple, le echó un vistazo y acto seguido escribió rápidamente en la hoja: «SOLICITUD DENEGADA», y la firmó.

En seguida se sintió mucho mejor.

Lo que más extrañaba Toby era la falta de público. Necesitaba trabajar para poder perfeccionar sus habilidades y pulir su talento. Decía chistes y realizaba sus imitaciones y parodias en cualquier oportunidad que se le presentara. No importaba que su público consistiera en dos soldados cumpliendo una guardia junto con él en medio de un campo solitario, o un grupo que era trasladado a la ciudad en autobús o un lavaplatos. Toby tenía que hacerlos reír y conquistar sus aplausos.

El capitán Winters lo observó un día mientras realizaba una de sus actuaciones en la sala de entretenimientos. Cuando terminó se le acercó y le dijo:

—Siento mucho que su traslado no haya tenido éxito, Temple. Creo que tiene talento. Cuando termine la guerra no deje de ir a verme si es que va a Hollywood. —Sonrió y agregó—: Suponiendo que todavía tenga trabajo allí.

El batallón de Toby fue enviado a combate la semana siguiente.

Años después, cuando Toby recordaba la guerra, lo que acudía a su memoria no eran las batallas. En Saint-Lo había sido todo un éxito imitando a Bing Crosby. En Aquisgrán había conseguido entrar en el hospital y había contado chistes a los heridos durante dos horas hasta que por fin lo echaron las enfermeras. Recordaba con gran satisfacción que un soldado se había reído tanto que se le había abierto la herida. En Metz no había tenido éxito, pero Toby tenía la impresión de que ello se debió a que el público estaba nervioso por los aviones nazis que sobrevolaban el lugar.

Su actuación en el campo de batalla fue incidental. Fue citado por valor durante la captura de un puesto de mando alemán. Pero en realidad Toby no tenía la menor idea de lo que ocurría. Había estado representando a John Wayne y se había tomado tan a pecho su papel que todo terminó antes de que tuviera tiempo de sentir miedo.

Para Toby lo más importante era entretener a los demás. Cuando pasó por Cherburgo acudió a un burdel en compañía de un par de amigos, y mientras éstos estaban arriba, Toby se quedó en el salón realizando una representación para la dueña y dos de sus muchachas. Cuando acabó, la dueña del local lo envió al piso de arriba gratis.

Ésa era la guerra de Toby. Puede decirse que en general no fue una mala guerra y el tiempo transcurrió muy rápido. Cuando terminó en 1945, Toby tenía casi veinticinco años. Pero aparentemente no había envejecido ni un día. Conservaba la misma cara encantadora, los mismos seductores ojos azules y ese enternecedor aspecto inocente.

Todos hablaban del regreso al hogar. Una esposa esperaba en Kansas City, un padre y una madre en Bayonne, un negocio en St. Louis. Pero nadie esperaba a Toby. Excepto la Fama.

Decidió ir a Hollywood. Era hora ya de que Dios cumpliera con su promesa.

—¿Conocéis a Dios? ¿Habéis visto la cara de Jesús? Yo lo he visto, hermanos y hermanas, y he oído Su voz, pero Él habla únicamente a los que se arrodillan frente a Él y reconocen sus pecados. Dios aborrece a los que no se arrepienten. ¡El arco de la venganza de Dios está tenso y la flecha flamígera de su justa ira apunta a vuestros perversos corazones y en el momento en que menos lo penséis disparará, y la flecha de su castigo se incrustará en ellos! ¡Alzad la vista hacia Él ahora, antes que sea demasiado tarde!

Josephine levantó aterrorizada la vista hacia lo alto de la carpa esperando ver una saeta llameante apuntando hacia ella. Agarró con fuerza la mano de su madre, pero ésta no se dio cuenta. Su rostro estaba arrebatado y sus ojos brillaban de fervor.

—¡Alabado sea Jesús! —clamó la concurrencia.

Esas reuniones religiosas se realizaban en una gran carpa instalada en las afueras de Odessa, y la señora Czinski concurría a ellas acompañada siempre de Josephine. El púlpito del predicador era una plataforma de madera que se alzaba más de metro y medio sobre el suelo. Justo delante de la plataforma estaba situado el cubículo de la gloria, donde eran llevados los pecadores para arrepentirse y convertirse. Más atrás se alineaban fila tras fila bancos de madera atestados de fanáticos cantantes en busca de la salvación, aterrorizados ante las amenazas del Infierno y la Condenación. Para una niña de seis años resultaba un espectáculo aterrador. Los evangelistas eran Fundamentalistas, Pentecostalistas, Metodistas y Adventistas espantados ante las perspectivas del fuego eterno y la eterna condenación.

—¡De rodillas, pecadores! ¡Temblad ante el poderío de Jehová!

—Vuestras perversas costumbres han destrozado el corazón de Jesucristo y por ello deberéis sufrir el castigo de la ira de su Padre. Mirad los rostros de los niños que os rodean, concebidos en la lujuria y llenos de pecado.

La pequeña Josephine se moría de vergüenza al sentir que todos la miraban. Cuando tenía esos terribles dolores de cabeza sabía perfectamente bien que eran un castigo de Dios. Rezaba todas las noches para que desaparecieran y tener entonces la certeza de que Dios la había perdonado. Deseaba saber qué era eso tan malo que había hecho.

—Y cantaré Aleluya, y vosotros cantaréis Aleluya y todos cantaremos Aleluya cuando lleguemos a nuestro verdadero hogar.

—El alcohol es la sangre del Diablo, el tabaco su aliento y la fornicación su placer. ¿Sois culpables de traficar con Satán? ¡Pues entonces os quemaréis eternamente en el infierno, condenados para siempre porque Lucifer vendrá a buscaros!

Josephine se ponía entonces a temblar y miraba frenéticamente alrededor de ella, aferrándose con todas sus fuerzas al banco de madera para que el Diablo no pudiera llevársela.

Todos cantaban: «Quiero ir al Cielo, mi ansiado refugio", pero la pequeña Josephine entendía mal las palabras y cantaba: «Quiero ir al Cielo con mi vestido corto».

Después de los aterradores sermones llegaba el momento de los milagros. Josephine observaba asustada y fascinada al mismo tiempo, cómo una procesión de hombres y mujeres lesionados e inválidos se acercaban renqueando, arrastrándose y otros en sus sillas de ruedas hasta el cubículo de la gloria, donde el predicador realizaba la imposición de manos e invocaba los poderes del Cielo para curarlos. Arrojaban entonces al suelo los bastones y muletas, algunos comenzaban a balbucear histéricamente en lenguas extranjeras y la pequeña Josephine retrocedía aterrorizada.

Las reuniones finalizaban siempre cuando se pasaba un plato para pedir limosna. «Jesús está observándonos... y Él desprecia a los avaros.» Y entonces todo terminaba. Pero Josephine permanecía aterrada durante mucho tiempo.

En el año 1946, la ciudad de Odessa, en el estado de Tejas, tenía un tinte marrón oscuro. Hacía muchos años, cuando vivían allí los indios, tenía el tono de la arena del desierto. Pero ahora era del color del petróleo.

Había dos tipos de gente en Odessa: la Gente del Petróleo y los Otros. La Gente del Petróleo no miraba despreciativamente a los Otros, simplemente sentía lástima de ellos, porque era indudable que Dios pretendía que todos tuvieran aviones particulares y Cadillacs y piscinas de natación y que pudieran dar una fiesta convidando con champaña a cien personas. Por eso Él había puesto petróleo en el suelo de Tejas.

Josephine Czinski no sabía que era una de los Otros. A los seis años era una niña muy bonita, con pelo negro brillante, profundos ojos castaños y una encantadora carita ovalada.

La madre de Josephine era una hábil costurera que trabajaba para los ricos de la ciudad y solía llevarla consigo cuando iba a probarles los vestidos a las Damas del Petróleo, transformando metros de maravillosas telas en despampanantes vestidos de baile. La Gente del Petróleo apreciaba a Josephine porque era una niña simpática y bien educada, y se sentían satisfechos consigo mismos por apreciarla. Les parecía que era muy democrático de parte de ellos permitir que una pobrecita niña de la otra punta de la ciudad se relacionara con sus hijos. Josephine era polaca, pero no lo parecía, y a pesar de que jamás podría ser socia del Club, les agradaba poder brindarle los privilegios destinados a las visitas. Josephine podía jugar con los Niños del Petróleo y compartir sus bicicletas, caballitos y lujosas muñecas, todo lo cual la condujo a llevar una doble vida. Existía la vida de su propia casa, esa pequeña casucha de madera con muebles ordinarios, cañerías a la vista y puertas que se balanceaban en las bisagras. Y luego estaba la otra vida, en esas preciosas casas coloniales situadas en grandes propiedades suburbanas. Si Josephine se quedaba a pasar la noche en casa de Cissy Topping o Lindy Ferguson, dormía ella sola en un gran dormitorio y tomaba un desayuno servido por camareras y camareros. A Josephine le encantaba levantarse en la mitad de la noche mientras todos dormían para bajar y admirar todas las cosas bonitas que había en la casa, los cuadros maravillosos, la pesada platería adornada con monogramas y las antigüedades que lucían la pátina del tiempo y la historia. Le gustaba inspeccionarlos detenidamente y acariciarlos y se decía para sus adentros que un día ella también tendría todas esas cosas y que viviría en una gran casa rodeada de objetos bonitos.

Pero Josephine se sentía sola tanto en uno como en otro mundo. Tenía miedo de hablarle a su madre de sus jaquecas y de su temor de Dios porque se había convertido en una fanática melancólica, obsesionada por el castigo del Señor, esperándolo ansiosamente. Josephine no quería discutir sus temores con los Niños del Petróleo porque éstos suponían que debía ser jovial y alegre como ellos. Por tanto se vio obligada a guardar para sí sus inquietudes.

El día en que Josephine cumplió siete años, la conocida tienda Brubaker anunció un concurso fotográfico para seleccionar al niño más bonito de Odessa. La fotografía para participar debía ser tomada en la sección fotográfica de la tienda. El premio consistía en una copa de oro en la que se grabaría el nombre del ganador.

La copa fue colocada en uno de los aparadores de la tienda y Josephine pasaba diariamente frente a ella para mirarla. Deseaba ganarla más que cualquier otra cosa que hubiera deseado en su vida. Pero su madre no le permitía participar en el concurso. «La vanidad es el espejo del diablo», decía…, pero una de las Mujeres del Petróleo que estaba encariñada con Josephine le pagó la fotografía. A partir de ese momento Josephine supo que la copa sería suya. Le parecía verla ya sobre su cómoda y la limpiaría cuidadosamente todos los días. Cuando se enteró de que figuraba entre las finalistas se sintió tan excitada que no pudo ir al colegio. Tuvo que quedarse en cama todo el día sintiendo un gran malestar en el estómago, agobiada ante tanta felicidad. Ésta sería la primera vez que iba a ser realmente dueña de algo bonito.

Pero al día siguiente Josephine se enteró de que el concurso había sido ganado por Tina Hudson, una de las Niñas del Petróleo. Tina no era tan bonita como Josephine, pero su padre era miembro del consejo de la cadena de tiendas a la que pertenecía Brubaker.

Cuando supo la noticia, tuvo un dolor de cabeza tan fuerte que sintió ganas de gritar. Tenía miedo de que Dios se enterara de lo mucho que significaba para ella esa bonita copa de oro, pero seguramente debía de haberlo adivinado, ya que sus dolores de cabeza continuaron, y por las noches se tapaba la cabeza con la almohada para que su madre no la oyera llorar.

Pocos días después de finalizado el concurso, Josephine fue invitada a pasar el fin de semana en casa de Tina. La copa de oro estaba colocada en una repisa del dormitorio de Tina. Josephine se quedó mirándola durante un rato largo.

Cuando volvió a su casa, la copa estaba escondida en su bolsa. Y estaba todavía allí cuando se presentó a buscarla la madre de Tina.

Su madre le dio una fuerte paliza con una vara hecha con una rama verde y larga. Pero Josephine no le guardó rencor por ello.

Los pocos minutos en que había tenido entre sus manos la preciosa copa de oro compensaban el sufrimiento.

# 6

En 1946, Hollywood, California, era la capital cinematográfica del mundo, un imán para los inteligentes, los ambiciosos, las bellezas, los llenos de esperanzas y los extraños. Era el país de las palmeras, de Rita Hayworth y el Templo Sagrado del Espíritu Universal y Santa Anita. Era el agente capaz de convertirnos en una estrella de la noche a la mañana; era el reino de la estafa, un burdel, un vergel, un santuario. Un caleidoscopio mágico en el que cada persona veía reflejado lo que quería ver.

Para Toby Temple, Hollywood era su meta. Llegó a la ciudad llevando la bolsa de soldado, trescientos dólares en efectivo y se instaló en una pensión barata situada en el bulevar Cahuenga. Tenía que ponerse rápidamente en movimiento, antes de quedar sin fondos. Toby sabía todo lo referente a Hollywood. Era una ciudad en la que había que presentar una imagen. Se dirigió por tanto a una tienda de Vine Street, se compró ropa nueva y con los veinte dólares que le quedaban en el bolsillo caminó hasta el Hollywood Brown Derby donde comían todas las estrellas. Las paredes estaban tapizadas con caricaturas de los artistas más famosos. Toby sentía latir el pulso del mundo del espectáculo en ese recinto y percibía el poderío latente en esa sala. Vio que se le aproximaba una bonita camarera pelirroja, que no tendría más de veinte años y que poseía una figura sensacional.

—¿Puedo ayudarlo? —inquirió con una sonrisa.

Toby no pudo resistirlo. Estiró los brazos y le estrujó sus generosos pechos. La joven lo miró escandalizada. Pero cuando se disponía a abrir la boca para protestar, Toby la miró con una expresión errática y le dijo:

—Discúlpeme, señorita…, soy ciego.

—¡Oh, lo siento! —exclamó la muchacha arrepintiéndose de sus pensamientos y con gran amabilidad condujo a Toby hacia una mesa, cogiéndole del brazo y ayudándole a sentarse y a pedir su consumición. Cuando se acercó nuevamente a él al cabo de unos minutos y lo encontró inspeccionando los dibujos de la pared, Toby la miró y exclamó entusiasmado:

—¡Es un milagro! ¡He recuperado la vista!

Le pareció tan gracioso y su aspecto tan inocente, que no pudo evitar reírse. Siguió riéndose durante el resto de la comida, que compartieron en la misma mesa, y de sus bromas en la cama, que compartieron también esa noche.

Toby realizó varios trabajos ocasionales en Hollywood por la única razón de que lo acercaban a los umbrales del espectáculo. Trabajó en el estacionamiento del Ciro's, y cuando llegaban las personas de gran renombre, les abría la puerta del coche y deslizaba un chiste junto con su amplia sonrisa. Pero no le prestaban atención. Era solamente un empleado a cargo del estacionamiento y ni siquiera tenían conciencia de su existencia. Toby observaba todas esas hermosas muchachas vestidas con lujosos y apretados vestidos y pensaba para sus adentros: *Si tan sólo supieran que llegaré a ser una gran estrella, no perderían el tiempo con esos mamarrachos.*

Visitó a todos los agentes, pero muy pronto descubrió que estaba perdiendo el tiempo. Los agentes no tenían ojos más que para las estrellas. Uno no podía ir en busca de ellos. Debía ser a la inversa. Uno de los nombres que Toby más oía pronunciar era el de Clifton Lawrence. Se ocupaba exclusivamente de las grandes figuras y realizaba los contratos más increíbles. *Clifton Lawrence será un día mi agente,* pensó Toby.

Se suscribió a las dos biblias del ambiente cinematográfico, el *Daily Variety* y el *Hollywood Reporter.* Le daban la sensación de que ya pertenecía a ese mundo. La Twentieth Century Fox había comprado *Por siempre ámbar* y Otto Preminger tendría a su cargo la dirección de la película. Ava Gardner había firmado el contrato para actuar en *Whistle Stop* junto con George Raft y Jorja Curtright, y *Life with Father* había sido adquirida por la Warner Brothers. Y entonces Toby leyó una noticia que le hizo latir el corazón con fuerza: «El productor Sam Winters ha sido nombrado vicepresidente a cargo de la producción de los Estudios Pan-Pacific».

# 7

Sam Winters volvió de la guerra y encontró que aún lo esperaba su puesto en los Estudios Pan-Pacific. Seis meses después hubo una reorganización. El presidente del estudio fue despedido y le pidieron a Sam que se hiciera cargo de la dirección hasta que se encontrara un nuevo jefe de producción. Sam realizó tan buen trabajo, que la búsqueda fue abandonada y lo nombraron oficialmente vicepresidente a cargo de la producción. Era un trabajo capaz de romper los nervios y provocar úlceras a cualquiera, pero a Sam le gustaba más que cualquier otra cosa en el mundo.

Hollywood era semejante a un circo de tres pistas repleto de lunáticos y chiflados personajes, un campo minado sobre el que desfilaba bailando un conjunto de idiotas. La mayoría de los actores, directores y productores eran unos megalómanos egocéntricos, desagradecidos, llenos de vicios y destructivos. Pero en lo que a Sam atañía, lo único que le interesaba era que tuvieran talento. El talento era la llave mágica.

La puerta de la oficina de Sam se abrió dejando paso a Lucille Elkins, su secretaria, que le traía la correspondencia que acababa de abrir. Lucille era un personaje inamovible, una profesional competente que sobrevivía a todos los cambios y que veía aparecer y desaparecer a diferentes jefes.

—Ha venido a verlo Clifton Lawrence —dijo Lucille.

—Hágalo pasar.

Lawrence le caía bien a Sam. Tenía clase. Fred Allen había dicho: «Toda la honestidad de Hollywood podría ocultarse en el ombligo de un mosquito y todavía habría lugar para cuatro semillas de alpiste y el corazón de un agente».

Clifton Lawrence era más honesto que la mayoría de los agentes. Era un personaje legendario en Hollywood y la lista de su clientela abarcaba a cuanta persona importante figuraba en el ambiente. Su oficina era pequeña y estaba constantemente en movimiento, atendiendo clientes en Londres, Suiza, Roma y Nueva York. Estaba íntimamente relacionado con todos los ejecutivos importantes de Hollywood y se reunía todas las semanas para jugar a las cartas con un grupo que incluía las figuras principales de los tres estudios. Dos veces al año alquilaba un yate, invitaba a media docena de bonitas modelos y a los ejecutivos de primera línea de los estudios para gozar de una semana de «pesca». Clifton Lawrence poseía una casa en la playa de Malibú totalmente equipada y disponible en cualquier momento para cualquiera de sus amigos que la necesitara. Clifton tenía una relación simbiótica con Hollywood, y resultaba beneficioso para todos.

Sam observó que la puerta se abría y entraba Lawrence vestido con un elegante traje de corte impecable. Se acercó a Sam, le tendió una mano cuidadosamente manicurada y le dijo:

—Sólo quería saludarte. ¿Qué tal anda todo, muchacho?

—Si me permites expresarlo en esta forma —respondió Sam—, te diría que si los días fueran barcos, el de hoy sería semejante al *Titanic*.

Clifton Lawrence demostró su solidaridad con un sonido compasivo.

—¿Qué te pareció el preestreno de anoche? —preguntó Sam.

—Si se hace un reajuste de los primeros veinte minutos y se cambia el final tendrás un gran éxito.

—Qué gracioso —respondió Sam sonriendo—. Es exactamente lo que estamos haciendo. ¿Tienes algún cliente para mí?

Lawrence hizo una mueca.

—Lo siento. Están todos trabajando.

Y era verdad. El selecto grupo de grandes estrellas de Clifton Lawrence, además de varios directores y productores, estaban siempre solicitados.

—Te veré en la comida del viernes, Sam —dijo Clifton—. *Ciao*.
—Se dio la vuelta y se dirigió a la puerta.

El intercomunicador transmitió la voz de Lucille.

—Está aquí Dallas Burke.

—Dígale que pase.

—Y Mel Foss quiere verle. Dijo que era urgente.

Mel Foss era el jefe de la sección televisión de los Estudios Pan-Pacific.

Sam echó una mirada a su agenda.

—Dígale que podremos tomar el desayuno mañana a las ocho en el Polo Lounge.

El teléfono sonó nuevamente en la oficina exterior y Lucille lo atendió.

—Oficina del señor Winter.

Una voz desconocida preguntó:

—Buenos días, ¿está el jefe?

—¿De parte de quién, por favor?

—Dígale que es un viejo compañero... Toby Temple. Estuvimos juntos en el ejército. Me dijo que lo llamara si venía alguna vez a Hollywood y aquí me tiene.

—Está en una reunión, señor Temple. ¿Le parece bien que lo llame cuando termine?

—Por supuesto. —Acto seguido le dejó su número de teléfono, que Lucille arrojó al cesto de los papeles. No era la primera vez que alguien trataba de engañarla con el truco del viejo camarada de armas.

* * *

Dallas Burke era uno de los directores pioneros de la industria cinematográfica. Sus películas se exhibían en todos las escuelas en las que se dictaban cursos sobre producción de películas. Media docena de sus primeras películas eran consideradas clásicos del cine y ninguna dejaba de ser brillante y actual. Burke estaba ya cerca de los ochenta años y su cuerpo, en otro tiempo robusto, se había encogido de tal forma que la ropa le sobraba por todas partes.

—Qué gusto verlo por aquí, Dallas —dijo Sam al entrar el anciano en su oficina.

—Lo mismo digo, muchacho. —Señaló al hombre que lo acompañaba y agregó—: Conoces a mi agente.

—Por supuesto. Cómo está, Peter. Creo que tiene algo que contarme —le dijo Sam a Dallas Burke cuando se sentaron todos.

—Es una verdadera joya —dijo el viejo con voz emocionada.

—Me muero por oírlo —acotó Sam—. Adelante, Dallas. Dallas Burke se inclinó hacia delante y comenzó a hablar.

—¿Qué es lo que más le interesa a la gente, muchacho? El amor, ¿verdad? Y esta idea es respecto al más sagrado de todos los amores: el amor de una madre por su hijo. —Su voz subía de tono a medida que se entusiasmaba con su relato—. La acción se inicia en Long Island con una muchacha de diecinueve años que trabaja como secretaria en una familia pudiente. Dinero de años. Lo que nos permite utilizar un ambiente lujoso... ¿comprende lo que quiero decir? Alta sociedad. El hombre para quien trabaja está casado con una oligarca presumida. Le gusta la secretaria y ella también está enamorada de él aun cuando es mucho mayor.

Sam, que lo escuchaba a medias, se puso a pensar si el argumento sería una repetición de *Back Street* o de *Imitation of Life*. No tenía importancia en realidad, porque fuera lo que fuera, Sam se lo compraría. Habían transcurrido casi veinte años desde que alguien había encargado la dirección de una película a Dallas Burke. Sam no podía culpar de ello a la industria cinematográfica. Las últimas tres habían resultado sumamente caras, pasadas de moda y un fracaso de taquilla. Dallas Burke estaba acabado definitivamente como realizador de películas. Pero era un ser humano y aún estaba vivo y de alguna forma había que ocuparse de él ya que no había ahorrado ni un centavo. Le habían ofrecido una habitación en la Pensión para Veteranos del Cinematógrafo, pero la había rechazado indignado. «¡No quiero vuestra asquerosa limosna! —había exclamado—. Están hablando con el hombre que dirigió a Doug Fairbanks y Jack Barrymore y Milton Sills y Bill Farnum. ¡Soy un coloso, pigmeos hijos de puta!»

Y lo era. Una verdadera leyenda, pero incluso las leyendas necesitan alimentarse.

Cuando Sam se convirtió en productor, telefoneó a un agente que conocía y le pidió que le llevara a Dallas Burke para que le sugiriera un argumento.

Desde entonces Sam le compraba al viejo todos los años unas historias imposibles, para que tuviera con qué vivir, y se encargó de que ese arreglo prosiguiera mientras estuvo en el ejército.

—... por tanto —seguía diciendo Dallas Burke—, la criatura crece ignorando quién es su madre. Pero ésta no le pierde la pista. Y al final, cuando la hija se casa con ese acaudalado médico tenemos una gran boda. ¿Y sabes cuál es el detalle trágico, Sam? Escucha atentamente porque es sensacional. ¡No permiten asistir a la madre! Tiene que entrar a escondidas a la iglesia y observar desde el fondo la ceremonia de la boda de su hija. No habrá un ojo seco en todo el público... Bueno, eso es todo. ¿Qué te parece?

Sam se había equivocado. Era *Stella Dallas*. Miró de reojo al agente, que apartó la vista abochornado y se puso a estudiar la punta de sus lujosos zapatos.

—Me parece fantástico —dijo Sam—. Es justamente la clase de película que quería hacer el estudio. —Y dándose la vuelta hacia el agente, agregó—: Comuníquese con la sección contratos y haga un arreglo con ellos, Peter. Yo les avisaré que esperen su llamada.

El agente insistió.

—Avísales que van a tener que pagar un buen precio por este argumento, pues de lo contrario se lo llevaré a Warner Brothers —acotó Dallas Burke—. Te doy a ti la primera opción porque somos amigos.

—Te lo agradezco —respondió Sam.

Se quedó mirando salir a los dos hombres de su oficina pensando que en realidad no tenía derecho alguno de tirar el dinero de la compañía en esos sentimentalismos. Pero la industria cinematográfica estaba en deuda con hombres como Dallas Burke, ya que de no haber sido por él y otros similares, no habría existido esa industria.

Sam Winters atravesó con su coche el portón del hotel Beverly Hills a las ocho de la mañana siguiente. Pocos minutos después se dirigía hacia el Polo Lounge, saludando a su paso a amigos, conocidos y rivales. Eran más los contratos que se convenían en ese lugar durante el desayuno, el almuerzo y tomando un cóctel que los que se decidían en todas las oficinas de todos los estudios juntos. Mel Foss levantó la vista al ver acercarse a Sam.

—Buenos días, Sam.

Los dos hombres se estrecharon la mano y Sam se sentó a la mesa frente a Foss. Sam había contratado a Foss hacía ocho meses, para que dirigiera la sección televisión de los Estudios Pan-Pacific. La televisión empezaba a dar sus primeros pasos en el ambiente del espectáculo y crecía con increíble rapidez. Todos los estudios que en cierto momento la habían considerado despreciativamente estaban ahora trabajando con ella.

Se acercó la camarera para preguntarles qué iban a tomar, y cuando se alejó Sam dijo:

—¿Qué noticia buena tienes, Mel?

Mel Foss movió la cabeza.

—No es precisamente una buena noticia. Tenemos problemas —anunció

Sam esperó sin decir nada.

—No nos renovarán el contrato de The Raiders.

Sam lo miró sorprendido.

—Pero si la aceptación es excelente. ¿Por qué crees que la emisora quiere cancelarlo? No es tan fácil conseguir un *show* con tanto éxito.

—No se trata del *show* —dijo Foss—. Es por Jack Nolan. —Jack Nolan era el artista principal de The Raiders y había alcanzado un gran éxito tanto de crítica como de público.

—¿Qué pasa con él? —preguntó Sam. Detestaba la costumbre que tenía Mel Foss de obligarlo a sonsacarle lo que quería saber.

—¿No has leído el número de esta semana de la revista *Peek*?

—No la leo jamás. Es una porquería. —De repente se dio cuenta de lo que quería decirle Foss—. ¡A Nolan lo pescaron!

—En vivo y en directo —respondió Foss—. El muy tonto se puso su mejor vestido de encaje y fue a una fiesta. Alguien le sacó fotografías.

—¿Es muy serio?

—No puede ser peor. Ayer recibí no sé cuántas llamadas del canal de televisión. Los patrocinadores y ellos quieren despedirlo. Nadie quiere tener nada que ver con un maricón que lo pregona a los cuatro vientos.

—Pederasta —acotó Sam. Había contado seriamente con presentar un buen informe sobre la televisión durante la próxima reunión del consejo que se llevaría a cabo el mes siguiente en Nueva York. Pero la noticia que acababa de comunicarle Foss daba por tierra con ello. Perder The Raiders sería un rudo golpe.

A menos que pudiera hacer algo al respecto.

* * *

Cuando Sam regresó a su oficina Lucille le entregó una hoja con diferentes mensajes.

—Los más importantes son los que están arriba —le dijo—. Lo necesitan…

—Después. Llame a IBC y comuníqueme con William Hunt.

Dos minutos después, Sam hablaba con el director de la International Broadcasting Company. Lo había frecuentado poco durante los últimos años, pero le resultaba simpático. Hunt se había iniciado como un brillante abogado de la compañía y había ascendido paso a paso hasta llegar a la cumbre del canal de televisión. Raras veces tenían contactos por negocios porque Sam no estaba conectado directamente con la sección dedicada a televisión. Pero en ese momento se lamentaba de no haber dedicado más tiempo a cultivar la amistad de Hunt. Cuando éste se puso al fin al habla, Sam hizo un esfuerzo para que su voz sonara en tono natural e indiferente.

—Buenos días, Bill.

—Qué agradable sorpresa —respondió Hunt—. Hace mucho que no oía tu voz, Sam.

—Demasiado. Eso es lo malo de este trabajo, Bill. Nunca se dispone del tiempo que uno desearía dedicar a las personas que nos agradan.

—Eso es muy cierto.

Sam prosiguió tratando de que su voz pareciera la de siempre.

—A propósito, ¿has visto por casualidad ese tonto artículo de *Peek*?

—Sabes muy bien que sí —contestó tranquilamente Hunt—. Ésa es la razón por la que suspendemos el programa, Sam. —Las palabras fueron pronunciadas con gran determinación.

—Bill —agregó Sam—, ¿qué dirías si te contara que Jack Nolan fue víctima de una trampa?

Una carcajada resonó en el otro extremo de la línea.

—Diría que tal vez sería hora de que pensaras en convertirte en un escritor.

—Lo digo en serio —insistió Sam—. Conozco bien a Jack Nolan. Es tan hombre como nosotros. Esa fotografía fue tomada durante una fiesta de disfraces. Era el cumpleaños de su amiguita y se puso el vestido para hacerle una broma. —Sam sentía que le sudaban las manos.

—No puedo…

—Te diré algo para que te des cuenta de hasta qué punto tengo confianza en Jack —agregó Sam—. Acabo de elegirlo para representar el papel principal de *Laredo,* nuestro gran *western* para el año próximo.

—¿Lo dices en serio, Sam? —preguntó Hunt después de una pausa.

—Ya lo creo. Es una película que vale tres millones de dólares. Si Jack Nolan fuera realmente un homosexual el público no lo toleraría. Los exhibidores no querrían saber nada con él. ¿Crees que me arriesgaría de esa forma si no estuviera seguro de lo que te digo?

—Bueno… —la voz de Bill Hunt reflejó cierto titubeo.

—Vamos, Bill, no puedes permitir que un infame pasquín como *Peek* destruya la carrera de un buen hombre. Te gusta el *show,* ¿no es así?

—Muchísimo. Es excelente. Pero los patrocinadores…

—Es tu canal. Tienes más patrocinadores que tiempo disponible en la pantalla. Te hemos dado un *show* de primer orden. No juguemos con un éxito semejante.

—Bueno…

—¿No te contó Mel Foss los planes del estudio para The Raiders durante la próxima temporada?

—No.

—Supongo que pensaba darte una sorpresa —acotó Sam—. ¡Espera hasta enterarte de lo que se le ha ocurrido! Artistas invitados, grandes escritores de *westerns,* filmación en el lugar…, ¡no falta nada! Te aseguro que si The Raiders no alcanza el primer puesto en el índice de audiencia, quiere decir que no sirvo para este tipo de trabajo.

Hubo una pequeña pausa y Bill Hunt agregó:

—Dile a Mel que me llame. Tal vez nos hemos asustado innecesariamente.

—Te llamará —le prometió Sam.

—Y otra cosa más, Sam, comprendes mi posición... Yo no quería herir a nadie.

—No te preocupes —dijo Sam generosamente—. Te conozco demasiado bien para pensar semejante cosa, Bill. Por eso era por lo que me parecía justo que te enteraras de la verdad del asunto.

—Te lo agradezco.

—¿Qué te parece si almorzamos juntos la semana próxima?

—Encantado. Te llamaré el lunes.

Se despidieron y dieron por terminada la conversación. Sam se quedó sentado sintiéndose totalmente agotado. Lo que había dicho sobre Jack Nolan era tan falso como una moneda de cobre. Alguien debería haberlo encerrado tiempo ha. Y pensar que todo su futuro dependía de tarados como Nolan. Dirigir un estudio era semejante a caminar por un alambre sobre las cataratas del Niágara en medio de una espesa neblina. *Hay que estar loco para hacer este trabajo,* pensó Sam. Tomó su teléfono privado y marcó un número. Pocos minutos después estaba al habla con Mel Foss.

—The Raiders sigue en el aire —le anunció.

—¿Qué dices? —preguntó Foss con voz que aparentaba asombro e incredulidad.

—Lo que acabas de oír. Quiero que te pongas rápidamente en contacto con Jack Nolan. ¡Dile que si vuelve a extralimitarse otra vez me encargaré personalmente de echarlo de esta ciudad y hacerlo volver a Fire Island! Y lo digo en serio. ¡Si tiene necesidad de chupar algo, dile que se compre una banana!

Colgó sin más el teléfono y se recostó contra el respaldo de la silla pensando. Había olvidado decirle a Foss los cambios de programa que le había anunciado a Bill Hunt. Tendría que buscar un escritor que pudiera presentar un guión sobre un *western* titulado *Laredo.*

La puerta se abrió súbitamente dejando paso a Lucille que, con el rostro pálido, le preguntó:

—¿Puede ir al estudio número diez? Alguien le ha prendido fuego.

# 8

Toby trató de comunicarse con Sam Winters muchísimas veces, pero nunca pudo pasar más allá de su detestable secretaria y finalmente renunció. Hizo la ronda de todos los cabarets y estudios sin lograr éxito alguno. Al año siguiente se vio obligado a realizar diferentes trabajos para poder vivir. Vendió propiedades, seguros y artículos de mercería y mientras tanto actuaba en bares y unos poco conocidos *night-clubs*. Pero nunca pudo traspasar el portón de ningún estudio.

—Lo has llevado por mal camino —le dijo un amigo—. Debes hacer que *ellos* te busquen *a ti*.

—¿Y cómo lo consigo? —preguntó Toby cínicamente.

—Entra al Actors West.

—¿Una escuela de artistas?

—Es algo más que eso. Representan obras y todos los jefes de los estudios locales asisten a ellas.

Actors West tenía el especial olor del profesionalismo. Toby lo advirtió en cuanto atravesó la puerta. De las paredes colgaban fotografías de los que se habían graduado en la escuela. Toby reconoció entre ellos a varios actores famosos.

La recepcionista rubia que estaba sentada detrás de un escritorio le preguntó:

—¿Puedo ayudarlo?

—Sí. Soy Toby Temple. Y me gustaría inscribirme.

—¿Ha tenido ya experiencia como actor? —inquirió.

—Bueno, no —respondió Toby—, pero yo...

La joven movió negativamente la cabeza.

—Lo siento. La señora Tanner no concede entrevistas a nadie que no tenga experiencia profesional.

Toby se quedó mirándola durante un momento.

—¿Está bromeando?

—No. Es nuestra regla. Ella nunca...

—No me refiero a eso —acotó Toby—. Lo que quiero decir es que si no sabe realmente quién soy.

La muchacha lo miró y respondió:

—No.

Toby suspiró suavemente.

—Cielos —dijo—. Tenía razón Leland Hayward cuando dijo que si uno trabaja en Inglaterra, en Hollywood se ignora por completo nuestra existencia. —Sonrió entonces y agregó en tono de disculpa—: Lo siento, estaba bromeando. Pensé que me conocía.

La recepcionista quedó confundida, sin saber qué creer.

—¿Ha trabajado, pues, profesionalmente?

Toby lanzó una carcajada.

—Diría que sí.

La rubia tomó un formulario.

—¿Qué papeles ha representado y en dónde?

Aquí nada —respondió Toby rápidamente—. He estado en Inglaterra durante los últimos dos años trabajando en teatros de repertorio.

La recepcionista asintió.

—Comprendo. Bueno, espere que voy a hablar con la señora Tanner.

La muchacha desapareció en el interior de otra oficina y salió a los pocos minutos.

—La señora Tanner lo recibirá. Buena suerte.

Toby le guiñó el ojo, respiró hondo y avanzó hacia la oficina de la señora Tanner.

Alice Tanner era una mujer de pelo oscuro con un rostro atractivo y aristocrático. Aparentaba tener más de treinta años, casi diez más que Toby. Estaba sentada detrás de un escritorio, pero lo que Toby pudo apreciar de su figura era sensacional. *Este lugar es justo lo que preciso,* decidió de inmediato.

Exhibió su sonrisa cautivante y anunció:

—Soy Toby Temple.

Alice Tanner se puso de pie y se le acercó. Un gran aparato metálico le sujetaba la pierna izquierda y cojeaba de una forma que mostraba que su invalidez databa de mucho tiempo.

*Polio,* pensó Toby, pero no sabía si hacer o no algún comentario al respecto.

—De modo que quiere inscribirse en nuestros cursos.

—Más que cualquier otra cosa —respondió Toby.

—¿Puedo preguntarle por qué?

Con voz que se esforzó para que sonara sincera le contestó:

—Porque dondequiera que voy, señora Tanner, todos hablan de su escuela y de las magníficas obras que presenta en ella. Apuesto a que no tiene idea de la fama que tiene este lugar.

La mujer lo estudió durante un instante antes de decir:

—Tengo una idea. Y por eso es por lo que debo cuidarme de aceptar farsantes.

Toby sintió que se sonrojaba, pero se las arregló para sonreír con aire ingenuo.

—Estoy seguro. Muchos de ellos deben de tratar de meterse aquí.

—Bastantes —asintió la señora Tanner mirando la tarjeta que tenía en la mano—. Toby Temple.

—Posiblemente no conoce el nombre —le explicó—, porque durante los últimos años he…

—Trabajado en Inglaterra en teatros de repertorio.

—Correcto —asintió.

Alice Tanner lo miró y con gran tranquilidad le contestó:

—Señor Temple, la British Actors Equity no permite actuar a actores norteamericanos en teatros ingleses de repertorio.

Toby sintió súbitamente un nudo en el estómago.

—Podría haberlo averiguado primero y evitarnos el papelón a ambos. Lo siento, pero aquí sólo admitimos a los que tienen experiencia profesional. —Regresó hacia su escritorio dando a entender que la entrevista había terminado.

—¡Un momento! —exclamó con una voz que parecía un latigazo.

La mujer se dio la vuelta azorada. Toby no tenía entonces la menor idea de lo que iba a hacer o decir. Lo único que sabía era que todo su futuro estaba en juego. La mujer de pie frente a él era el primer escalón para todo lo que él quería, para todo lo que había trabajado y sudado por conseguir y no iba a permitir que lo detuviera en su marcha.

—¡No se juzga el talento por reglas, señora! De acuerdo, no tengo experiencia como actor. ¿Y por qué? Porque personas como usted se niegan a darme una oportunidad. ¿Comprende lo que quiero decir? —Era la voz de W. C. Fields.

Alice Tanner abrió la boca para interrumpirlo, pero Toby no le dio oportunidad de hacerlo. Era Jimmy Cagney pidiéndole que no le negara una oportunidad a un pobre muchacho y James Stewart apoyándolo y Clark Gable anunciando que se moría de ganas de actuar con ese muchacho y Cary Grant agregando que lo consideraba brillante. El cuarto se llenó de estrellas de Hollywood, todas diciendo cosas graciosas, cosas que jamás se le había ocurrido decir a Toby Temple. Las palabras y los chistes le salían a borbotones en un violento frenesí. Era un hombre que estaba ahogándose en la oscuridad de su propio olvido, aferrándose a una tabla de salvación que consistía en palabras y esas palabras eran lo único que lo mantenía a flote. Estaba bañado en sudor, corría de una punta a la otra de la habitación, imitando los movimientos de los diferentes personajes que representaba. Parecía un maniático, estaba totalmente fuera de control, olvidándose incluso de quién era y para qué estaba allí, hasta que de repente oyó a Alice Tanner que decía:

—¡Basta! ¡Basta!

Lágrimas de risa corrían por su cara.

—¡Basta! —repitió jadeando, tratando de recuperar el aliento.

Toby regresó lentamente a la tierra. La señora Tanner había sacado su pañuelo y estaba secándose los ojos.

—Usted..., usted está loco —le dijo—. ¿Lo sabe?

Toby se quedó mirándola, sintiendo que lentamente lo inundaba una sensación de júbilo que lo engrandecía y exaltaba.

—¿Le gustó, eh?

Alice Tanner movió la cabeza y respiró hondo para controlar su risa.

—No..., no mucho —respondió.

Toby se quedó mirándola furibundo. Se había reído de él y no gracias a él. Había estado haciendo el papel del tonto.

—¿Y de qué se reía, entonces? —le preguntó.

Ella sonrió y contestó tranquilamente: —De usted. Fue la representación más frenética que he visto en mi vida. Y oculto detrás de todos esos artistas hay un joven con mucho talento. No necesita imitar a otras personas. Usted es naturalmente gracioso.

Toby sintió que su furia se desvanecía.

—Creo que si está dispuesto a trabajar mucho, algún día será realmente bueno. ¿Quiere hacerlo?

La miró con una suave y angelical sonrisa y respondió:

—Arremanguémonos y pongámonos manos a la obra.

Josephine trabajó mucho ese sábado por la mañana, ayudando a su madre con la limpieza de la casa. Cissy y otras amigas pasaron a buscarla a mediodía para llevarla a una comida campestre.

La señora Czinski se quedó mirando cómo Josephine se alejaba en el enorme coche lleno de los niños de la Gente del Petróleo. Algo malo le va a ocurrir un día a Josephine, pensó. No debería dejarla salir con esa gente. Son hijos del Diablo. Y se puso a pensar si no se ocultaría un demonio en su hija. Hablaría de ello con el reverendo Damian. Él sabría qué debería hacerse.

# 9

Actors West estaba dividido en dos secciones: el grupo de vanguardia y el del taller. Los actores que pertenecían al primero eran los que tenían a su cargo la representación de las obras que presenciaban los representantes de los estudios. Toby había sido destinado al grupo del taller. Alice Tanner le había dicho que podían pasar seis meses o un año hasta que estuviera en condiciones de realizar una representación con el grupo de vanguardia.

Las clases le parecían interesantes, pero les faltaba el ingrediente principal: el público, los aplausos, las risas, la gente que lo idolatraría.

Durante las primeras semanas de clase, Toby vio muy pocas veces a la directora de la escuela. Alice Tanner aparecía ocasionalmente en el taller para presenciar improvisaciones y decir alguna palabra de aliento y otras veces se cruzaba con ella camino de su clase. Pero él había esperado una relación más íntima. Descubrió que Alice Tanner ocupaba mucho sus pensamientos. Era lo que Toby consideraba una dama con clase y eso le atraía; sentía que era lo que merecía. La idea de su pierna lisiada le había molestado al principio, pero poco a poco llegó a adquirir una fascinación sexual.

Toby le pidió nuevamente que lo pusiera con el otro grupo para que así pudieran conocerlo los críticos y los que salían en busca de nuevos valores artísticos.

—No estás listo todavía —le respondía Alice Tanner.

Ella se interponía en su camino, alejándolo del éxito. *Tengo que hacer algo al respecto,* decidió Toby.

Estaba en vías de estrenarse una obra a cargo del grupo de vanguardia y la noche del estreno Toby se instaló en una fila del medio junto a una estudiante llamada Karen, una gordita compañera de su clase que pretendía ser una artista de carácter. Toby había representado algunas escenas con ella y había aprendido dos cosas: que jamás usaba ropa interior y que tenía mal aliento. Había hecho todo lo imaginable, excepto señales de humo, para darle a entender a Toby que quería acostarse con él, pero éste había simulado no darse cuenta. «Dios mío —pensó—, hacer el amor con ella debe de ser como ser succionado dentro de un tubo de grasa.»

Mientras esperaban a que se levantara el telón, Karen le señaló, muy excitada, que estaban presentes los críticos del *Times* y el *Herald-Express* de Los Ángeles, y los representantes de la Twentieth Century Fox, MGM y Warner Brothers. Eso fastidió a Toby. Habían venido a ver a los actores que estaban sobre el escenario mientras él permanecía sentado entre el público como un muñeco. Sintió un impulso casi incontrolable por ponerse de pie y realizar una demostración de sus habilidades, dejándolos boquiabiertos al apreciar realmente un verdadero talento.

El público disfrutó con la obra, pero Toby estaba obsesionado por los buscadores de estrellas enviados por los estudios, sentados tan cerca de él y que tenían su futuro en sus manos. Bien, ya que el Actors West era la carnada para atraerlos, Toby decidió utilizarla; pero no tenía intenciones de esperar seis meses ni seis semanas.

Se dirigió a la mañana siguiente a la oficina de Alice Tanner.

—¿Qué te pareció la obra? —le preguntó ella.

—Maravillosa —respondió Toby—. Esos actores son realmente buenos. —Y sonriendo con tristeza agregó—: Comprendo lo que quieres decir al afirmar que todavía no estoy listo.

—Han tenido más experiencia, eso es todo, pero tú tienes una personalidad única. Lo lograrás. Debes tener un poco de paciencia.

—No sé —contestó suspirando—. Tal vez sea mejor que olvide todo el asunto y me dedique a vender seguros o algo por el estilo.

Ella lo miró sorprendida y dijo:

—De ningún modo.

Toby movió la cabeza y agregó:

—Después de haber visto anoche la actuación de esos profesionales creo que no estoy dotado para ello.

—Por supuesto que lo estás, Toby. No permitiré que te vayas así como así.

Advirtió en su voz el tono que esperaba oír. No era en ese momento la maestra que habla con el alumno, era una mujer hablando con un hombre, alentándolo, preocupada por él. Toby experimentó un pequeño estremecimiento de satisfacción.

Se encogió de hombros abatido y dijo:

—No estoy seguro, ya. Estoy tan solo en esta ciudad. No tengo nadie con quien hablar.

—Puedes hablar conmigo siempre que lo desees, Toby. Me encantaría ser tu amiga.

Oyó que en su voz se filtraba una tonalidad que traslucía cierta sexualidad. Los ojos azules de Toby reflejaban todo el asombro del mundo cuando la miró. Ella lo observó durante un instante. Toby se dirigió a la puerta y la cerró con llave. Cuando volvió, cayó de rodillas frente a ella, escondió la cabeza en su falda y mientras Alice le acariciaba el pelo con la mano, le levantó lentamente la falda dejando al descubierto el pobre muslo rodeado por el grosero soporte de hierro. Quitó suavemente el soporte, besó tiernamente las marcas rojas dejadas por las tiras metálicas y desabrochó lentamente el cinturón sin cesar de expresarle cuánto la amaba y la necesitaba, besándola hasta llegar a los húmedos labios que habían quedado al descubierto. La llevó hasta el mullido sofá y allí le hizo el amor.

Toby se trasladó esa noche a casa de Alice Tanner.

Esa noche, mientras dormía junto a Alice Tanner, descubrió que era una mujer terriblemente solitaria y que ansiaba desesperadamente tener alguien con quien hablar, a quien amar. Había nacido en Boston. Su padre era un industrial acaudalado que le dio una generosa pensión y se olvidó luego de ella. Alice tenía grandes inclinaciones por el teatro y había hecho estudios para ser una actriz, pero enfermó con la polio durante sus estudios secundarios en el colegio y eso echó por tierra sus sueños. Le contó a Toby de qué forma la enfermedad había afectado su vida. El muchacho con quien estaba comprometida la abandonó cuando se enteró de la noticia. Alice se fue de su casa y contrajo matrimonio con un psiquiatra que se suicidó seis meses después. Parecía que todas sus emociones habían estado embotelladas en su interior y en ese momento estallaron como una violenta erupción, dejándola tan agotada, como tranquilizada y maravillosamente satisfecha.

Toby le hizo el amor a Alice en una forma tal que estuvo a punto de desmayarse de felicidad, colmándola con su enorme miembro, moviendo lentamente y en círculos sus caderas hasta brindarle una satisfacción que llegaba a todos los rincones de su cuerpo.

—Te quiero tanto, querido —gimió—. ¡Ay, Dios!, ¡cómo me gusta esto!

Pero descubrió que no tenía ninguna influencia sobre Alice respecto de la escuela de teatro. Trató de convencerla para que lo incluyera en la próxima obra del grupo de vanguardia, que le presentara a los directores y hablara sobre él a los importantes representantes de los estudios. Pero no cedió:

—Si te apresuras todo redundará en perjuicio tuyo, mi querido. La regla número uno es la siguiente: no hay nada más importante que la primera impresión. Si no les gustas la primera vez, no volverán jamás para verte en una segunda oportunidad. Tienes que estar preparado.

Cuando pronunció esas palabras se convirtió en el Enemigo. Estaba en contra de él. Toby se tragó la furia y se esforzó en sonreírle.

—Por supuesto. Lo que pasa es que estoy impaciente. Quiero lograrlo tanto por ti como por mí.

—¿De veras? ¡Oh, Toby, te quiero tanto!

—Yo también te quiero, Alice —acotó, mirándola sonriente. Sabía que tendría que engañar a esa mujer que se interponía en su camino hacia la fama. La odiaba y decidió castigarla.

Cuando hacían el amor, la obligaba a realizar cosas que jamás había hecho antes, y que él jamás había soñado con pedírselo ni a una prostituta, forzándola a valerse de la boca, los dedos y la lengua. La empujaba más y más, hasta lograr que cayera en una serie de actos humillantes. Pero cuanto más la degradaba, alabándola tal como uno alaba a un perro que aprende un truco nuevo, más feliz se sentía ella por haberlo satisfecho. Toby se castigaba a sí mismo y no tenía la menor idea de por qué.

Había pensado un plan y la oportunidad de llevarlo a la práctica se presentó antes de lo que esperaba. Alice Tanner anunció que el grupo conocido como del Taller montaría en privado una obra teatral que sería presenciada por las clases superiores y sus invitados el próximo viernes. Cada alumno elegiría su propio tema. Toby preparó un monólogo y lo ensayó una y otra vez.

La mañana previa a la función, esperó hasta que terminara la clase para acercarse a Karen, la artista rellenita que había sido su compañera y que se había sentado junto a él durante la representación previa.

—¿Me harías un favor? —le preguntó como de pasada.

—Por supuesto, Toby —le contestó con voz sorprendida e impaciente.

Toby se apartó ligeramente para esquivar su mal aliento.

—Quiero hacerle una broma a un amigo. Quisiera que llamaras por teléfono a la secretaria de Clifton Lawrence diciéndole que eres la secretaria de Sam Goldwyn, y que éste desearía que el señor Lawrence asista a la función de esta noche para presenciar la actuación de un estupendo cómico nuevo. Le dejará una entrada en la taquilla.

Karen se quedó mirándolo.

—Válgame Dios, la vieja Tanner me va a cortar la cabeza. Sabes que jamás permite que gente de fuera asista a las representaciones del grupo del Taller.

—Te aseguro que no pasará nada. —La tomó del brazo y estrujándoselo ligeramente le preguntó—: ¿Tienes algo que hacer esta tarde?

La muchacha tragó saliva con fuerza y su respiración se aceleró.

—No... estoy libre si quieres hacer algo.

—Me gustaría mucho hacer algo.

Tres horas después, una extática Karen hacía la llamada telefónica.

El salón de actos estaba lleno de artistas de diferentes categorías acompañados por sus invitados, pero Toby no tenía ojos más que para el hombre que estaba sentado en la tercera fila en una platea junto al pasillo. Había estado aterrado ante la posibilidad de que su estratagema no diera resultado. Era más que posible que un hombre tan inteligente como Clifton Lawrence olfateara la trampa. Pero no lo había hecho y ahora estaba instalado allí.

En esos momentos ocupaban el escenario un muchacho y una chica representando una escena de *The Sea Gull*. Toby confiaba en que no fueran tan malos como para que Clifton Lawrence decidiera salir de la sala. Terminaron finalmente la actuación, saludaron y desaparecieron entre las bambalinas.

Le tocaba el turno a Toby. Alice apareció súbitamente junto a él entre los decorados y le susurró:

—Buena suerte, querido —sin saber que la diosa Fortuna estaba sentada entre el público.

—Gracias, Alice —respondió Toby rezando en silencio, y luego de echar los hombros hacia atrás salió a escena sonriendo inocentemente al público—. Buenas noches, soy Toby Temple. ¿Se les ocurrió pensar alguna vez en nuestros nombres y por qué los eligieron nuestros padres? Es una locura. Le pregunté una vez a mi madre por qué me había llamado Toby. Ella me respondió que lo decidió luego de echar un vistazo a mi cara.

Su expresión fue lo que los hizo reír. Parecía tan inocente y pensativo, allí de pie en aquel escenario, que todos sintieron una enorme simpatía por él. Los chistes que decía eran pésimos, pero eso no les importaba. Era tan vulnerable que todos tenían ganas de protegerlo y así lo hicieron brindándole sus aplausos y sus risas. Fue como si Toby hubiese recibido una donación de amor, que lo colmaba hasta producirle una alegría casi intolerable. Se convirtió en Edward G. Robinson y Jimmy Cagney, y Cagney decía:

—¡Rata asquerosa! ¿A quién crees que estás dando órdenes?

Y Robinson agregaba:

—A ti, mamarracho. Soy el Pequeño César, el jefe. Tú no eres nada. ¿Sabes lo que eso quiere decir?

—Sí, rata asquerosa. Que eres el jefe de nada.

Un rugido entre el público. Todos estaban entusiasmados con él. En seguida apareció Bogart refunfuñando:

—Te escupiría en el ojo, cretino, si no tuviera el labio partido.

Y el público quedó fascinado.

Toby realizó su imitación de Peter Lorre.

—Vi a la niñita en el cuarto jugando con eso y me excité. No sé lo que me pasó. Pero no pude contenerme. Me deslicé en el cuarto y tiré y tiré de la cuerda, hasta que al final le rompí el yo-yo.

Más carcajadas. Era un éxito.

Se convirtió entonces en Laurel y Hardy, pero un movimiento entre el público le llamó la atención. Vio que Clifton Lawrence salía del teatro.

El resto de la velada se transformó en un borrón para Toby.

Alice Tanner se le acercó cuando terminó la función.

—¡Estuviste maravilloso, querido! Yo...

No podía tan siquiera mirarla, ni tampoco toleraba que alguien lo mirara. Quería estar a solas con su desgracia, tratar de sofocar el dolor que lo despedazaba. El mundo se había derrumbado ante sus ojos. Había tenido una oportunidad y había fracasado. Clifton Lawrence se había levantado a la mitad de su actuación, ni siquiera había esperado hasta que terminara. Clifton Lawrence era un hombre que sabía lo que era el talento, era un profesional que no trataba sino con lo mejor. Si Lawrence pensaba que Toby no valía nada… Sintió un nudo en el estómago.

—Voy a caminar un poco—le dijo a Alice.

Recorrió Vine Street y Gower, pasó por Columbia Pictures, Paramount y RKO. Todos los portones estaban cerrados. Recorrió el bulevar Hollywood y contempló el irónico cartel colocado en la colina que decía: TIERRA DE HOLLYWOOD. No existía ninguna tierra de Hollywood. Era un estado de la mente, un sueño insensato que convencía a miles de personas de que debían convertirse en estrellas y astros. La palabra Hollywood se había transformado en un sinónimo de milagros, una trampa para atraer a la gente valiéndose de promesas maravillosas, cantos de sirenas de sueños que se convertían en realidad, pero que en seguida se destruían.

Toby deambuló por las calles durante toda la noche, preguntándose qué haría ahora de su vida. La fe en sí mismo había sido destruida y se sentía desarraigado y a la deriva. Jamás se había imaginado haciendo otra cosa que no fuera entretener a la gente, y si no podía hacerlo ahora, todo lo que le quedaba por delante eran trabajos aburridos y monótonos que acabarían atrapándolo durante el resto de sus días. El Señor Anónimo. Nadie sabría jamás quién era. Pensó en esos años largos y lúgubres, en la amarga soledad de tantas ciudades sin nombre, en la gente que lo había aplaudido y había reído con él y sentido cariño por él. Toby se puso a llorar. Lloró por el pasado y por el futuro.

Lloró porque estaba muerto.

Estaba amaneciendo cuando regresó al chalet estucado de blanco que compartía con Alice. Entró en el dormitorio y contempló su silueta dormida. Había pensado en un momento que ella sería la clave para entrar en el reino mágico. Pero no existía ningún reino mágico. Por lo menos para él. Se iría de allí. No tenía la menor idea de adónde. Tenía casi veintisiete años y ningún futuro en perspectiva.

Se tiró exhausto sobre el diván, cerró los ojos y se quedó escuchando cómo cobraban vida los ruidos de la ciudad. El alboroto matinal es idéntico en todas las ciudades, y ello le llevó a pensar en Detroit. Y, por tanto, en su madre. Le pareció verla en la cocina preparándole una tarta de manzana. Creyó incluso percibir su característico y maravilloso olor de mujer mezclado con el de las manzanas y la manteca y la escuchó decir: *Dios quiere que seas famoso.*

Estaba de pie y solo en un inmenso escenario, enceguecido por la luz de las candilejas, tratando de recordar las palabras que debía pronunciar. Trataba de hablar, pero había perdido la voz. Sintió que lo invadía el pánico. Se oía gran movimiento en la platea, y pudo percibir a pesar de los focos que muchos espectadores se levantaban de sus asientos y se dirigían hacia él para matarlo. El amor se había transformado en odio. De repente se vio rodeado y estrujado por todos ellos que no cesaban de cantar:

—¡Toby! ¡Toby! ¡Toby!

Se despertó de un salto sintiendo la boca seca por el miedo. Alice Tanner estaba inclinada sobre él sacudiéndolo.

—¡Toby! Te llama Clifton Lawrence por teléfono.

La oficina de Clifton Lawrence estaba situada en un pequeño pero elegante edificio del Beverly Drive ligeramente más al sur de Wilshire. Numerosos cuadros de impresionistas franceses colgaban de las paredes cubiertas por unos elaborados paneles de madera, y un sofá y varios sillones antiguos estaban agrupados junto a una mesa de té frente a una chimenea de mármol color verde oscuro. Toby no había visto nunca algo semejante.

Una secretaria pelirroja con una excelente figura servía el té.

—¿Cómo le gusta el té, señor Temple?
*¡Señor Temple!*
—Un solo terrón de azúcar, por favor.
—Muy bien. —Una leve sonrisa y en seguida desapareció.

Toby ignoraba que el té era una mezcla especial importada de Fortnum and Mason remojado con Irish Baleek, pero sabía que su sabor era delicioso. En realidad, todo lo que había en esa oficina era maravilloso, y especialmente ese hombrecito regordete instalado en uno de los sillones y que lo estudiaba concienzudamente. Clifton Lawrence era más bajo de lo que había supuesto Toby, pero irradiaba una sensación de autoridad y poder.

—No sé cómo decirle lo mucho que le agradezco que fuera a ver mi actuación —dijo Toby—. Tuve que valerme de esa treta para...

Clifton Lawrence echó la cabeza hacia atrás y lanzó una carcajada:

—¿Creyó que me había engañado? Ayer almorcé con Goldwyn. Fui a verlo porque quería comprobar si su talento era tan grande como su audacia. Y así resultó.

—Pero si se fue... —exclamó Toby.

—Mi querido muchacho, no es necesario comerse todo el bote de caviar para saber si es realmente bueno, ¿verdad? Me di cuenta de sus posibilidades exactamente a los treinta segundos.

Toby experimentó nuevamente una sensación de euforia. Después de la noche terrible que había pasado, tuvo la impresión de que ahora era levantado hacia el cielo, que le devolvían nuevamente la vida...

—Tengo un presentimiento con usted, Temple —anunció Clifton Lawrence—. Creo que sería muy interesante tomar a alguien joven y formarle una carrera. He decidido aceptarlo como cliente.

La alegría estaba por explotar por todos los poros de Toby. Sentía ganas de ponerse de pie y comenzar a gritar. *¡Clifton Lawrence iba a ser su agente!*

—...Con una condición —acotó Lawrence—. Que haga exactamente lo que yo le diga. No tengo paciencia con las iniciativas propias. Todo habrá terminado la primera vez que se salga de la línea. ¿Entendido?

Toby asintió rápidamente.

—Sí, señor. Lo comprendo.

—Lo primero que debe hacer es enfrentarse a la verdad. —Miró a Toby sonriendo y agregó—: Su número es espantoso. De última categoría.

Fue como si le hubieran dado una patada en el estómago. Clifton Lawrence le había hecho ir allí para castigarlo por esa tonta llamada telefónica, no pensaba ocuparse de él. Iba...

Pero el pequeño agente prosiguió hablando.

—La noche anterior fue una noche de aficionados, y eso es exactamente lo que es usted: un aficionado. —Se levantó de la silla y comenzó a caminar de una a otra punta—. Le diré lo que posee y le diré lo que le hace falta tener para convertirse en una estrella.

Toby permaneció sentado.

—Empecemos con su material —dijo Clifton—. Si le agrega un poco de manteca y sal podrá venderlo en el vestíbulo del teatro.

—Sí, señor. Bueno, tal vez haya ciertas cosas muy cursis, pero...

—En segundo lugar, no tiene ninguna clase de estilo.

Toby sintió que se le crispaban las manos.

—El público no...

—Tercero. No sabe moverse. Parece un pez.

Toby guardó silencio.

El hombrecito se le acercó, miró hacia abajo y como si leyera sus pensamientos agregó:

—¿Si es tan malo, qué demonios está haciendo aquí? Está aquí porque tiene algo que no puede comprarse con dinero. Cuando aparece en el escenario, el público siente ganas de comérselo. Lo adoran. ¿Tiene alguna idea de lo que eso vale?

Toby respiró hondo y se recostó contra el respaldo de su asiento.

—Estoy esperando que me lo diga.

—Mucho más de lo que se imagina. Puede convertirse en una estrella si cuenta con el material indicado y una buena dirección.

Toby permaneció sentado, regodeándose con el significado de las palabras de Clifton Lawrence, como si todo lo que había hecho durante su vida lo hubiera llevado a eso, como si fuera ya una estrella y todo hubiera sido consumado. Tal como se lo había prometido a su madre.

—La clave del éxito de un animador es la personalidad —decía Clifton Lawrence—. Pero no se puede comprar ni falsificar. Tiene que ser algo innato. Y usted es uno de los pocos afortunados, querido muchacho. —Echó una mirada al Piaget de oro que adornaba su muñeca y anunció—: Le he organizado una entrevista con O'Hanlon y Rainger para las dos de la tarde. Son los mejores escritores de guiones cómicos de Hollywood. Trabajan para los mejores cómicos.

—Mucho me temo que no tengo dinero suficiente... —interpuso Toby nerviosamente.

—No se preocupe, muchacho —respondió Clifton Lawrence haciendo un gesto con la mano—. Me pagará después.

Clifton Lawrence permaneció sentado pensando en Toby durante un buen rato después de que éste se fuera, sonriendo para sus adentros al recordar esa cara inocente y sus enormes, confiados y cándidos ojos azules. Habían pasado muchos años desde que Clifton había representado a un desconocido. Su clientela consistía en las estrellas más famosas y todos los estudios se disputaban sus servicios. No había rastros ya del entusiasmo y agitaciones de antaño. Esos primeros años habían sido más divertidos, más estimulantes. Sería un desafío aceptar a este muchacho joven e inexperto y transformarlo y convertirlo en un personaje. Clifton tenía la impresión de que iba a disfrutar realmente con este experimento. Le gustaba el muchacho. En realidad, le gustaba mucho.

La reunión se llevó a cabo en los estudios de la Twentieth Century Fox situados en Pico Boulevard, al oeste de Los Ángeles, donde tenían sus oficinas O'Hanlon y Rainger. Toby había esperado encontrarse con algo lujoso, al estilo de la suite de Clifton Lawrence, pero el cuartel general de esos escritores consistía en unos desaliñados y sórdidos cuartos en un pequeño chalet de madera que formaba parte del resto del estudio.

Una anónima secretaria de edad indefinida, vestida con un gastado cardigan, hizo pasar a Toby a la oficina. Las paredes estaban pintadas con un descolorido tono verde manzana y el único adorno consistía en un agujereado tablero de dardos y un cartel que decía: «PIENSE ANTES DE ACTUAR» y cuyas últimas letras estaban pegadas una a la otra por falta de espacio. Los rayos del sol entraban parcialmente por las rendijas de una persiana veneciana rota y caían sobre una sucia alfombra marrón tan gastada que podía verse la trama. Había dos vapuleados escritorios, colocados uno contra el otro, tapizados de papeles, lápices y vasos de papel que contenían restos de café frío.

—Hola, Toby. Disculpa el desorden. Hoy es el día de salida de la sirvienta —le dijo O'Hanlon al saludarlo—. Soy O'Hanlon. —Señaló a su compañero y preguntó—: ¿Éste es...?

—Rainger.

—Eso es, Rainger.

O'Hanlon era alto, corpulento y usaba gafas con montura de carey. Rainger era bajito y de aspecto frágil. Ambos tenían poco más de treinta años y hacía diez que formaban una brillante pareja de guionistas. Durante los años que Toby trabajó con ellos siempre los llamó «los muchachos».

—Tengo entendido que ustedes van a escribir unos chistes para que yo los diga —manifestó Toby.

O'Hanlon y Rainger intercambiaron una mirada.

—Cliff Lawrence piensa que puedes convertirte en el próximo símbolo de tu sexo en Norteamérica. Veamos lo que sabes hacer. ¿Tienes algún número?

—Por supuesto —contestó Toby. Pero al recordar lo que Clifton había comentado al respecto sintió cierta desconfianza.

Los dos escritores se sentaron en el sofá y cruzaron los brazos.

—Diviértenos —indicó O'Hanlon.

—¿Así sin más? —inquirió Toby mirándolos.

—¿Qué te gustaría? —preguntó Rainger—. ¿Una introducción por una orquesta de sesenta músicos? —Se dio la vuelta hacia O'Hanlon y le dijo—: Comunícate con el departamento de música.

*Grandísimo sinvergüenza,* pensó Toby. *Acabo de anotarte en la lista de los mierdas y a tu amigo también.*

Sabía muy bien lo que estaban tratando de hacer. Querían hacerlo quedar tan mal para poder decirle después a Clifton Lawrence: No tiene arreglo. Es un fracaso. Pues bien, no los dejaría proseguir con ese jueguito. Se las arregló para exhibir una sonrisa cuando lo que menos tenía eran ganas de sonreír y procedió a realizar su parodia de Abbott y Costello.

—Dime, Lou, ¿no te avergüenzas de ti mismo? Te estás convirtiendo en un vago. ¿Por qué no sales a buscar trabajo?

—Ya tengo un trabajo.

—¿Qué clase de trabajo?

—Buscar un trabajo.

—¿Y a eso le llamas trabajar?

—Por supuesto. Me mantiene ocupado todo el día, tengo horarios fijos y todas las noches vuelvo a casa a cenar.

Ambos hombres estaban estudiando a Toby, analizándolo, pesando todas sus cualidades, y en medio de su representación comenzaron a hablar entre sí como si el otro no estuviera presente en el cuarto.

—No sabe estar de pie.

—Mueve las manos como si estuviera cortando leña con el hacha. Tal vez podríamos escribirle un guión sobre un leñador.

—Insiste demasiado.

—¿Cómo quieres que no lo haga con el material que utiliza?

Toby se sentía más incómodo segundo a segundo. No tenía por qué quedarse allí oyendo cómo lo insultaban esos dos chiflados. Posiblemente las cosas que ellos escribían eran igualmente malas.

Finalmente no pudo seguir aguantando. Interrumpió su actuación y con voz temblorosa por la ira exclamó:

—¡No los necesito! ¡Gracias por su hospitalidad! —Y acto seguido se dirigió a la puerta.

Rainger se puso de pie auténticamente sorprendido.

—¡Epa! ¿Qué demonios te pasa?

—¿Qué demonios cree que me puede pasar? —le espetó Toby dándose la vuelta furibundo—. Ustedes... ustedes. —Se sentía tan frustrado que estaba al borde de las lágrimas.

Rainger miró preocupado a O'Hanlon.

—Debemos de haber herido su amor propio.

—Cielos.

Toby respiró hondo y agregó:

—Escuchen los dos, me importa un comino que no les guste, pero...

—¡Pero si nos encantas! —exclamó O'Hanlon.

—¡Nos pareces maravilloso! —insistió Rainger.

Toby los miró alternativamente, totalmente despistado.

—¿Qué dicen? Pero si parecía...

—¿Sabes cuál es tu problema, Toby? La falta de seguridad. Tranquilízate. Por supuesto que tienes mucho que aprender, pero, por otra parte, no estarías aquí si fueras Bob Hope.

—¿Y sabes por qué? —acotó O'Hanlon—. Porque Bob está en Carmel.

—Jugando al golf. ¿Juegas tú al golf? —preguntó Rainger.

—No.

Los dos escritores se miraron consternados.

—¡Al diablo con todos los chistes sobre golf! Mierda.

O'Hanlon tomó el teléfono.

—¿Quieres traernos un poco de café, Zsa Zsa? —Colgó y dándose la vuelta hacia Toby le dijo—: ¿Sabes cuántos aspirantes a cómicos hay en este extraño negocio en el que estamos metidos?

Toby movió negativamente la cabeza.

—Puedo darte la cifra exacta. Tres billones setecientos veintiocho millones, hasta las seis de hoy. Y eso sin incluir al hermano de Milton Berle. Cuando hay luna llena salen todos arrastrándose de las bambalinas. Existen solamente media docena de cómicos realmente buenos. Los otros nunca llegarán a serlo. La comedia es el renglón más serio de todos. Resulta sumamente difícil ser gracioso, tanto si eres un cómico o un comediante.

—¿Cuál es la diferencia?

—Una muy grande. Un cómico dice cosas graciosas. Un comediante dice las cosas con gracia.

—¿Se te ocurrió pensar alguna vez por qué algunos comediantes son sensacionales y otros unos fracasados? —le preguntó Rainger.

—Por el material —respondió Toby queriendo adularlos.

—Estás totalmente equivocado. El último chiste fue inventado por Aristófanes. Los chistes son siempre básicamente los mismos. George Burns puede decir seis que ya haya dicho anteriormente el que lo precedía en el programa, pero él arrancará muchas más carcajadas. ¿Y sabes por qué? Personalidad. —Era lo mismo que le había dicho Clifton Lawrence—. Si no tienes personalidad eres un cualquiera. Empieza por tenerla y luego te convertirás en un personaje. Toma a Hope, por ejemplo. Si se le ocurriera realizar un monólogo de Jack Benny sería un fracaso. ¿Y por qué? Porque él se ha creado una personalidad, un estilo. Eso es lo que el público espera encontrar en él. Cuando Hope sale a escena, los espectadores esperan oír esas rápidas bromas. Es un vivo adorable, el típico habitante de la ciudad hecho a golpes. Jack Benny es justamente lo opuesto. No sabría qué hacer con un monólogo de Hope, pero puede aprovechar una pausa de dos minutos y hacer llorar de risa

al público. Cada uno de los hermanos Marx tiene su propia personalidad. Fred Allen es único. Y eso nos trae de vuelta a ti. ¿Sabes cuál es tu problema, Toby? Que eres un poco de todos. Estás imitando a todos los grandes. Bueno, eso está muy bien si quieres ser un mediocre toda tu vida. Pero si quieres pasar a primer plano, tendrás qué crear tu propio estilo y tu propia personalidad. El público tiene que saber que el que está en el escenario es Toby Temple antes de que hayas abierto la boca. ¿Me entiendes?
—Sí.
Le tocó el turno a O'Hanlon.
—Lo que tú tienes, Toby, es una cara encantadora. Si no estuviera ya comprometido con Clark Gable, habría perdido los estribos por ti. Hay una dulzura ingenua en tu persona que puede valer una fortuna si la pules bien.
—Ni qué hablar de las mujeres que conseguirías —interpuso Rainger.
—Puedes obtener algo que los demás no pueden. Eres como un niñito que dice palabrotas. Te hacen gracia porque uno no cree que sepa realmente el significado de lo que está diciendo. Cuando entraste aquí nos preguntaste si éramos los sujetos que te escribiríamos los chistes. Pues la respuesta es no. Esta no es una tienda donde se vendan chistes a medida. Lo que vamos a hacer es mostrarte lo que tienes de positivo y enseñarte a usarlo. Vamos a fabricarte un estilo. ¿Qué te parece?
Toby miró alternativamente a uno y otro, sonrió feliz y respondió:
—Arremanguémonos y pongámonos manos a la obra.

A partir de entonces, Toby almorzó todos los días en el estudio con Rainger y O'Hanlon. La cantina de la Twentieth Century Fox era una sala enorme repleta de punta a punta de estrellas famosas. Cualquier día de la semana, Toby podía ver a Tyrone Power, Loretta Young, Don Ameche, Betty Grable, Alice Faye, Richard Widmark, Victor Mature, los hermanos Ritz y muchísimos otros. Algunos sentados en las mesas del gran salón, otros en el pequeño salón comedor situado junto a la cantina. A Toby le encantaba observarlos. Dentro de poco tiempo él sería uno de ellos, la gente solicitaría su autógrafo. Estaba en camino y los eclipsaría a todos.

Alice Tanner estaba entusiasmada con lo que le había pasado a Toby.

—Sabía que ibas a lograrlo, querido. Estoy orgullosa de ti.

Toby la miraba sonriente y no decía nada.

* * *

Toby, O'Hanlon y Rainger discutieron largo y tendido sobre su futura personalidad.

—Deberías sentirte como un gran hombre de mundo —dijo O'Hanlon—. Pero cada vez que tienes que hacer algo metes la pata.

—¿Cuál será tu trabajo? —preguntó Rainger—. ¿Mezclar metáforas?

—Debería vivir con su madre. Está enamorado de una chica, pero tiene miedo de dejar su casa y casarse. Ha estado comprometido durante cinco años.

—Diez es un número más divertido.

—¡Correcto! Digamos diez años. Su madre es una calamidad. Cada vez que Toby amenaza con casarse, inventa una enfermedad. Consulta semanalmente la revista *Time* para enterarse de las novedades en el campo de la medicina.

Toby se quedaba sentado escuchando fascinado la fluidez del diálogo. No había trabajado nunca con auténticos profesionales y disfrutaba enormemente. En especial porque era el centro de atención. O'Hanlon y Rainger se retrasaron tres semanas en escribir un guión para Toby. Quedó entusiasmado cuando finalmente se lo mostraron. Era *bueno*. Hizo unas pocas sugerencias, agregaron y suprimieron algunas líneas y Toby quedó listo. Clifton Lawrence lo mandó llamar.

—Debutarás el próximo sábado en el Bowling Ball.

Toby se quedó mirándolo. Había alentado esperanzas de debutar en Ciro o en el Trocadero.

—¿Qué..., qué es el Bowling Ball?

—Un pequeño club de la avenida Oeste.

Toby se quedó helado.

—Nunca lo he oído mencionar.

—Y ellos tampoco han oído nunca hablar de ti. Ése es el secreto, querido muchacho. Si fracasas allí, nadie se enterará.

Excepto Clifton Lawrence.

\* \* \*

El Bowling Ball era un antro. No existía otra palabra para describirlo. Era un duplicado de otros miles de pequeños y sucios bares diseminados a lo largo y ancho del país; un refugio para los fracasados. Toby había trabajado muchísimas veces, en diferentes ciudades, en lugares semejantes. Los clientes eran en su mayoría hombres maduros, de la clase media baja, que se reunían habitualmente allí con sus amigos, lanzaban miradas hambrientas a las cansadas camareras vestidas con faldas ajustadas y blusas de escotes profundos, intercambiaban chistes sucios mientras bebían un vaso de whisky barato o una jarra de cerveza. La actuación se llevaba a cabo en un pequeño lugar despejado intencionadamente, al fondo del salón, donde tocaba una orquesta compuesta por tres músicos. Un cantante homosexual abría el acto, seguido por un bailarín acrobático que lucía una malla y luego por una artista que se desnudaba acompañada por una cobra soñolienta.

Toby estaba sentado en una mesa situada en el fondo del local en compañía de Clifton Lawrence, O'Hanlon y Rainger, observando los otros números y escuchando las reacciones del público para tratar de percibir su receptividad.

—Bebedores de cerveza —acotó Toby despreciativamente.

Clifton iba a contestarle, pero se contuvo al advertir su expresión. Toby tenía miedo. Clifton sabía que había actuado antes en otros lugares parecidos, pero esta vez era diferente. Era una prueba.

—Si consigues conquistar a los bebedores de cerveza, no tendrás trabajo alguno con los consumidores de champaña —dijo Lawrence suavemente—. Esta gente trabaja mucho y todo el día, Toby. Cuando salen a divertirse por las noches quieren recibir la justa compensación por el dinero que deben gastar. Si logras hacerlos reír podrás hacer reír a cualquiera.

En ese momento Toby oyó al aburrido maestro de ceremonias anunciar su nombre.

—¡Sacúdelos con ganas! —le dijo O'Hanlon.

Toby estaba en camino.

Se plantó en el escenario atento y tenso, analizando al público como un cauteloso animal olfateando el peligro en medio de la selva.

El público es una bestia con mil cabezas, cada una de ellas diferente de las otras; y tenía que hacer reír a esa bestia. Respiró hondo y rezó: queredme, por favor.

Acto seguido inició su rutina.

Pero nadie lo escuchaba. Nadie se reía. Toby sintió que el sudor empapaba su frente. Su actuación no tenía éxito. Prosiguió sonriendo y continuó hablando por encima del fuerte ruido y las conversaciones. No conseguía llamar su atención. Habían tenido que soportar durante muchos sábados un número de artistas de poco talento. Toby seguía hablando a pesar de la indiferencia. Lo hacía porque no tenía otra alternativa. Advirtió que Clifton Lawrence y los muchachos lo observaban con caras preocupadas.

Toby prosiguió. No había público en el recinto, solamente muchas personas que hablaban entre ellas, discutiendo sus problemas y sus vidas. Parecía que lo mismo les daba que Toby Temple hubiera estado a mil kilómetros de distancia. O muerto. Sentía la garganta seca por el miedo y cada vez le resultaba más difícil pronunciar las palabras. Vio por el rabillo del ojo que el dueño se acercaba a la orquesta. Iba a dar la orden de que empezaran a tocar para dar por terminada su actuación. Todo había acabado. Sentía las palmas de las manos húmedas y un fuerte retortijón de tripas. Un hilo de orina caliente corrió por su pierna. Estaba tan nervioso que comenzó a confundir las palabras. No se animaba a mirar a Clifton Lawrence ni a los escritores. Se sentía demasiado avergonzado. El dueño hablaba con los músicos. Echaron una mirada a Toby y asintieron. Toby siguió hablando frenéticamente, esperando terminar, deseando poder escapar y esconderse.

Una mujer de edad madura sentada a una mesa justo enfrente de Toby lanzó una risita al oír uno de sus chistes. Sus compañeras se interrumpieron para escuchar. Toby siguió hablando como poseído. Los ocupantes de la mesa vecina comenzaron a prestar oídos y a reírse. Y luego se les unieron los de las otras mesas.

Y después todas las demás y lentamente la conversación cesó. Estaban escuchándolo. Empezaron a oírse unas risas, persistentes y seguidas, que cada vez aumentaban en volumen y cantidad. La gente presente en la sala se había convertido en un público. Y él los dominaba. ¡Vaya si los dominaba! No le importaba ya estar en un lugar de segundo orden repleto de inútiles bebedores de cerveza. Lo que importaba era obtener sus risas y su cariño. Toby comenzó a recibirlo en forma de oleadas. Primero consiguió hacerlos reír. Luego los hizo gritar de risa. Nunca habían oído algo parecido, ni en ese lugar siniestro ni en ninguna otra parte. Lo aplaudieron y ovacionaron y por poco tiran el recinto abajo antes de que terminara. Estaban presenciando el nacimiento de un fenómeno. Por supuesto que no lo sabían. Pero Clifton Lawrence y O'Hanlon y Rainger lo sabían. Y también lo sabía Toby Temple.

Dios se había manifestado por fin.

El reverendo Damian acercó la antorcha encendida a la cara de Josephine y exclamó:

—Oh, Dios Todopoderoso, quema con tu fuego el mal oculto en esta niña pecadora.

Los feligreses corearon:

—¡Amén!

Josephine podía sentir la llama que lamía su cara mientras el reverendo Damian exclamaba:

—Ayuda a esta pecadora a exorcizar al Diablo, señor. Lo haremos salir con nuestras plegarias, lo quemaremos, lo obligaremos a abandonarla.

Unas manos agarraron a Josephine y sumergieron su cabeza dentro de un cubo de madera lleno de agua fría, y la sujetaron así mientras numerosas voces cantaban en el aire de la noche, rogando al Todopoderoso que le brindara Su ayuda, y Josephine luchaba por soltarse, para poder respirar; cuando finalmente la sacaron semiinconsciente, el reverendo Damian declaró:

—Te damos gracias, dulce Jesús, por tu misericordia. ¡Se ha salvado! ¡Se ha salvado!

Y hubo un gran júbilo y todos se sintieron exaltados espiritualmente. Excepto Josephine, cuyos dolores de cabeza empeoraron.

# 10

—Te he conseguido un contrato en Las Vegas —le anunció Clifton Lawrence a Toby—. He hablado con Dick Landry para que se ocupe de tu número. Es el mejor director de centros de diversión nocturnos.

—¡Fantástico! ¿En qué hotel? ¿El Flamingo? ¿El Thunderbird?

—El Oasis.

—¿El Oasis? —Toby miró a Cliff para ver si bromeaba—. Nunca...

—Lo sé —respondió Cliff sonriendo—. Nunca has oído hablar de él. Me parece lógico. Tampoco ellos han oído hablar de ti. En realidad no es a ti a quien contratan, sino a mí. Aceptan mi palabra de que eres bueno.

—No te preocupes —respondió Toby—. Lo seré.

Toby le anunció a Alice Tanner la novedad justo antes de partir rumbo a Las Vegas.

—Sé que vas a convertirte en una gran estrella —le contestó—. Te ha llegado el momento. Se quedarán fascinados contigo, querido. —Lo abrazó y dijo—: ¿Cuándo partimos y qué deberé ponerme la noche del debut de un nuevo y valioso cómico?

Toby movió la cabeza pesarosamente.

—Ojalá pudiera llevarte, Alice. Pero lo malo es que tendré que trabajar noche y día repasando cantidad de temas nuevos.

Alice trató de disimular su desilusión.

—Comprendo —respondió estrechándolo con más fuerza—. ¿Cuánto tiempo te quedarás allí?

—Todavía no lo sé. Es una especie de contrato abierto, ¿sabes?

Sintió cierta preocupación pero pensó que se estaba portando como una tonta.

—Llámame en cuanto puedas —le dijo.

Toby la besó y salió bailando del cuarto.

Parecía que Las Vegas, Nevada, había sido creada sólo para el placer de Toby Temple. Lo sintió en el mismo momento en que vio la ciudad. Tenía una maravillosa energía cinética a la que él respondía, un poderío latente que igualaba al que se escondía en su interior. Toby partió en compañía de O'Hanlon y Rainger y cuando llegaron al aeropuerto encontraron un gran coche del Hotel Oasis que estaba esperándolos. Fue el primer atisbo de Toby del mundo maravilloso que muy pronto habría de pertenecerle. Disfrutó al recostarse contra el respaldo del asiento del inmenso coche negro mientras el chofer le preguntaba:

—¿Tuvo un vuelo agradable, señor Temple?

*Siempre son las personas sin importancia las que olfatean un éxito anticipadamente,* pensó Toby.

—Aburrido como de costumbre —respondió Toby como de pasada. Advirtió la sonrisa que intercambiaron O'Hanlon y Rainger y se las devolvió. Se sentía muy unido a ellos. Formaban un equipo, el mejor de todos los equipos del mundo del espectáculo.

El Oasis estaba alejado del atractivo Strip, a considerable distancia de los hoteles más famosos. A medida que el coche se acercaba al hotel, Toby advirtió que no era tan grande ni tan lujoso como el Flamingo o el Thunderbird, pero tenía algo mucho mejor. Una gigantesca marquesina en la fachada en la que podía leerse:

ESTRENO EL 4 DE SEPTIEMBRE

LILI WALLACE
TOBY TEMPLE

Su nombre estaba escrito en letras brillantes que parecían medir cincuenta metros de alto. No había en el mundo entero un espectáculo más bonito que ése.

—¡Mirad eso! —exclamó asombrado.

O'Hanlon miró el cartel y dijo:

—Sí. ¿Qué te parece? *¡Lili Wallace!* —Lanzó una carcajada y agregó—: No te preocupes, Toby. Después del estreno tu nombre figurará encima del de ella.

El administrador del Oasis era un hombre de edad madura y cara pálida, llamado Parker, que recibió y saludó a Toby y lo escoltó personalmente hasta su suite, deshaciéndose en amabilidades durante el trayecto.

—No puedo decirle lo contentos que estamos de tenerlo con nosotros, señor Temple. Si llegara a necesitar algo, sea lo que sea, llámeme inmediatamente, por favor.

Toby comprendió que la calurosa bienvenida iba dirigida a Clifton Lawrence. Era la primera vez que el famoso agente se había dignado alojar a uno de sus pupilos en ese hotel. El administrador del Oasis confiaba en que ahora el establecimiento recibiría la visita de los clientes verdaderamente importantes de Lawrence.

La suite era inmensa, formada por tres dormitorios, un amplio recibidor, una cocina, bar y terraza. En una de las mesas del recibidor había toda clase de licores, flores y un gran bol con frutas frescas y quesos, todo obsequio del establecimiento.

—Espero que le guste, señor Temple —dijo Parker.

Toby echó una mirada alrededor y pensó en todos esos sórdidos y pequeños cuartos de hotel repletos de cucarachas y pulgas en los que había vivido.

—Sí, está bien.

—El señor Landry llegó hace una hora. Hice los arreglos necesarios para que pudieran ensayar en el Mirage Room a las tres de la tarde.

—Gracias.

—Recuerde, si le apetece cualquier cosa... —insistió el gerente al retirarse saludando obsequiosamente.

Toby se quedó de pie saboreando lo que lo rodeaba. Durante el resto de su vida viviría siempre en lugares parecidos. Tendría todo, mujeres, dinero, éxito. Más que nada éxito. La gente se sentaría para escucharlo, reiría, lo ovacionaría y lo idolatraría. Eso era su comida y su bebida. No necesitaba nada más.

Dick Landry estaba cerca de los treinta años, era un hombre delgado, desabrido, calvo, de piernas largas y delgadas. Había comenzado en Broadway como un gitano y había pasado de ser corista a primer bailarín y de coreógrafo a director. Landry tenía buen gusto y una percepción especial para los requerimientos del público. No podía convertir en bueno un número malo, pero podía hacerlo parecer bueno, y si le daban uno satisfactorio, podía transformarlo en sensacional. Diez días antes, Landry ignoraba la existencia de Toby Temple y la única razón por la que había interrumpido su nutrido programa de trabajo para Las Vegas y preparar el *show* de Toby era porque se lo había pedido Clifton Lawrence. A él le debía su éxito.

A los quince minutos de conocer a Toby Temple, Landry comprendió que estaba trabajando con un talento. Mientras escuchaba el monólogo de Toby, se lo oyó reír en voz alta, cosa que rara vez hacía. No era en realidad por los chistes, sino por la forma en que Toby los decía. Era tan patéticamente sincero que le destrozaba a uno el corazón. Era un adorable y diminuto ser, aterrado de que se le cayera el cielo encima. Se sentían deseos de correr hacia él y estrecharlo entre los brazos y tranquilizarlo asegurándole que no pasaría nada malo.

Cuando Toby terminó, Landry tuvo que hacer un esfuerzo para no aplaudirle. Se acercó al escenario y le dijo:

—Eres bueno. Eres realmente bueno —repitió entusiasmado.

—Gracias —respondió Toby satisfecho—. Cliff dice que puede enseñarme a ser un fuera de serie.

—Lo intentaré —contestó Landry—. Pero lo primero que debes aprender es a diversificar tus habilidades. Si lo único que sabes hacer es quedarte ahí contando chistes no pasarás de ser un cómico. Quiero oírte cantar.

—Será mejor que alquile un canario—contestó Toby sonriendo—. No sé cantar.

—Prueba.

Toby cantó y Landry pareció satisfecho.

—Tu voz no es gran cosa —le dijo—, pero tienes oído. Utilizando ciertas canciones podrás simular que tienes buena voz y pensarán que eres Sinatra. Haremos los arreglos necesarios para que algunos compositores te preparen algo especial para ti. No quiero que cantes las mismas canciones que el resto de la gente. Y ahora quiero verte mover.

Toby se movió.

Landry lo estudió cuidadosamente.

—Bastante bien. No creo que te conviertas en un bailarín, pero voy a tratar de que lo parezcas.

—¿Por qué? —preguntó Toby—. Hay montones de artistas que cantan y bailan.

—También hay montones de cómicos —replicó Landry—. Te voy a convertir en un animador.

Toby sonrió y dijo:

—Arremanguémonos y pongámonos a trabajar.

Se pusieron a trabajar. O'Hanlon y Rainger estuvieron presentes en todos los ensayos, agregando palabras, creando frases nuevas, observando cómo Landry manejaba a Toby. Era una tarea agotadora. Toby trabajaba hasta que le dolían todos los músculos del cuerpo, adelgazó cinco kilos y se volvió ligero y fuerte. Todos los días daba lecciones de canto y vocalizaba tanto que cantaba dormido. Ensayaba números nuevos con los muchachos y luego los interrumpía para aprender canciones que acababan de ser escritas para él y en seguida recomenzaba con los ensayos.

Casi todos los días Toby encontraba un mensaje en su casillero informándole que había telefoneado Alice Tanner. Recordaba cómo había tratado de retenerlo. *No estás listo todavía.* Pues bien, ahora sí estaba listo y lo había logrado a pesar de ella. Al demonio con Alice. Arrojó los mensajes al cesto de los papeles hasta que un buen día no recibió más. Pero los ensayos continuaban.

El sábado era la noche de su debut.

Existe una mística respecto del nacimiento de una nueva estrella. Es como si un mensaje telepático se transmitiera instantáneamente a los cuatro confines del ambiente del espectáculo. Gracias a una mágica alquimia, la noticia llega a Londres, París, Nueva York y Sidney; la novedad llega a cualquier parte donde haya un teatro.

Cinco minutos después de que Toby pisara el escenario del Hotel Oasis, se corrió la voz de que había aparecido una nueva estrella en el firmamento.

Clifton Lawrence tomó un avión para presenciar el estreno de Toby y se quedó para la cena después de la función. Toby se sentía muy halagado. Clifton había abandonado otros clientes por él. Cuando terminó el *show,* los dos se fueron a la cafetería del hotel.

—¿Has visto todos los personajes famosos que había? —le preguntó Toby—. Casi me muero cuando vinieron a mi camerino.

Clifton sonrió al ver su entusiasmo. Era un cambio tan agradable en comparación con sus otros clientes hastiados. Toby parecía un gatito. Un suave gatito de ojos azules.

—Conocen lo bueno cuando lo ven —dijo Clifton—. Y el Oasis también. Quieren hacer un nuevo contrato contigo. Quieren subirte el sueldo de seiscientos cincuenta, a mil por semana.

Toby dejó caer la cuchara.

—¿Mil por semana? ¡Eso es fantástico, Cliff!

—Y he tenido un par de ofertas del Thunderbird y el Rancho Hotel.

—¿Tan pronto? —preguntó Toby entusiasmado.

—No te hagas demasiadas ilusiones. Es solamente para actuar en el salón. —Y sonriendo agregó—: Es la vieja historia, Toby. Para mí eres una primera figura, y para ti también… ¿pero pensará lo mismo una primera figura? —Se puso de pie—. Tengo que tomar un avión para Nueva York. Mañana salgo rumbo a Londres.

—¿Londres? ¿Cuándo volverás?

—Dentro de pocas semanas. —Clifton se inclinó hacia delante y dijo—: Escucha, querido muchacho. Tienes dos semanas más aquí, hazte a la idea de que es un colegio. Quiero que cuando subas a ese escenario todas las noches, pienses cómo puedes hacer para mejorar. He convencido a O'Hanlon y a Rainger para que se queden. Están dispuestos a trabajar contigo noche y día. Utilízalos. Landry volverá los fines de semana para ver cómo anda todo.

—Muy bien —dijo Toby—. Gracias, Cliff.

—Oh, casi lo olvido —dijo Clifton Lawrence como de pasada. Sacó un pequeño paquete del bolsillo y se lo entregó a Toby.

Dentro había un precioso par de gemelos de puño. Tenían forma de estrella.

Cuando Toby disponía de un momento libre lo aprovechaba para descansar en la piscina situada en la parte de atrás del hotel. Veinticinco muchachas tomaban parte en la función y siempre había diez o doce integrantes del coro bronceándose luciendo sus trajes de baño. Parecían unas preciosas flores de verano, cada cual más bonita que la otra. Toby no había tenido nunca trabajo para conseguir muchachas, pero lo que le pasó entonces fue una experiencia totalmente nueva. Las coristas no habían oído hablar nunca de Toby Temple, pero su nombre figuraba en la marquesina y eso era suficiente. Era una Estrella y se disputaban entre ellas el privilegio de acostarse con él.

Las dos semanas siguientes fueron maravillosas para Toby. Se despertaba a mediodía, tomaba el desayuno en el comedor, después de estar ocupado firmando autógrafos, y ensayaba un par de horas. Después elegía una o dos de esas bellezas de piernas largas que circulaban junto a la piscina, subían a su suite y pasaban la tarde en la cama. Y Toby aprendió algo nuevo. Dado lo exiguo de sus trajes, las muchachas debían depilarse el vello del pubis, pero conservaban un pequeño mechón en el centro, haciendo más accesible la abertura.

—Es como un afrodisíaco —le confesó una de las muchachas a Toby—. Unas pocas horas con unos pantalones ajustados y una muchacha se convierte en una frenética ninfómana.

Toby no se molestó en aprender sus nombres. Todas eran «querida» o «preciosa» y se confundían en una maravillosa y sensual mezcla de muslos, labios y cuerpos ansiosos.

Toby recibió una visita durante la última semana de su contrato con el Oasis. Había terminado su primera función y estaba en el camerino limpiándose el maquillaje cuando el jefe de los mozos del comedor abrió la puerta y con voz susurrante le dijo:

—El señor Al Caruso quiere invitarlo a su mesa.

Al Caruso era uno de los nombres importantes en Las Vegas. Era el dueño absoluto de un hotel y se rumoreaba que tenía participación en otros dos o tres. Se decía también que estaba relacionado con gente del hampa, pero eso no le interesaba a Toby. Lo único importante era que si le había gustado a Al Caruso, Toby conseguiría contratos en Las Vegas durante el resto de sus días. Se terminó de vestir lo más rápido que pudo y se dirigió al comedor en busca de Caruso.

Al Caruso era un hombre bajo, cincuentón, de pelo canoso, luminosos y cándidos ojos marrones y una incipiente barriga. Le hacía pensar a Toby en una miniatura de Santa Claus. Caruso se puso de pie al ver acercarse a Toby a la mesa, le tendió la mano y le dijo sonriendo afectuosamente:

—Al Caruso. Sólo quería decirle lo mucho que me gustó, Toby. Acérquese una silla.

Había otros dos hombres sentados a su mesa vestidos con trajes oscuros. Ambos eran corpulentos, bebían Coca-Cola y no dijeron ni una sola palabra mientras duró la entrevista. Toby nunca supo cómo se llamaban. Toby cenaba por lo general después de su primera actuación y en ese momento estaba famélico. Pero era evidente que Caruso acababa de cenar y Toby no quiso aparentar estar más interesado en alimentarse que en conocer a ese importante personaje.

—Estoy gratamente impresionado contigo, muchacho —dijo Caruso—. Realmente impresionado —agregó mirando a Toby con sus pícaros ojos marrones.

—Gracias, señor Caruso —contestó feliz Toby—. Eso significa mucho para mí.

—Llámame Al.

—Sí, señor... Al.

—Tienes un gran porvenir, Toby. He visto desfilar a muchos. Pero los que tienen talento duran mucho tiempo. Y tú tienes talento.

Toby sentía un agradable calorcito que se desparramaba por todo el cuerpo. Consideró durante un instante la posibilidad de decirle a Caruso que hablara con Clifton Lawrence, pero luego decidió que sería mejor que él mismo hiciera las negociaciones. *Si Caruso está tan entusiasmado conmigo,* pensó Toby, *yo podré hacer un arreglo más conveniente que Cliff.* Decidió dejar que Caruso hiciera el primer ofrecimiento y después tratar de negociar el asunto.

—Por poco me hago pis encima —le decía Caruso en ese momento—, ese chiste del mono es lo más gracioso que he oído en mucho tiempo.

—Viniendo de usted es un gran cumplido —respondió Toby sinceramente.

Los pequeños ojos de Santa Claus se llenaron con lágrimas de risa. Sacó un pañuelo de seda blanca y se los secó. Se giró entonces hacia sus dos acompañantes y les preguntó:

—¿No dije acaso que era muy gracioso?

Los dos hombres asintieron.

Al Caruso se dio la vuelta nuevamente hacia Toby.

—Te diré por qué vine a verte, Toby.

Ése era el gran momento. Su ingreso a la fama. Clifton Lawrence estaba ausente en algún lugar de Europa ocupado en firmar contratos con viejos clientes cuando debía haber estado aquí presente encargándose de supervisar esa negociación. Bueno, Lawrence se encontraría con una gran sorpresa a su regreso.

Toby se inclinó hacia delante y dijo sonriendo cautivadoramente:

—Soy todo oídos, Al.

—Millie te ama.

Toby parpadeó convencido de que no había entendido bien. El otro hombre tenía fijos en él sus ojos refulgentes.

—Lo..., lo siento —tartamudeó Toby—. ¿Qué fue lo que dijo?

Al Caruso sonrió afectuosamente.

—Millie te ama. Me lo dijo.

¿Millie? ¿Sería su esposa? ¿O quizá su hija? Toby se dispuso a hablar, pero Caruso lo interrumpió.

—Es una gran chica. La he mantenido durante tres años. —Se dio la vuelta hacia los otros dos hombres y les preguntó—: ¿O cuatro?

Ambos asintieron.

Al Caruso se dirigió nuevamente a Toby.

—Yo quiero a esa muchacha, Toby. Estoy realmente loco por ella.

Toby sintió que se ponía pálido.

—Señor Caruso...

—Millie y yo hemos hecho un trato —anunció Al Caruso—. Yo no la engaño con nadie que no sea mi esposa y ella no me mete cuernos sin decirme con quién. —Miró a Toby con ojos resplandecientes y éste vio por primera vez detrás de esa sonrisa angelical algo que le heló la sangre.

—Señor Caruso...

—¿Sabes una cosa, Toby? Eres el primer tipo con quien me ha engañado. —Se dirigió hacia sus acompañantes y les preguntó—: ¿No es acaso la pura verdad?

Ambos asintieron.

—Les juro por Dios —dijo Toby cuando pudo hablar por fin con voz vacilante— que no tenía la menor idea de que Millie era su amiga. Jamás la hubiera tocado si sólo hubiera sospechado que le pertenecía. No me habría acercado ni a una legua de distancia, señor Caruso...

Santa Claus siguió sonriendo y le dijo:

—Al. Llámame Al.

—Al —dijo Toby, pero más pareció un graznido. Sentía que el sudor empapaba sus axilas—. Oiga, Al —agregó—. Nunca más la miraré. Jamás, le aseguro que yo...

Caruso lo miraba fijamente.

—¡Epa!. Me parece que no me entendiste.

Toby tragó con dificultad.

—Sí, sí. Entendí todo lo que dijo, pero no debe preocuparse por...

—Te dije que la muchacha te quiere. Si ella te quiere, pues entonces yo también quiero que le pertenezcas. Quiero que sea feliz, ¿comprendes?

—Yo... —la mente de Toby giraba enloquecida. Durante un momento había pensado que el hombre que estaba sentado frente a él quería vengarse. Pero ahora resultaba que Al Caruso le ofrecía su amiguita. Toby casi lanza una carcajada de alivio—. Cielos, Al —dijo—. Por supuesto, lo que usted quiera.

—Lo que Millie quiera.

—Sí, lo que Millie quiera.

—Sabía que eras una buena persona —dijo Al Caruso, y dándose la vuelta hacia los otros dos hombres les preguntó—: ¿No dije acaso que Toby Temple era una buena persona?

Ambos asintieron y prosiguieron bebiendo en silencio sus Coca-Colas.

Al Caruso se puso de pie y los dos hombres lo imitaron inmediatamente, colocándose uno a cada lado de su jefe.

—Yo me haré cargo de la boda —anunció Al Caruso—. Alquilaremos el gran salón de banquetes de El Morocco. No debes preocuparte de nada. Yo me encargaré de todo.

Toby oyó las palabras como si vinieran de muy lejos. Su mente registró lo que había dicho Al Caruso, pero no parecía tener sentido alguno para él.

—Espere un momento —protestó Toby—. No puedo...

Caruso apoyó una poderosa mano sobre el hombro de Toby.

—Eres un hombre de suerte —dijo—. Lo que quiero decir es que si Millie no me hubiera convencido de que ambos os queréis, si pensara que lo único que te importaba era acostarte con ella como si fuera una prostituta barata, todo podría haber tenido un final distinto. ¿Comprendes lo que quiero decir?

Toby se encontró mirando involuntariamente a los otros dos sujetos vestidos de negro y ambos asintieron.

—Tu actuación aquí termina el sábado por la noche —agregó Caruso—. Organizaremos la boda para el domingo.

Toby sintió nuevamente la garganta seca.

—Yo... Lo que pasa, Al, es... que temo que tengo otros compromisos. Yo...

—Esperarán —anunció el resplandeciente rostro angelical—. Yo mismo me encargaré de elegir el vestido de novia para Millie. Buenas noches, Toby.

Toby se quedó de pie, mirando fijamente durante un largo rato la puerta por donde habían desaparecido los tres personajes.

No tenía la menor idea de quién era Millie.

A la mañana siguiente los temores de Toby se habían desvanecido. Lo inesperado de lo que había ocurrido lo tomó desprevenido. Pero no estábamos en la era de Al Capone. Nadie podía obligarlo a casarse con una persona que no le interesaba. Al Caruso no era un vulgar y violento rufián. Era un respetable dueño de un hotel. Cuanto más pensaba Toby en lo ocurrido, más gracioso le parecía. Continuaba adornando mentalmente el asunto, buscándole el lado jocoso. No había permitido en realidad que Caruso lo asustara, por supuesto, pero lo contaría como si hubiera estado aterrorizado. *Me acerqué a esa mesa y me encontré con Caruso sentado en compañía de sus seis gorilas. En los bolsillos de todos podía percibirse el bulto de las armas.* Oh, sí, sería una historia muy graciosa. Quizás hasta podría hacer todo un número basándose en ello.

Toby permaneció alejado de la piscina y del casino durante toda la semana, evitando el menor contacto con las muchachas. No tenía miedo de Caruso, pero no valía la pena correr riesgos innecesarios. Había planeado irse de Las Vegas en el vuelo de la tarde del sábado. Pero en cambio consiguió que un coche alquilado lo esperara en el estacionamiento del hotel el sábado por la noche. Preparó las maletas antes de bajar para realizar su última representación y así poder estar listo para salir rumbo a Los Ángeles en el preciso momento en que cayera el telón. Se alejaría de Las Vegas durante un tiempo. Si Al Caruso hablaba realmente en serio, Clifton Lawrence se encargaría de poner las cosas en su lugar.

La última representación de Toby fue sensacional. El público lo ovacionó de pie, por primera vez en su carrera artística. Se quedó un rato parado en el escenario sintiendo las oleadas de simpatía provenientes de los espectadores que se reflejaban en él con un cálido y suave resplandor. Hizo un bis, se despidió y corrió escaleras arriba. Habían sido las tres semanas más maravillosas de su vida. En ese breve lapso había pasado de ser un cualquiera que dormía con camareras e inválidas, a convertirse en una estrella que se había acostado con la amante de Al Caruso. Las muchachas bonitas le rogaban que les hiciera el amor, el público lo admiraba y los grandes hoteles se disputaban su actuación. Lo había logrado y sabía que eso era solamente el principio. Sacó la llave de su puerta, y cuando entró oyó una voz conocida que le decía:

—Pasa, muchacho.

Toby entró cautelosamente y se encontró con que estaban esperándolo Al Caruso y sus dos compañeros. Un escalofrío de miedo recorrió su cuerpo. Pero todo estaba en orden. Caruso lo miró sonriendo y dijo:

—Estuviste maravilloso esta noche, Toby, realmente maravilloso.

Toby empezó a tranquilizarse.

—Era un público extraordinario.

Caruso pestañeó y agregó:

—Tú lo convertiste en un buen público, Toby. Te lo dije..., tienes talento.

—Gracias, Al. —Deseaba que todos se fueran para poder irse él de una vez.

—Trabajas mucho —agregó Al Caruso y dirigiéndose a sus acompañantes les preguntó—: ¿No dije acaso que nunca había visto a nadie trabajar tanto?

Ambos asintieron.

Se dio la vuelta hacia Toby y le dijo:

—A propósito, Millie estaba algo contrariada porque no la llamaste. Le expliqué que era porque trabajas mucho.

—Eso es —interpuso Toby rápidamente—. Me alegro que lo comprendas, Al.

—Por supuesto —respondió sonriendo benévolamente—. ¿Pero sabes qué es lo que no comprendo? Que no llamaste para preguntar a qué hora era la boda.

—Iba a llamar mañana por la mañana.

—¿Desde Los Ángeles? —repuso Al Caruso riendo.

Toby sintió cierta alarma.

—¿De qué estás hablando, Al?

Caruso lo miró con aire de reprobación.

—Tus maletas están preparadas. —Pellizcó juguetonamente la mejilla de Toby y agregó—: Te dije que mataría a cualquiera que hiriera a Millie.

—¡Espere un momento! Le juro por Dios que no...

—Eres un buen muchacho, pero un poco tonto, Toby. Supongo que eso forma parte de ser un genio, ¿no es verdad?

Toby se quedó mirando al gordo que sonreía alegremente, sin saber qué decir.

—Debes creerme —insistió Caruso—, soy tu amigo. Quiero asegurarme de que no te ocurra nada malo. Por el bien de Millie. Pero ¿qué puedo hacer si no me prestas atención? ¿Sabes qué es lo que hay que hacer para que una mula preste atención?

Toby negó con la cabeza en silencio.

—En primer lugar la golpeas en la cabeza con un palo.

Toby comenzó a sentir miedo.

—¿Cuál es tu brazo bueno? —preguntó Caruso.

—El derecho —balbuceó Toby.

Caruso asintió y dándose la vuelta hacia los otros dos sujetos les dijo:

—¡Rómpanselo!

Uno de los hombres sacó a relucir, nadie sabe de dónde, una barra de metal. Ambos se acercaron a Toby y éste comenzó a temblar aterrorizado.

—Por el amor de Dios —se oyó decir Toby—, no pueden hacer eso

Uno de los sujetos le dio un golpe en el estómago y casi inmediatamente sintió un dolor terrible provocado por el fuerte golpe que le asestaron en el brazo con la barra, destrozándole los huesos.

Cayó al suelo retorciéndose de dolor. Trató de gritar, pero se había quedado sin fuerzas. Levantó la vista y a través de sus ojos bañados en lágrimas vio a Al Caruso de pie junto a él, sonriendo.

—¿Vas a prestarme atención? —le preguntó suavemente.

Toby asintió a pesar de su sufrimiento.

—Bien —acotó Caruso y dándose la vuelta hacia uno de sus esbirros le ordenó—: Ábrele los pantalones.

El hombre se inclinó y bajó el cierre de la bragueta de Toby. Abrió la bragueta y sacó el miembro de Toby.

Caruso se quedó quieto un rato contemplándolo.

—Eres un hombre afortunado, Toby. No puede negarse que estás bien dotado.

Toby no había sentido tanto miedo en toda su vida.

—Oh, Dios..., no, por favor..., no me hagan eso —farfulló.

—Yo no te haré mal alguno —anunció Caruso—. Serás mi amigo siempre y cuando seas bueno con Millie. Si alguna vez llegara a decirme que has hecho algo para herirla, sea lo que sea, comprendes lo que quiero decir, supongo. —Pateó el brazo roto con la punta del zapato y Toby lanzó un grito—. Me alegro de que nos comprendamos tan bien —agregó Caruso sonriendo—. La boda está prevista para la una.

La voz de Caruso se alejaba y acercaba a medida que Toby perdía el conocimiento. Pero sabía que tenía que mantenerse lúcido.

—No..., no podré... —gimió—. Mi brazo...

—No te preocupes por eso —respondió Al Caruso—. Un médico está en camino para atenderte. Te arreglará el brazo y te dará algo para calmar el dolor. Los muchachos pasarán mañana a buscarte. Trata de estar listo.

Toby permaneció tirado contemplando la cara sonriente de Santa Claus, sufriendo lo indecible y sin poder creer en la realidad de lo que había ocurrido. Advirtió que Caruso acercaba nuevamente el zapato hacia su brazo.

—Por..., por supuesto —gimoteó—. Estaré listo...

Y en seguida perdió el conocimiento.

## 11

La boda, que fue todo un acontecimiento, se llevó a cabo en el salón de baile del Hotel Morocco. Prácticamente todo Las Vegas estaba presente. Había animadores y dueños de los otros hoteles, coristas y, en medio de la concurrencia, Al Caruso y unos cuantos amigos, todos sobriamente vestidos, que en su mayoría no bebían. Por todos lados se veían lujosos adornos florales, músicos ambulantes, un bufé pantagruélico y dos enormes fuentes de las que manaba champaña. Al Caruso se había ocupado hasta del más mínimo detalle.

Toda la concurrencia sentía gran pena por el novio, cuyo brazo estaba escayolado de resultas de una caída accidental por la escalera. Pero todos comentaban la pareja maravillosa que formaban los dos y la magnificencia de la recepción.

Toby estaba tan drogado como consecuencia de los calmantes que le había administrado el médico que prácticamente no había tenido conciencia de lo que ocurría durante el transcurso de la ceremonia. Pero a medida que el efecto de las drogas comenzó a disiparse y el dolor se hizo sentir nuevamente, le invadieron otra vez el odio y la furia. Quería contarles a todos los presentes la increíble humillación a la que lo habían sometido.

Se dio la vuelta para mirar a su novia que estaba en el otro extremo del salón y recordó entonces quién era Millie. Era una atractiva muchacha de veinte años, pelo color miel y una buena figura.

Recordó que se había reído más que las otras con sus cuentos y que le había seguido el tren. Y se acordó de algo más, también. Era una de las pocas que se habían negado a acostarse con él, lo que sólo había servido para estimular su apetito. Todos esos recuerdos empezaron a acudir entonces a su memoria.

—Estoy loco por ti —le había dicho—. ¿No te gusto?

—Claro que sí —le había contestado la joven—. Pero tengo un novio.

¡Por qué no le habría hecho caso! Pero en cambio la había obligado a ir a su cuarto para tomar una copa y luego empezó a contarle cuentos graciosos. Millie reía tanto que no se dio cuenta de lo que Toby hacía hasta que la desvistió y la metió en la cama.

—No; por favor, Toby —le había suplicado—. No se te ocurra. Mi novio se va a enfadar.

—Olvídalo. Ya me ocuparé después de él —había contestado Toby—. Pero ahora me ocuparé de ti.

Pasaron la noche haciendo el amor. A la mañana siguiente cuando Toby se despertó vio que Millie estaba acostada junto a él llorando. La tomó en sus brazos y le preguntó cariñosamente:

—¿Qué te pasa, querida? ¿Acaso no te gusto?

—Sabes muy bien que sí. Pero…

—Vamos, basta de tonterías —replicó Toby—. Te quiero.

Ella se levantó rápidamente apoyándose sobre los codos y mirándolo a los ojos le preguntó:

—¿Lo dices enserio, Toby?

—Claro que sí. —Todo lo que le hacía falta era lo que le brindaría en seguida y que resultó ser un verdadero estimulante.

La joven se quedó mirándolo salir de la ducha, secándose el pelo y canturreando estrofas de su nueva canción. Sonrió feliz y le dijo:

—Creo que me enamoré de ti en cuanto te vi, Toby.

—Eso sí que es maravilloso. Pidamos el desayuno.

Y eso había sido todo… Hasta ese momento. Su vida estaba arruinada por culpa de una tonta mujerzuela a la que le había hecho el amor una noche.

Toby se quedó inmóvil viendo acercarse a Millie, sonriendo y luciendo su blanco vestido de novia, y se maldijo a sí mismo, maldijo su sexo, y maldijo el día en que había nacido.

El hombre que ocupaba el asiento delantero del gran coche negro dejó escapar una risita y dijo con gran admiración:
—No puedo dejar de sacarme el sombrero, jefe. El pobre tipo nunca se enteró de lo que había ocurrido.

Caruso sonrió benévolamente. Todo había salido bien. Desde que su mujer, que tenía un carácter terrible, había descubierto su romance con Millie, Caruso comprendió que tendría que encontrar una forma de sacarse de encima a la corista rubia.
—Recuérdame que lo vigile para que trate bien a Millie —dijo Caruso tranquilamente.

Toby y Millie se instalaron en una casita situada en Benedict Canyon. Al principio Toby se pasaba horas tramando cómo podría deshacer su matrimonio. Haría tan desgraciada a Millie que se vería obligada a pedir el divorcio. O la comprometería con otro tipo y le exigiría el divorcio. O sencillamente la dejaría y desafiaría a Caruso para que hiciera algo al respecto. Pero cambió de parecer después de una charla con Dick Landry, el director.

Estaban almorzando en el Hotel Bel Air pocas semanas después de la boda cuando Landry le preguntó:
—¿Conoces realmente bien a Al Caruso?
—¿Por qué me lo preguntas? —respondió Toby.
—No te metas con él, Toby. Es un asesino. Te diré algo que ocurrió realmente. El hermano menor de Caruso se casó con una chica de diecinueve años que acababa de salir de un convento. Un año después la sorprendió en la cama con otro sujeto. Le contó entonces a Al lo que había descubierto.

Toby escuchaba a Landry con los ojos clavados en él.
—¿Qué ocurrió?
—Los secuaces de Caruso cortaron el sexo del pobre tipo con un

cuchillo de carnicero. Lo rociaron de gasolina y le prendieron fuego ante los ojos del otro. Luego lo dejaron desangrarse hasta morir.

Toby recordó haber oído decir a Caruso: *Ábrele los pantalones*, y sintió nuevamente las ásperas manos que bajaban el cierre de la bragueta. Un frío sudor bañó su cuerpo. Se le hizo un nudo en el estómago. Sabía ahora con terrible certeza que no tenía escapatoria.

Josephine encontró una escapatoria a los diez años. Era una puerta que se abría a otro mundo en el que podía esconderse de los castigos de su madre y las constantes amenazas del fuego del infierno y la eterna condenación. Era un mundo lleno de magia y belleza. Se sentaba en la oscura sala cinematográfica hora tras hora y contemplaba embelesada toda esa gente maravillosa que aparecía en la pantalla. Todos vivían en casas preciosas y lucían vestidos maravillosos y eran felices. «Un día yo también iré a Hollywood y viviré así», pensó Josephine. Esperaba que su madre comprendería.

Su madre creía que las películas cinematográficas eran inspiradas por el demonio, por tanto Josephine tenía que ir al cine a escondidas, utilizando el dinero que ganaba trabajando como niñera. La película que estaba ese día en la pantalla era una historia de amor y Josephine se inclinó hacia delante con gran entusiasmo en cuanto comenzó. Lo primero que aparecía era el nombre del director y del productor. Josephine leyó: Producida por Sam Winters.

## 12

Había días en los que Sam Winters tenía la impresión de dirigir un manicomio en lugar de un estudio cinematográfico, y en los que temía que todos los internos se confabularan contra él. Ése era precisamente uno de esos días, ya que los problemas no cesaban de aparecer. Había ocurrido otro incendio la noche anterior, el cuarto; el patrocinador de «My Man Friday» había sido insultado por la estrella de la serie y quería cancelar el espectáculo; Bert Firestone, el joven y genial director del estudio, había suspendido la producción en la mitad de una película de cinco millones de dólares y, como si eso fuera poco, Tessie Brand los había plantado pocos días antes de que comenzara una filmación.

El supervisor de incendios y el administrador de los estudios estaban en la oficina de Sam.

—¿Qué consecuencias tuvo el incendio de anoche? —preguntó Sam.

—Los decorados están destruidos —respondió el administrador—. Tendremos que reconstruir el quince de cabo a rabo. El dieciséis puede arreglarse, pero tardaremos tres meses para ponerlo en condiciones de trabajo.

—No disponemos de tres meses —interpuso Sam—. Toma el teléfono y alquile alguno en Goldwyn. Aproveche el fin de semana para comenzar la reconstrucción de los nuevos. Ponga a todo el mundo en movimiento.

Se dirigió entonces al supervisor de incendios, un hombre llamado Reilly, que le hacía recordar al actor George Bancroft.

—Hay alguien que no lo quiere, señor Winters —manifestó

Reilly—. Todos los incendios han sido evidentemente provocados. ¿No sospecha por casualidad de algún "remolón"?

Los remolones eran empleados que habían sido despedidos recientemente o que guardaban cierto rencor contra sus jefes.

—Hemos revisado dos veces el fichero del personal —contestó Sam—. Y no hemos encontrado nada.

—Sea quien sea el que los ha ocasionado, conoce muy bien su trabajo. Utiliza un mecanismo de relojería acoplado a una bomba de fabricación casera. Podría ser un electricista o un mecánico.

—Gracias —dijo Sam—. Tendré en cuenta su informe.

—Lo llama Roger Tapp desde Tahiti.

—Comuníqueme con él —respondió Sam.

Tapp era el productor de «My Man Friday», la serie de televisión que se filmaba en Tahití con Tony Fletcher como primer actor.

—¿Qué ocurre? —preguntó Sam.

—No lo creerás, Sam. Philip Heller, el miembro de la dirección que patrocina la serie, está de vacaciones aquí con su familia. Ayer aparecieron en los estudios en el preciso momento en que Tony Fletcher estaba en la mitad de una escena. No tuvo mejor idea que darse la vuelta hacia ellos e insultarlos.

—¿Qué les dijo?

—«¡Váyanse de mi isla!»

—Cielo santo.

—Eso te da una idea de lo que él siente. Heller se enfadó tanto que quiere suprimir el programa.

—Ve a verlo y pídele disculpas. Ahora mismo. Explícale que Tony Fletcher sufre una crisis nerviosa. Envíale flores a la señora Heller, invítalos a comer. Yo hablaré personalmente con Tony Fletcher.

* * *

La conversación se prolongó durante treinta minutos. Sam empezó diciendo: «Escucha lo siguiente, grandísimo imbécil...», y terminó con las siguientes palabras: «Yo también te quiero mucho. Volaré allí para verte en cuanto pueda. Y por el amor de Dios, Tony, ¡no te acuestes con la señora Heller!».

El problema siguiente era Bert Firestone, el joven e inteligente director, que iba a hacer quebrar los estudios de la Pan-Pacific. Hacía ciento diez días que estaba filmándose *Siempre habrá un mañana,* la última película de Firestone, y ya había sobrepasado un millón de dólares del presupuesto inicial. Bert Firestone había suspendido la filmación, lo que significaba que, sin contar las primeras figuras, había alrededor de ciento cincuenta extras sentados sin hacer absolutamente nada. Bert Firestone. Un niño prodigio de treinta años que dirigía series premiadas de televisión en Chicago y que pasó a dirigir películas en Hollywood. Sus tres primeras fueron éxitos relativos, pero la cuarta rompió todos los récords de taquilla. Basándose en eso, se convirtió en un ser codiciado por todos. Sam recordaba la primera entrevista que tuvo con él. Firestone presentaba el aspecto de un imberbe jovencito de quince años. Era pálido, tímido y usaba gafas oscuras con una gruesa montura para ocultar sus pequeños y miopes ojos rosados. Sam había sentido lástima de él. Firestone no conocía a nadie en todo Hollywood, por tanto Sam se ocupó de llevarlo a los restaurantes y trató de que lo invitaran a las fiestas. Cuando discutieron por primera vez *Siempre habrá un mañana,* Firestone se mostró muy respetuoso. Le dijo a Sam que estaba ansioso por aprender. Escuchó atentamente lo que Sam le decía, y estuvo en todo de acuerdo con él. Si llegaba a contratarlo para dirigir esa película, tendría permanentemente en cuenta los consejos del señor Winters.

Pero eso fue antes de que Firestone firmara el contrato. Después de firmarlo, consiguió que Adolf Hitler se pareciera a Albert Schweitzer. El pequeño muchacho mofletudo se convirtió en un asesino de la noche a la mañana. Cortó todas las comunicaciones. Ignoró por completo las sugerencias de Sam para integrar el reparto, insistió en escribir de nuevo y de cabo a rabo un argumento que ya había sido aprobado, y cambió prácticamente todos los escenarios que ya habían sido convenidos. Sam quiso expulsarlo, pero la oficina de Nueva York le dijo que tuviera paciencia. Rudolph Herghershorn, presidente de la compañía, había quedado hipnotizado por las enormes ganancias obtenidas por la última película de Firestone. Por tanto Sam se vio obligado a quedarse de brazos cruzados sin poder hacer nada. Tenía la impresión de que la arrogancia de Firestone crecía día a día. Se quedaba sentado en silencio durante una reunión de producción y una vez que todos los experimentados jefes de sección habían terminado de hablar, Firestone comenzaba a hacerlos trizas. Sam apretaba los dientes con fuerza y aguantaba. Al poco tiempo Firestone adquirió el sobrenombre de El Emperador, y cuando sus colegas no se referían a él con ese nombre le llamaban El Pequeño Bandido de Chicago. Alguien dijo refiriéndose a él que era un hermafrodita. Era posible que se hiciera él mismo el amor y diera a luz a un monstruo de dos cabezas.

Y ahora, en plena filmación, Firestone había despedido al elenco. Sam fue a ver a Devlin Kelly, jefe del departamento de arte.

—Vayamos directamente al grano —le dijo Sam.

—De acuerdo. El Pequeño Bandido ordenó...

—Suprime esos términos. Es el señor Firestone.

—Perdón. El señor Firestone me pidió que le fabricara un decorado que representara un castillo. Él mismo hizo los dibujos. Tú diste el visto bueno.

—Eran realmente buenos. ¿Qué pasó?

—Pasó que los hicimos exactamente tal como él los quería, y cuando los vio —es decir ayer— decidió que ya no le interesaban. Medio millón de dólares tirados por él...

—Hablaré con él —anunció Sam.

Bert Firestone estaba en la parte de atrás del estudio veintitrés jugando al baloncesto con el personal. Habían montado una cancha, pintado las líneas divisorias e instalado dos canastas.

Sam se quedó parado observándolos durante un momento. Ese partido le costaba al estudio dos mil dólares por hora.

—¡Bert!

Firestone se dio la vuelta, vio a Sam, sonrió y lo saludó con la mano. En ese momento le arrojaron la pelota, la atajó, dio un bote y la metió en la canasta. Entonces se dirigió hacia donde estaba Sam.

—¿Qué tal andan las cosas? —le preguntó como si no hubiera pasado nada.

Cuando Sam miró ese rostro infantil y sonriente se le ocurrió pensar que Bert Firestone era algo chiflado. Inteligente, un genio quizá, pero no obstante todo eso, un verdadero lunático Y cinco millones de dólares pertenecientes a la compañía estaban en sus manos.

—Acabo de enterarme de que existe un problema con el nuevo decorado —dijo Sam—. Tratemos de solucionarlo.

Bert Firestone sonrió perezosamente y respondió:

—No hay nada que solucionar, Sam. Ese decorado no sirve.

—¿Qué diablos estás diciendo? —estalló Sam—. Te entregamos exactamente lo que pediste. Tú mismo realizaste los bocetos. ¡Y ahora quiero que me digas qué es lo que no sirve!

Firestone lo miró y parpadeó.

—En realidad no es porque no sirva. Lo que pasa es que sencillamente cambié de idea. No quiero un castillo. No me parece el ambiente adecuado. ¿Comprendes lo que quiero decir? Es la escena de la despedida de Ellen y Mike. Me gustaría que Ellen fuera a decirle adiós a Mike sobre la cubierta de su barco antes de zarpar.

—No tenemos ningún escenario con un barco, Bert —dijo Sam mirándolo fijamente.

Bert Firestone estiró los brazos, sonrió perezosamente y manifestó:

—Pues entonces fabrícame uno, Sam.

—Por supuesto que a mí también me indigna —respondió Rudolph Herghershorn desde la larga distancia—, pero no puedes reemplazarlo, Sam. Estamos demasiado comprometidos a estas alturas. No tenemos estrellas en la película. Bert Firestone es nuestra estrella.

—Sabes en cuánto se ha excedido del presupuesto…

—Lo sé. Y como dijo Goldwin: «Jamás emplearé a ese hijo de puta hasta que lo precise nuevamente». Lo necesitamos para terminar la película.

—Es un error —dijo Sam—. No se le debería permitir salirse con la suya de esta forma.

—Dime una cosa, Sam, ¿te gusta lo que ha hecho Firestone hasta ahora?

Sam tuvo que responder con sinceridad.

—Me parece excelente.

—Constrúyele el barco.

El escenario estuvo listo a los diez días, y Bert Firestone junto con todo el equipo de *Siempre habrá un mañana* reanudaron el trabajo. Resultó ser la película más productiva de todo el año.

El siguiente problema era Tessie Brand.

Tessie era la cantante de más éxito en todo Hollywood. Sam Winters realizó un golpe maestro cuando consiguió hacerla firmar un contrato para filmar tres películas con la Pan-Pacific. Mientras los demás estudios negociaban afanosamente con los agentes de Tessie, Sam había volado tranquilamente a Nueva York y, después de presenciar su *show,* la invitó a comer. La comida se prolongó hasta las siete de la mañana siguiente.

Tessie Brand era una de las muchachas más feas que había visto Sam, y posiblemente la más inteligente. El talento había terminado siendo el ganador. Hija de un sastre de Brooklyn, Tessie no había recibido ni una lección de canto en toda su vida. Pero cuando subía al escenario y comenzaba a entonar una canción con una voz que sacudía las tablas del piso, el público se enloquecía. Había trabajado como suplente en una pésima comedia musical de Broadway que duró solamente seis semanas. La figura principal cometió el error de ponerse enferma la última noche. Tessie Brand hizo su debut esa noche, cantando con toda su alma en beneficio de los pocos espectadores presentes, entre los cuales se contaba Paul Varrick, un productor de Broadway. Contrató a Tessie como estrella de su siguiente comedia musical. Tessie convirtió en un éxito esa obra mediocre. Los superlativos no les alcanzaron a los críticos para describir a la fea e increíble Tessie y su voz extraordinaria. Grabó su primer disco y de la noche a la mañana se convirtió en el más popular del momento. Realizó un álbum, del que se vendieron dos millones de ejemplares durante el primer mes. Semejante al rey Midas, todo lo que tocaba se convertía en oro. Los productores de Broadway y las compañías de discos estaban ganando fortunas con Tessie Brand y Hollywood no quería estar ausente en ese reparto. Su entusiasmo disminuyó cuando contemplaron la cara de Tessie, pero las cifras de las taquillas le brindaron una belleza irresistible.

Sam comprendió cómo debería tratarla a los cinco minutos de estar con ella.

—Lo que me pone más nerviosa —le confesó Tessie a Sam la primera noche que se conocieron— es cómo voy a quedar en esa enorme pantalla. Soy bastante fea ya en tamaño natural, ¿verdad? Todos los estudios me explican que pueden hacerme parecer bonita, pero creo que eso es una gran mentira.

—Es una gran mentira —respondió Sam y Tessie lo miró sorprendida—. No permitas que nadie te cambie. Tessie. Te arruinarían.

—¿De veras?

—Cuando la MGM contrató a Danny Thomas, Louie Mayer

quería que se operara la nariz. Pero en cambió, Danny se despidió del estudio. Sabía que lo que tenía que vender era su persona. Y eso es exactamente lo que debes hacer: vender a Tessie Brand y no a un ser con remiendos de plástico.

—Eres el primero que ha sido sincero conmigo —dijo Tessie—. Eres un auténtico caballero. ¿Estás casado?

—No —contestó Sam.

—¿Te diviertes de tanto en tanto?

Sam rió.

—Nunca lo hago con cantantes... no tengo oído.

—No te hará falta, tampoco —respondió Tessie sonriendo—. Me gustas.

—¿Lo suficiente como para que hagas unas películas conmigo?

Ella lo miró y contestó afirmativamente.

—Fantástico. Arreglaré el contrato con tu agente.

Acarició la mano de Sam e insistió:

—¿Estás seguro de que no tienes ganas de divertirte un poco?

Las dos primeras películas de Tessie Brand superaron todos los éxitos imaginables. Recibió una mención de la Academia por la primera y le otorgaron el Oscar de oro por la segunda. En todo el mundo la gente hacía colas frente a las salas donde se exhibían sus películas para verla y escuchar su maravillosa voz. Tenía todo. Era graciosa, sabía cantar y sabía actuar. Su fealdad se transformó en algo positivo, pues el público la identificaba con ella. Tessie Brand se convirtió en un sustituto para todas las feas, que nadie amaba, y nadie quería.

Se casó con el actor principal de su primera película, se divorció cuando se realizaron las nuevas tomas y se casó con el galán de la segunda película. Sam había oído rumores de que ese matrimonio estaba en la cuerda floja, pero no hay que olvidar que Hollywood es una fábrica de chismes. No prestó más atención porque consideró que no era asunto suyo.

Pero resultó que se había equivocado.

Sam hablaba por teléfono con Barry Herman, el agente de Tessie.
—¿Qué sucede, Barry?
—La nueva película de Tessie. No está contenta, Sam.
Sam sintió que iba a perder la paciencia.
—¡Un momento! Tessie aprobó el productor, el director y el guión. Los escenarios están ya terminados y estamos listos para filmar. No es posible que se vaya a retirar en este momento. Yo...
—No retirarse.
Sam quedó apabullado.
—¿Qué demonios es lo que quiere, entonces?
—Quiere otro productor.
—¿Quiere qué? —aulló Sam.
—Ralph Dastin no la entiende.
—Dastin es uno de los mejores productores. Debe considerarse afortunada de tenerlo.
—Estoy totalmente de acuerdo contigo, Sam. Pero parece que no se llevan bien. No quiere filmar si sigue estando Dastin.
—No olvides que tiene un contrato, Barry.
—Lo sé y te aseguro que Tessie tiene todas las intenciones de cumplirlo. Siempre y cuando le sea físicamente posible. Lo que sucede es que se pone nerviosa cuando se siente desdichada y parece que no consigue recordar sus líneas.
—Te llamaré después —dijo Sam y colgó el teléfono furioso.
¡Esa maldita mujerzuela! No existían motivos para excluir a Dastin de la película. Probablemente se había negado a acostarse con ella, o algo igualmente ridículo.
—Pídele a Dastin que suba a verme —le dijo a Lucille.
Ralph Dastin era un simpático cincuentón. Había comenzado como escritor y luego se convirtió en productor. Sus películas eran encantadoras y de buen gusto.
—Ralph... —comenzó a decir Sam—. No sé cómo...
Dastin levantó la mano.

—No es necesario que lo digas, Sam. Iba a subir para decirte que me voy.

—¿Qué demonios es lo que pasa? —inquirió Sam.

Dastin se encogió de hombros.

—Nuestra estrella tiene un escozor. Y quiere que sea otra persona la que la rasque.

—¿Quieres decir que ya ha elegido tu sustituto?

—Por el amor de Dios, ¿dónde has estado? ¿En Marte? ¿No lees las secciones dedicadas a los chismes?

—Trato de no hacerlo. ¿Quién es él?

—No es un él.

Sam se sentó lentamente.

—Es la diseñadora de modelos de la película de Tessie. Se llama Barbara Carter, como las pequeñas píldoras para el hígado.

—¿Estás seguro? —insistió Sam.

—Debes de ser la única persona de todo el hemisferio oeste que lo ignora.

Sam movió la cabeza.

—Siempre di por sentado que Tessie era una mujer cabal.

—La vida se parece a una cafetería, Sam. Tessie es una muchacha hambrienta.

—Pues no pienso poner una maldita modelista a cargo de una película de cuatro millones de dólares.

Dastin sonrió.

—Acabas de pronunciar las palabras prohibidas.

—¿Qué quieres decir con eso?

—Quiero decir que parte del argumento de Tessie es que a las mujeres no se les ofrecen oportunidades justas en este negocio. Tu pequeña estrella ha desarrollado una personalidad muy feminista.

—No lo haré.

—Como quieras. Pero te daré un consejo. Es la única forma en que conseguirás que se filme esta película.

Sam llamó por teléfono a Barry Herman.

—Dile a Tessie que Ralph Dastin renunció a la película —manifestó.

—Le va a gustar mucho la noticia.

Sam rechinó los dientes y en seguida preguntó:

—¿Sabes si había pensado en alguien para producirla?

—Pues creo que sí —contestó Herman suavemente—. Tessie ha descubierto una muchacha joven muy valiosa y que considera que es capaz de aceptar un desafío semejante. Bajo la dirección de alguien tan brillante como tú, Sam…

—Suspende los cumplidos —replicó Sam—. ¿Es la condición final?

—Me temo que sí, Sam. Lo siento.

Barbara Carter tenía un rostro atractivo y una buena figura, y Sam tuvo la impresión de que era muy femenina. La observó sentarse en el sofá de cuero de su oficina y cruzar delicadamente sus piernas largas y bien formadas. Cuando habló, su voz sonó ligeramente ronca, pero tal vez eso pudo haber sido pura sugestión. Lo estudió con sus suaves ojos grises y le dijo:

—Tengo la impresión de haberme metido en un berenjenal, señor Winters. No tenía intención alguna de quitarle el puesto a nadie. Y sin embargo —alzó las manos en un gesto de impotencia—, la señorita Brand dice que no piensa figurar en la película a menos que yo la produzca. ¿Qué le parece que debo hacer?

Sam estuvo tentado durante un instante de decírselo. Pero en cambio le preguntó:

—¿Tiene alguna experiencia previa con el cine aparte de ser una modelista?

—He trabajado como acomodadora y he visto muchas películas.

«¡Fantástico!»

—¿Qué le hace suponer a la señorita Brand que usted puede producir una película?

Fue como si Sam hubiera tocado un resorte oculto. Barbara Carter cobró súbitamente una inusitada animación.

—Tessie y yo hemos hablado mucho sobre esta película. —Había dejado ya de llamarla señorita Brand, advirtió Sam—. Me parece que hay muchos fallos en el argumento y cuando se los señalé ella estuvo totalmente de acuerdo conmigo.

—¿Cree usted que es capaz de escribir un guión mejor que un escritor que ha recibido un galardón de la Academia y que ha realizado media docena de películas de éxito y obras de teatro en Broadway?

—¡De ningún modo, señor Winters! Sólo creo saber algo más sobre mujeres. —Los ojos grises se hicieron más duros y el tono un poco más áspero—. ¿No le parece que es ridículo que sean siempre hombres los que escriben los papeles de las mujeres? Solamente *nosotras* sabemos lo que sentimos. ¿No lo encuentra lógico?

Sam estaba cansado del juego. Sabía que terminaría contratándola, se despreciaba por ello, pero dirigía un estudio y su trabajo consistía en ocuparse que se filmaran películas. Si a Tessie Brand se le antojaba que su ardilla favorita dirigiera la película, Sam le mandaría comprar nueces sin perder un minuto. Para Tessie Brand la película podía representar fácilmente un beneficio de veinte o treinta millones de dólares. Además Barbara Carter no podía hacer nada que la arruinara totalmente. Ahora por lo menos. Faltaba demasiado poco para la filmación como para que se hicieran cambios fundamentales.

—Me ha convencido —respondió Sam irónicamente—. El puesto es suyo. Felicitaciones.

El *Hollywood Reporter* y el *Variety* anunciaron a la mañana siguiente en su primera página que Barbara Carter produciría la nueva película de Tessie Brand. Mientras Sam se disponía a tirar los diarios al cesto de los papeles, le llamó la atención un pequeño párrafo situado en la parte inferior de la página: TOBY TEMPLE FIRMÓ CONTRATO PARA ACTUAR EN EL SALÓN DEL HOTEL TAHOE.

Toby Temple. Sam recordó al entusiasta y joven cómico de uniforme y su recuerdo lo hizo sonreír. Se propuso verlo actuar si Toby trabajaba alguna vez en la ciudad.

Para sus adentros se preguntó por qué Toby Temple no se habría puesto nunca en contacto con él.

# 13

Por más raro que parezca, Millie fue en cierto sentido la responsable de que Toby Temple alcanzara el estrellato. Antes de casarse había sido uno de tantos cómicos. Después del matrimonio había adquirido un nuevo ingrediente: el odio. Toby se había visto forzado a casarse con una muchacha que despreciaba y en su interior bullía una ira tan grande, que se sentía capaz de matarla con sus manos.

Aun cuando no se dio cuenta, Millie era una esposa excelente y fiel. Lo adoraba y hacía todo cuanto podía para agradarle. Se encargó de la decoración de la casa de Benedict Canyon y lo hizo con mucho gusto. Pero cuanto más trataba Millie de contentar a Toby, más la despreciaba él. La trataba siempre con gran amabilidad teniendo cuidado de no decir o hacer nada que pudiera molestarla lo suficiente como para que llamara a Al Caruso. Toby no olvidaría en toda su vida el terrible dolor que sintió cuando esa barra de hierro se estrelló contra su brazo ni la mirada de Al Caruso cuando dijo: «Si llegas a hacerle algo a Millie...».

Y como Toby no podía devolver esos ataques contra su esposa, volcó su ira hacia sus espectadores. Cualquiera que hiciera ruido con una fuente o se levantara para ir al baño o se atreviera a hablar mientras estaba en el escenario, se convertía inmediatamente en el blanco de una serie de invectivas. Pero lo hacía con tanto encanto y con una expresión tan inocente, que fascinaba al público y reían hasta llorar, mientras él destrozaba una infortunada víctima. La combinación de su cara ingenua y cándida con su perversa y graciosa lengua lo hacían irresistible. Podía decir las cosas más terribles y salir indemne. Ser elegido para una serie de vituperios por parte de Toby se convirtió en algo envidiable. Sus víctimas jamás imaginaron que Toby pensaba realmente cada palabra que decía. Y pasó de ser un comediante cualquiera a convertirse en el tema obligado del ambiente de las tablas.

Clifton Lawrence se llevó una gran sorpresa cuando al volver de Europa se enteró que Toby se había casado con una corista. Le parecía totalmente fuera de lugar, pero cuando lo interrogó, Toby lo miró fijamente y dijo:

—¿Qué quieres que te diga, Cliff? Conocí a Millie, me enamoré de ella y eso es todo.

Pero no sabía bien por qué no le había sonado muy sincero. Otra cosa más intrigaba al agente. Un día que estaba en su oficina, Clifton le dijo a Toby:

—Te has vuelto muy famoso. He firmado un contrato para que trabajes cuatro semanas en el Thunderbird. Te pagarán dos mil dólares por semana.

—¿Qué pasó con la gira?

—Olvídalo. Las Vegas es mucho más rentable y todo el mundo verá tu función.

—Cancela Las Vegas y arregla la gira.

Clifton lo miró sorprendido.

—Pero si Las Vegas es…

—Consígueme la gira. —La voz de Toby tenía un tono que Clifton no había oído hasta entonces. No era arrogancia o capricho; era algo más, una profunda y controlada ira.

Lo que lo hacía más aterrador era que procedía de una cara que se había vuelto más alegre e infantil que nunca.

A partir de ese momento Toby viajó constantemente. Era la única forma de escapar de su confinamiento. Actuaba en clubs nocturnos, teatros y auditorios y cuando se acababa ese repertorio, le solicitaba a Clifton Lawrence que le consiguiera trabajo en las universidades, o en cualquier lugar con tal de poder alejarse de Millie.

Se le presentaban ilimitadas posibilidades de acostarse con ansiosas y atractivas mujeres en todas las ciudades. Lo esperaban en su camerino antes y después de la función y lo paraban en el vestíbulo de su hotel.

Pero Toby hizo caso omiso de todas. Pensaba en el pobre hombre al que le habían cortado el sexo y luego le habían prendido fuego y recordaba las palabras de Al Caruso: *Tú sí que has sido bien dotado... No te haré daño alguno. Eres mi amigo. Mientras sigas siendo bueno con Millie...*

Toby no se acostó con ninguna mujer.

—Estoy enamorado de mi esposa —respondía tímidamente. Y ellas le creían y lo admiraban más aún por ello. Y la voz se corrió, tal como lo quería Toby: Toby Temple no pierde el tiempo con nadie; es realmente un marido fiel.

Pero esas encantadoras muchachas vírgenes lo perseguían sin cesar, y cuanto más las rechazaba más lo asediaban. Toby estaba tan desesperado por una mujer, que sufría constantemente un dolor físico. Le dolía tanto la ingle que muchas veces le resultaba difícil poder trabajar. Comenzó a masturbarse nuevamente. Y cada vez que lo hacía pensaba en todas esas encantadoras jóvenes que esperaban acostarse con él y entonces maldecía y se enfurecía contra su suerte.

Y como el sexo le estaba prohibido, se convirtió por lo mismo en una obsesión. Cada vez que regresaba a su casa luego de realizar una gira, Millie estaba esperándolo ansiosa, amante y dispuesta. Pero en cuanto Toby la veía, desaparecía instantáneamente su inquietud sexual. Era el enemigo y la despreciaba por lo que estaba ocurriéndole. Decía hacer un esfuerzo por acostarse con ella, pero en realidad era a Al Caruso al que satisfacía. Cada vez que hacía el amor con Millie, lo hacía con una salvaje brutalidad que le arrancaba gemidos de dolor. Pero él simulaba creer que eran gritos de placer, y la poseía con más y más violencia, hasta que finalmente su semen envenenado se desparramaba en su interior como una explosión de furia. No hacía realmente el amor.

Hacía el odio.

En junio de 1950 los coreanos del norte cruzaron el paralelo treinta y ocho, atacaron a los coreanos del sur y el presidente Truman ordenó la intervención de tropas estadounidenses. No interesaba lo que pensara el resto del mundo al respecto, pero para Toby la guerra de Corea fue lo mejor que pudo haber sucedido.

En el *Daily Variety* apareció a principios de diciembre un artículo anunciando que Bob Hope estaba preparándose para realizar una gira navideña para entretener a las tropas de Seúl. Treinta segundos después de haber leído la noticia, Toby hablaba por teléfono con Clifton Lawrence.

—Tienes que meterme en esa gira, Cliff.

—¿Para qué demonios? Ya tienes casi treinta años. Te aseguro, querido muchacho, que esas giras no son precisamente divertidas...

—No me importa que lo sean o no —respondió Toby a gritos—. Esos soldados están allí arriesgando sus vidas. Lo menos que puedo hacer es tratar de que rían un poco.

Clifton no conocía ese aspecto de Toby Temple. Se sintió emocionado y satisfecho.

—Muy bien. Veré lo que puedo hacer, ya que te lo tomas tan a pecho —le prometió Clifton.

Lo llamó nuevamente al cabo de una hora.

—Hablé con Bob. Dice que será un placer contar contigo. Pero que si llegas a cambiar de idea...

—De ningún modo —respondió Toby y acto seguido cortó.

Clifton Lawrence se quedó un buen rato sentado pensando en Toby. Se sentía muy orgulloso de él. Era un maravilloso ser humano y estaba feliz de ser su agente, fascinado al poderlo ayudar a modelar su carrera.

Toby actuó en Taegu, Pusan y Chonju y disfrutó mucho con las risas de los soldados. Millie quedó relegada al fondo de su mente.

Llegó Navidad y, en vez de volver a su hogar, Toby se dirigió a Guam. Los muchachos se quedaron enloquecidos con él. Pasó a Tokio y se dedicó a distraer a los heridos del hospital militar. Pero finalmente llegó el momento de volver a casa.

Cuando Toby regresó en abril tras una gira de diez semanas por el medio oeste, Millie estaba esperándolo en el aeropuerto. Sus primeras palabras fueron:

—¡Querido, voy a tener un bebé!

Se quedó mirándola absorto. Ella interpretó erróneamente su expresión y creyó que era de felicidad.

—¿No te parece maravilloso? —exclamó—. El bebé me hará compañía cuando tú estés de viaje. Espero que sea un varón, así podrás llevarlo a los partidos de béisbol y…

No escuchó el resto de las estupideces que decía. Parecía que sus palabras resonaran muy a lo lejos. Pero en el fondo de sus pensamientos Toby creía que algún día ocurriría algo que lo liberaría. Hacía ya dos años que se habían casado y le parecía una eternidad. Y ahora esta novedad. Millie nunca lo dejaría escapar.

Jamás.

El nacimiento estaba previsto para Navidad. Toby había hecho arreglos para ir a Guam con otro grupo de animadores, pero no sabía si a Caruso le parecería bien que no estuviera presente cuando Millie diera a luz. Había solamente una única forma de averiguarlo. Toby llamó a Las Vegas.

Inmediatamente apareció del otro lado de la línea la voz alegre y conocida de Caruso.

—Hola, muchacho. Me alegro de oírte.

—Me alegro de escuchar nuevamente tu voz, Al.

—Me he enterado de que vas a convertirte en papá. Debes de estar muy excitado.

—Excitado no es la palabra apropiada —respondió Toby sinceramente, y dejando que su voz adquiriera un tono preocupado agregó—: Ésa es la razón por la que te he llamado, Al. El bebé va a nacer alrededor de Navidad y... —debía tener mucho cuidado—, y no sé qué hacer. Quiero estar aquí con Millie cuando tenga el niño, pero me pidieron que regresara a Corea y a Guam para divertir a las tropas.

Hubo una larga pausa.

—Qué complicación.

—No quiero quedar mal con nuestros soldados, pero tampoco quiero quedar mal con Millie.

—Por supuesto. —Otra pausa y luego dijo—: Te diré lo que pienso, muchacho. Todos somos buenos ciudadanos, ¿no es verdad? Esos muchachos están peleando allí por nosotros, ¿no es así?

Toby sintió que su cuerpo se aflojaba.

—Por supuesto. Pero no quiero...

—No le va a pasar nada a Millie —dijo Caruso—. Hace muchos años que las mujeres tienen hijos. Vete a Corea.

Seis semanas después, la víspera de Navidad, mientras Toby bajaba del escenario en medio de una salva de aplausos en el destacamento de Pusan, le entregaron un telegrama en el que le informaban de que Millie había fallecido al dar a luz a un niño muerto.

Toby era libre.

# 14

Josephine Czinski cumplió trece años el 14 de agosto de 1952. Mary Lou Kenyon, que había nacido el mismo día, la invitó a su fiesta. Su madre le había prohibido ir.

—Esa gente es mala —le advirtió la señora Czinski—. Será mejor que te quedes en casa a estudiar la Biblia.

Pero Josephine no tenía la menor intención de quedarse en su casa. Sus amigos no eran malos. Deseaba que existiera una forma de poder hacérselo comprender a su madre. En cuanto ésta salió, Josephine sacó cinco dólares que había ganado cuidando bebés, se dirigió al centro de la ciudad y se compró un bonito traje de baño blanco. En seguida siguió viaje hacia la casa de Mary Lou. Tenía el presentimiento de que iba a ser un día maravilloso.

La casa de Mary Lou era la más bonita de todas las mansiones de la Gente del Petróleo. Estaba repleta de antigüedades, tapicerías valiosísimas y espléndidos cuadros. Tenía adjuntos varios chalets para huéspedes, establos, una cancha de tenis, una pista de aterrizaje privada y dos piscinas, una enorme para los Kenyon y sus amigos y otra más pequeña al fondo para uso del personal.

Mary Lou tenía un hermano mayor, David, a quien Josephine había tenido oportunidad de ver una que otra vez. Nunca había conocido un muchacho tan apuesto. Era muy alto, de espaldas anchas como las de un futbolista y unos pícaros ojos grises. Jugaba como centrocampista del All-America y había obtenido una beca para estudiar tres años en Oxford. Mary Lou había tenido además una hermana mayor llamada Beth, que murió cuando Josephine era aún muy pequeña.

Cuando llegó a la fiesta, su mirada buscó por todas partes con la esperanza de ver a David, pero no lo divisó por ninguna parte. Anteriormente se había detenido varias veces para hablar con ella, y en cada oportunidad Josephine se había sonrojado y no había podido articular palabra.

La fiesta fue todo un éxito. Había catorce chicos y chicas. Varios criados y criadas con elegantes uniformes les sirvieron en la terraza un suculento asado, pollo, ensalada de patatas con pimientos picantes y limonada. Después del almuerzo Mary Lou y Josephine procedieron a abrir sus regalos mientras todos las rodeaban y hacían comentarios al respecto.

—Vayamos a bañarnos a la piscina —sugirió Mary Lou.

Todos corrieron rápidamente a los vestuarios situados a ambos lados. Josephine se puso su traje de baño nuevo y pensó que nunca se había sentido tan feliz. Había sido un día perfecto en compañía de sus amigos. Era una de ellos y compartía junto con ellos la belleza que los rodeaba por todas partes. No había nada pecaminoso en eso. Deseaba poder detener el tiempo y que ese día no terminara nunca.

Josephine salió del vestuario y mientras caminaba bajo el sol resplandeciente se dio cuenta de que todos la observaban. Las chicas con franca envidia y los muchachos a hurtadillas y disimuladamente. Su cuerpo se había desarrollado notoriamente durante los últimos meses. Sus pechos firmes y bien marcados eran realzados por el traje de baño y sus caderas denotaban ya las sensuales curvas de una mujer. Josephine se zambulló junto con los demás.

—Juguemos a Marco Polo —propuso alguien.

A Josephine le encantaba ese juego. Le divertía moverse en el agua tibia con los ojos cerrados. Cuando ella gritaba «¡Marco!», los demás tenían que contestar: «¡Polo!». Entonces se zambullía guiada por el sonido de sus voces antes que se escaparan hasta atrapar a alguno, que entonces se convertía en Marco.

Cuando comenzaron a jugar, Gissy Topping fue Marco. Se lanzó en pos de Bob Jackson, el muchacho que le gustaba, pero como no pudo atraparlo, agarró a Josephine. Ésta cerró con fuerza los ojos y se puso a escuchar el ruido de los salpicones.

—¡Marco! —gritó.

Un coro de voces le contestó:

—¡Polo!

Josephine se zambulló en dirección a la voz más próxima. Tanteó en el agua, pero no encontró a nadie.

—¡Marco! —gritó.

Nuevamente un coro de voces le respondió:

—¡Polo!

Dio un manotazo, pero tampoco tuvo éxito. No le importaba que fueran más ligeros que ella: quería que el juego durara para siempre, igual que deseaba que ese día durara eternamente.

Se quedó quieta, tratando de oír un chapoteo, una risa o un susurro. Dio vueltas por la piscina con los ojos cerrados, las manos estiradas y llegó a la escalera. Subió un escalón para ahogar el sonido de sus movimientos.

—¡Marco! —gritó.

Pero no hubo respuesta. Permaneció quieta.

—¡Marco!

Silencio. Era como si estuviera sola en un mundo tibio y húmedo y desierto. Le estaban haciendo una broma. Habían decidido que nadie le contestaría. Josephine sonrió y abrió los ojos.

Estaba de pie sola en la escalera. Algo le hizo mirar hacia abajo. La parte inferior de su traje de baño estaba manchada de rojo y un hilo de sangre corría por sus muslos. Los chicos estaban todos de pie junto a la piscina observándola. Josephine levantó la vista, afligida.

—Yo... —Se interrumpió porque no sabía qué decir. Bajó rápidamente los escalones y se metió en el agua para ocultar su vergüenza.

—No se hace eso en la piscina —dijo Mary Lou.
—A los polacos no les importa —dijo alguien con una risita.
—Vamos a darnos una ducha.
—Sí. Me siento pegajoso.
—¿Quién va a querer bañarse en eso?

Josephine cerró los ojos y los oyó alejarse a todos hacia el vestuario, dejándola sola. Se quedó allí quieta, sin abrir los párpados, apretando las piernas para detener el vergonzoso flujo. Nunca había tenido antes su período. Había sido totalmente inesperado. Todos volverían en seguida y le explicarían que había sido sólo una broma, que seguían siendo amigos, y la felicidad no sería interrumpida. Volverían y le dirían que era un juego. Con los ojos cerrados susurró «Marco», y el eco se perdió en el aire de la tarde. No tenía la menor idea de cuánto tiempo permaneció en el agua sin abrir los ojos.

—Eso no se hace en la piscina.
—A los polacos no les importa.

Su cabeza comenzó a latir violentamente. Sintió náuseas y un súbito dolor de estómago. Josephine sabía que debía quedarse allí parada con los ojos cerrados. Hasta que volvieran y le dijeran que era una broma.

Oyó pasos y el crujido de algo por encima de su cabeza y en seguida comprendió que todo estaba en orden. Habían vuelto. Abrió los ojos y levantó la vista.

David, el hermano mayor de Mary Lou, estaba de pie junto a la piscina con una bata de baño en las manos.

—Te pido disculpas por todos —le dijo con voz firme tendiéndole la toalla—. Ven. Sal de una vez y ponte esto.

Pero Josephine cerró los ojos y se quedó inmóvil. Tenía ganas de morir cuanto antes.

# 15

Era uno de los días buenos de Sam Winters. Las tomas de la película de Tessie Brand resultaron excelentes. Por supuesto que en parte se debía a que Tessie estaba haciendo lo imposible para justificar su conducta. Pero fuera cual fuera el motivo, el hecho era que Barbara Carter se convertiría en la mejor productora de la temporada.

Los *shows* de televisión producidos por la Pan-Pacific marchaban viento en popa y «My Man Friday» era el de más éxito. El canal le había propuesto a Sam un contrato de cinco años.

Sam iba a retirarse para almorzar cuando entró apresuradamente Lucille y le anunció:

—Acaban de atrapar a alguien que estaba iniciando un incendio en el departamento de utillaje. En seguida lo traen para aquí.

El hombre se sentó en una silla frente a Sam y detrás de él se colocaron dos guardias del estudio. Sus ojos resplandecían de malicia. Sam, que no se había recuperado todavía de la sorpresa, le preguntó:

—Por el amor de Dios, ¿por qué?

—Porque no quería tu miserable limosna —respondió Dallas Burke—. Te odio, odio a este estudio y a todo el miserable negocio. Yo construí esta industria, hijo de puta. Pagué por la mitad de los estudios de esta ciudad. Todos se enriquecen a costa mía. ¿Por qué no me encargaste la dirección de una película en lugar de tratar de contentarme simulando comprar un montón de cuentos de hadas robados? Me habrías comprado la guía, Sam. No quería recibir ningún favor de ti. Quería que me dieras trabajo. Has conseguido que a mi muerte sea un fracasado, y eso jamás te lo perdonaré.

Sam permaneció un buen rato sentado pensando después que se llevaron a Dallas Burke, recordando las grandes cosas que hizo y las maravillosas películas que había dirigido. En cualquier otro negocio habría sido un héroe, el presidente de la empresa o se habría retirado a gozar de una suculenta jubilación y una merecida gloria.

Pero ése era el maravilloso mundo del espectáculo.

# 16

A principios de 1950 el éxito de Toby Temple iba en aumento. Actuaba en los principales clubs nocturnos: el Chez Paree de Chicago, el Latin Casino en Filadelfia, el Copacabana de Nueva York. Daba funciones benéficas en hospitales de niños y sociedades de caridad, actuaba para cualquiera, en cualquier lugar y en cualquier momento. El público era su fluido vital. Necesitaba aplausos y amor. Estaba totalmente dedicado al mundo del espectáculo. Importantes sucesos ocurrían en el mundo entero, pero para Toby eran sólo material para su número.

Cuando el general MacArthur fue despedido en 1951 y dijo: «Los viejos soldados no mueren, simplemente se borran, se desvanecen», Toby dijo: «Cielos, debemos usar la misma lavandería».

En 1952 explotó la primera bomba de hidrógeno y el comentario de Toby fue: «Eso no es nada. Deberían haber presenciado mi noche de estreno en Atlanta».

Cuando Nixon pronunció su famoso discurso de Checkers, Toby dijo: «Votaría por él en seguida. Por Nixon, no..., por Checkers».

Ike era presidente y Stalin moría y los niños de Norteamérica usaban gorros como los de Davy Crockett y hubo huelga de autobuses en Montgomery.

Y todo eso era material para el acto de Toby.

El público exclamaba entusiasmado al oírlo decir sus chistes y ver esos ojos inocentes y su expresión desconcertada.

La vida entera de Tobby consistía en esas frases que constituyen la esencia del chiste. «... Y entonces dijo: Esperen un minuto: buscaré mi sombrero y los acompañaré...; y:... para decir la verdad tenía tan buen aspecto que me lo comí; y: ... es una bombonería, pero me llamaron...; y:... habría sido un policía...; y:... ahora te tengo a ti pero no hay barco...; y: Ésa es mi suerte. Consigo la parte que come...», y miles que arrancaban lágrimas de risa al público. Sus espectadores lo adoraban y él se alimentaba de su amor y crecía llegando cada vez más alto.

Pero Toby tenía una profunda y salvaje inquietud. Siempre buscaba algo más. Nunca podía disfrutar enteramente porque tenía miedo de estar perdiéndose una fiesta mejor en otro lugar o poder actuar ante un público mejor o besar a una muchacha más bonita. Cambiaba de chicas como de camisa. Después de su experiencia con Millie tuvo miedo de verse involucrado con alguien. Recordaba cuando había actuado en el Circuito de los Baños y la envidia que había sentido por los cómicos que tenían grandes coches y mujeres preciosas. Había conseguido lo que quería y estaba tan solo ahora como antes. ¿Quién fue el que dijo: «Cuando llegas allí, descubres que no hay allí...»?

Se dedicó a convertirse en el Número Uno y sabía que lo lograría. Su única pena era que su madre no estuviera presente para ver realizada su predicción.

El único recuerdo de ella que le quedaba era su padre.

El asilo de Detroit era un feo edificio de ladrillos del otro siglo. Sus paredes conservaban el hedor dulzón de la vejez, la enfermedad y la muerte.

El padre de Toby Temple había sufrido un ataque y en la actualidad no difería mucho de un vegetal, era un ser con ojos indiferentes y apáticos y una mente a la que lo único que le interesaba eran las visitas de Toby. Toby estaba de pie en el vestíbulo sucio, alfombrado de verde del asilo donde vivía ahora su padre. Las enfermeras y demás residentes se reunieron entusiasmados junto a él.

—Lo vi la semana pasada en el *show* de Harold Hobson, Toby.

Me pareció maravilloso. ¿Cómo se le ocurren todas esas cosas graciosas que dice?

—Se les ocurren a mis guionistas —respondió Toby, y todos rieron ante esa demostración de modestia.

Un enfermero apareció por el corredor trayendo al padre de Toby en su silla de ruedas. Estaba recién afeitado y muy repeinado. Les había permitido que lo vistieran con un traje en honor a la visita de su hijo.

—¡Qué les parece, ahí viene Beau Brummel! —exclamó Toby y todos se dieron la vuelta para mirar al señor Temple con envidia, deseando poder tener como él un hijo que viniera a visitarlos y que fuera tan famoso y maravilloso como Toby.

Toby se acercó a su padre, se inclinó y lo abrazó.

—¿A quién tratas de engañar? —le preguntó señalando al enfermero—. Tú deberías estar empujándolo a él, papá.

Todos soltaron una carcajada, haciendo una nota mental del chiste para poder contarles a sus amigos lo que le habían oído decir a Toby Temple. *El otro día estaba con Toby Temple cuando dijo..., estaba tan cerca de él como de ti y le oí decir...*

Se quedó un rato divirtiéndolos, insultándolos moderadamente y todos se quedaron felices. Los embromaba respecto de su vida sexual, su salud y sus hijos y durante un momento les permitió reírse de sus propios problemas. Finalmente Toby dijo tristemente:

—Siento mucho tener que dejarlos, son el público más atractivo que he tenido en años —*Eso también lo recordarían*—, pero tengo que pasar un rato a solas con papá. Me prometió contarme unos chistes nuevos.

Sonrieron, se rieron y lo quisieron más.

* * *

Toby se quedó solo con su padre en el pequeño salón de visitas. Incluso en ese cuarto podía percibirse el olor a muerte, y sin embargo... *Para eso es este lugar, ¿no es verdad?* —pensó Toby—. *Para morir.* Estaba lleno de padres y madres desgastados que molestaban. Habían sido sacados de los pequeños dormitorios del fondo de las casas, de los comedores y los salones donde se estaban convirtiendo en algo incómodo cada vez que venían visitas, y habían sido enviados a ese asilo por sus hijos, sobrinos y sobrinas. *Te aseguro que es por tu propio bien, papá, mamá, tío Jorge, tía Bess. Estarás con otras simpáticas personas de tu edad. Tendrás compañía permanentemente. ¿Sabes lo que quiero decir?* Lo que realmente querían decir era: *Te mando allí para que te mueras en compañía de todos esos viejos inútiles. Estoy cansado de verte babear en la mesa y oírte decir los mismos cuentos una y otra vez y molestar a las chicas y mojar la cama.* Los esquimales eran más sinceros. Subían a sus viejos en un trineo y los dejaban abandonados en medio del hielo.

—Me alegro de que hayas venido hoy —dijo el padre de Toby que hablaba con dificultad—. Quería charlar contigo. Tengo buenas noticias. Mi vecino, el viejo Art Riley, murió ayer.

Toby se quedó mirándolo.

—¿Y eso es una buena noticia?

—Quiere decir que podré cambiarme a su cuarto —explicó su padre—. Es para una persona sola.

Y eso era la vejez; sobrevivir, aferrándose a las escasas comodidades que les quedaban. Toby había visto allí a personas que estarían mucho mejor muertas, pero que se aferraban desesperadamente a la vida. *Feliz cumpleaños, señor Dorset. ¿Cómo se siente al cumplir noventa y cinco años?... Al pensar en la alternativa me siento espléndido.*

Finalmente llegó el momento en que Toby debía irse.

—Volveré a visitarte en cuanto pueda —le prometió. Le dio a su padre un poco de dinero y distribuyó generosas propinas entre las enfermeras y ayudantes—. Cuídenlo bien, lo necesito para mi número.

Toby se marchó y en cuanto traspasó la puerta se olvidó de todos. Pensaba en la función de esa noche.

Su visita sería el tema de conversación de varias semanas.

# 17

A los diecisiete años Josephine Czinski era la muchacha más bonita de Odessa, Tejas. Tenía una tez dorada, bronceada, su pelo largo y negro adquiría unos reflejos rojizos a la luz del sol y sus profundos ojos castaños tenían destellos dorados. Su figura era sensacional, tenía un magnífico busto, una cintura pequeña rematada en unas caderas ligeramente redondeadas y sus piernas eran largas y esbeltas.

Josephine no alternaba ya con la Gente del Petróleo. Salía con los Otros. Después de clase trabajaba como camarera en el Golden Derrick, un conocido restaurante donde se atendía a los coches. Allí concurrían Mary Lou y Cissy Topping en compañía de sus amigos. Josephine los saludaba siempre amablemente, pero todo había cambiado.

Sentía una inquietud, unas ansias por algo que nunca había conocido. No tenía nombre, pero estaba allí. Quería dejar esa ciudad fea, pero no sabía dónde quería ir ni qué quería hacer. Cuando pensaba mucho en ello tenía indefectiblemente un fuerte dolor de cabeza.

Salía con numerosos muchachos y hombres. El favorito de su madre era Warren Hoffman.

—Warren sería un espléndido marido Es religioso, asiste siempre a los oficios, gana bastante dinero como fontanero y está loco por ti.

—Tiene veinticinco años y es gordo.

La señora Czinski miró atentamente a Josephine.

—Las chicas polacas pobres no encuentran caballeros con armaduras resplandecientes. Ni en Tejas ni en ningún otro lado. No te engañes.

Josephine permitía que Warren Hoffman la llevara al cine una vez por semana. Le tomaba la mano y se la estrechaba entre sus palmas callosas y sudorosas, durante toda la película. Pero Josephine ni se daba cuenta. Estaba demasiado compenetrada con lo que ocurría en la pantalla. Lo que veía allí era una prolongación del mundo de personas y cosas maravillosas en el que se había criado, con la diferencia de que era más grande y más excitante todavía. En algún lugar recóndito de su mente, Josephine sentía que Hollywood podía brindarle todo lo que ella deseaba: la belleza, la diversión, la alegría y la felicidad. Aparte de casarse con un hombre rico, sabía que no existía otra forma de poder tener esa clase de vida.

Y los muchachos ricos habían sido copados por las chicas ricas. Todos excepto uno.

David Kenyon. Josephine pensaba frecuentemente en él. Había robado una fotografía suya de la casa de Mary Lou hacía mucho tiempo. La tenía escondida en su armario y la sacaba para mirarla siempre que se sentía desdichada. Le traía nuevamente el recuerdo de David de pie junto a la piscina diciendo: «Te pido disculpas por todos ellos», y la sensación de pena desaparecía gradualmente y era reemplazada por su suave ternura. Sólo había visto una vez más a David después de ese terrible día cuando le proporcionó una toalla. Estaba en el coche con su familia y Josephine se enteró luego de que lo llevaban a la estación de tren. Partía rumbo a Inglaterra, para estudiar en Oxford. Eso había ocurrido hacía cuatro años, en 1952. David volvió a su casa durante las vacaciones de verano y para pasar la Navidad con su familia, pero sus caminos nunca se cruzaron. Josephine oyó a menudo a las otras chicas hablar de él. Además de la propiedad que había heredado de su padre, su abuela le había dejado un fondo fiduciario de cinco millones de dólares. Era un buen partido. Pero no para la hija de una costurera polaca.

Josephine no sabía que David Kenyon había regresado de Europa. Esa tarde de sábado del mes de julio trabajaba como de costumbre en el Golden Derrick. Tenía la impresión de que la mitad de la población de Odessa había decidido atemperar el calor bebiendo allí barriles de limonada y comiendo helados. Había tenido tanto trabajo que no pudo tomarse ni un momento para descansar. Una cola de coches rodeaba permanentemente el restaurante iluminado con luz de neón, semejantes a unos animales metálicos circundando un abrevadero surrealista. Josephine entregó una bandeja con lo que le pareció ser el millonésimo pedido de hamburguesas de queso y gaseosas, sacó un menú y se dirigió hacia un coche deportivo que acababa de estacionar.

—Buenas noches —dijo alegremente—. ¿Quiere consultar el menú?

—Hola, desconocida.

El corazón de Josephine dio un vuelco al oír la voz de David Kenyon. Estaba tal cual lo recordaba, sólo que más apuesto todavía. Tenía ahora la madurez y la seguridad que le había otorgado su residencia en el extranjero. Cissy Topping estaba sentada junto a él, luciendo un aspecto fresco y encantador vestida con una lujosa falda y una camisa de seda.

—Hola, Josie —le dijo Cissy—. No deberías trabajar en una noche tan calurosa como ésta, querida.

*Como si fuera algo que había elegido Josephine en lugar de ir a un teatro con aire acondicionado o pasearse en un coche deportivo con David Kenyon.*

—Así me mantengo lejos de la calle —respondió Josephine de buen modo, advirtiendo que David Kenyon sonreía. Sabía que había comprendido.

Josephine se quedó pensando en David mucho tiempo después que se fueron. Recordó palabra por palabra: *Hola, desconocida..., tomaré un bocadillo de salami y una cerveza, no, mejor un café. Las bebidas frías no son buenas cuando hace tanto calor... ¿Qué tal te va con tu trabajo?... Tráeme la cuenta cuando quieras... Guárdate el cambio... Fue muy agradable volver a verte, Josephi-*

*ne...*, buscando significados ocultos, matices que podrían haber pasado inadvertidos para ella. Por supuesto que no pudo decirle nada, ya que Cissy estaba sentada junto a él, pero la verdad era que no tenía nada que decirle. Le sorprendió incluso que recordara su nombre.

Estaba de pie frente al fregadero de la pequeña cocina del restaurante ensimismada en sus pensamientos, cuando Paco, el joven cocinero mejicano se acercó y le dijo:

—¿Qué pasa, Josita? Tienes una expresión extraña en tus ojos.

Le gustaba Paco. Estaba ya cerca de los treinta y era un muchacho delgado, de ojos negros, con la sonrisa a flor de labios y capaz de aflojar las tensiones con un chiste oportuno.

—¿Quién es él?

Josephine sonrió.

—Nadie, Paco.

—Bueno. Porque hay seis coches hambrientos que esperan impacientes allí afuera. ¡Vamos!

La llamó por teléfono la mañana siguiente y Josephine supo quién era antes de levantar el aparato. No había podido dejar de pensar en él durante toda la noche. Era como si esa llamada fuera una prolongación de su sueño.

Sus primeras palabras fueron:

—Pareces una modelo. Has crecido y te has convertido en una belleza en mi ausencia. —Ella se sintió desfallecer de felicidad.

La invitó a cenar esa noche. Josephine se había preparado para ir a un restaurante poco elegante donde David no tendría oportunidad de encontrarse con sus amistades. Pero en cambio fueron a su club, donde todos se detuvieron en su mesa para saludarlos. David no parecía avergonzado de que lo vieran en compañía de Josephine sino por el contrario daba la impresión de estar orgulloso de ella. Y ella lo amó por eso y por mil otras razones. Su aspecto, su simpatía y su comprensión, y la alegría total de estar con él.

Nunca había imaginado que pudiera existir alguien tan maravilloso como David Kenyon.

Se vieron diariamente cuando Josephine terminaba con su trabajo. Josephine había tenido que luchar contra los hombres desde que cumplió catorce años, porque poseía una atracción sexual que era todo un desafío. Siempre la acariciaban y manoseaban, trataban de estrujarle los pechos o deslizar las manos bajo su falda, pensando que ésa era la forma de excitarla, pero ignorando lo mucho que le molestaba.

David Kenyon era diferente. De vez en cuando pasaba su brazo alrededor de sus hombros o la tocaba como de pasada, y Josephine respondía con todo su cuerpo. Nunca se había sentido así con ningún otro hombre. Los días que no veía a David no podía apartarlo de sus pensamientos.

Se enfrentó a la realidad de que se había enamorado de él. A medida que transcurrían las semanas y pasaban más y más tiempo juntos, Josephine comprendió que se había realizado el milagro. David estaba enamorado de ella.

Discutía sus problemas y las dificultades con su familia.

—Mamá quiere que me ocupe del negocio —le dijo—, pero no estoy seguro de si ésa es la forma en que quiero pasar el resto de mi vida.

Los bienes de los Kenyon incluían, además de los pozos y refinerías de petróleo, una de las más importantes cabañas bovinas del sudoeste, una cadena de hoteles, algunos bancos y una importante compañía de seguros.

—¿No puedes decirle sencillamente que no, David?

David suspiró.

—No conoces a mi madre.

Josephine había visto a la madre de David. Era una mujer pequeña (parecía imposible que David proviniera de esa figura tan flaca) que había tenido tres hijos. Había estado muy enferma durante y después de cada embarazo y tuvo un ataque cardíaco después del tercer parto. Con el correr de los años les contó repetidas veces a los hijos los sufrimientos que había padecido, y ellos se criaron con el convencimiento de que su madre había corrido deliberadamente peligro de muerte para poder darles la vida a cada uno. Eso le brindaba un poderoso dominio sobre su familia, y lo ejercía sin piedad.

—Quiero vivir mi propia vida —le dijo David a Josephine—, pero no puedo hacer nada que hiera a mi madre. La verdad es… que el doctor Young cree que no va a durar mucho tiempo.

Una notable Josephine le contó a David sus sueños sobre ir a Hollywood y convertirse en una estrella. Él la miró y respondió tranquilamente:

—No te dejaré ir.

Josephine sintió que su corazón latía aceleradamente. Cada vez que estaban juntos se hacía más intensa la sensación de intimidad entre los dos. La posición social de Josephine no le interesaba en absoluto a David. No tenía la menor traza de esnobismo. Y eso contribuyó a hacer más trascendente el incidente que ocurrió una noche en el restaurante.

Era ya casi la hora de cierre y David esperaba en su coche. Josephine estaba en la pequeña cocina con Paco, arreglando deprisa la última bandeja.

—Una cita importante, ¿verdad? —preguntó Paco.

Josephine sonrió.

—¿Cómo lo sabes?

—Porque tienes cara de Pascuas. Tu bonito rostro está resplandeciente. Dile de mi parte que es un hombre con mucha suerte.

Josephine sonrió y dijo:

—Así lo haré. —Y obedeciendo un súbito impulso se inclinó y besó a Paco en la mejilla. Un instante después escuchó el rugido del motor y el chirriar de neumáticos. Se dio la vuelta a tiempo para ver que el convertible blanco de David chocaba contra el parachoques de otro coche y salía a toda velocidad del estacionamiento del restaurante. Se quedó allí parada sin poder dar crédito a lo que veían sus ojos, observando perderse en la oscuridad de la noche las luces traseras del vehículo.

A las tres de la mañana, mientras Josephine daba vueltas en la cama sin poder dormir, oyó que un coche se detenía en la calle justo debajo de su ventana. Se aproximó a la ventana y miró hacia fuera. David estaba sentado al volante, muy borracho. Josephine se puso rápidamente una bata sobre el camisón y salió a la calle.

—Sube —le ordenó David. Josephine abrió la puerta y se sentó junto a él. Se hizo un silencio largo y pesado. Cuando David por fin habló, lo hizo con una voz gruesa, pero se debía a otra cosa además del whisky que había bebido. Había ira en él, una furia salvaje que le hizo pronunciar palabras como si fueran pequeñas explosiones—. Yo no soy tu dueño —dijo David—. Eres libre de hacer lo que te guste. Pero mientras salgas conmigo no quiero que beses a ningún mejicano asqueroso. ¿Comprendes?

Ella lo miró indefensa y dijo:

—Cuando besé a Paco, lo hice porque dijo algo que me hizo feliz. Es muy amigo mío.

David respiró hondo tratando de contener las emociones que se agitaban en su interior.

—Voy a contarte algo que jamás le he dicho a nadie.

Josephine se quedó sentada esperando, preguntándose qué sucedería ahora.

—Tengo una hermana mayor —dijo David—. Beth. Yo… yo la adoro.

Josephine tenía un vago recuerdo de Beth, una belleza rubia a quien solía ver cuando iba a jugar con Mary Lou. Josephine tenía ocho años cuando Beth murió y David debía de haber tenido quince.

—Recuerdo cuando Beth murió —dijo.

Las siguientes palabras de David fueron una terrible sorpresa.

—Beth está viva.

Se quedó mirándolo y atinó a decir:

—Pero… yo… todos creían…

—Está en un hospital psiquiátrico. —Se dio la vuelta para mirarla y con voz ahogada agregó—: Fue violada por uno de nuestros jardineros mejicanos. La puerta de su dormitorio estaba frente a la mía, del otro lado del pasillo. Oí los gritos y corrí a su cuarto. Le había arrancado el camisón, estaba encima de ella y... —su voz se quebró con el recuerdo—. Luché contra él hasta que apareció mi madre y llamó a la policía. Llegaron por fin y se lo llevaron a la cárcel. Esa misma noche se suicidó en su celda. Pero Beth había perdido el juicio. Nunca saldrá de allí. Nunca. No puedo decirte cuánto la quiero, Josie, y cuánto la extraño. Desde esa noche, no... no... no puedo tolerar...

Ella colocó su mano sobre la de David y dijo:

—Lo siento tanto. Comprendo bien y me alegro de que me contaras esto.

Por más raro que parezca, ese incidente sirvió para unirlos más todavía. Discutían cosas que jamás habían comentado antes y David sonrió cuando Josephine lo puso al tanto del fanatismo religioso de su madre.

—Yo tenía un tío parecido —respondió—. Acabó en un monasterio del Tíbet.

—El mes próximo cumpliré veinticuatro años —le anunció David un día—. Siguiendo una vieja tradición de la familia, todos los Kenyon se casan cuando cumplen veinticuatro años. —El corazón de Josephine latió con fuerza.

David había sacado entradas para ir a ver una obra de teatro en el Globe Theatre la noche siguiente, pero cuando pasó a buscar a Josephine le dijo:

—Olvidémonos del teatro y hablemos en cambio de nuestro futuro.

En cuanto Josephine oyó las palabras comprendió que sus oraciones habían sido oídas. Podía leerlo en los ojos de David. Estaban llenos de amor y deseo.

—Vayamos a Dewey Lake —le sugirió.

Quería que la declaración fuera la más romántica que jamás se hubiera hecho para poder contárselo un día a sus hijos. Quería recordar cada instante de esa noche.

Dewey Lake era un pequeño espejo de agua situado a sesenta kilómetros de Odessa. La noche era magnífica, una pálida luna creciente brillaba en un cielo cuajado de estrellas, cuyos reflejos bailaban sobre el agua, y el aire estaba lleno de sonidos misteriosos pertenecientes a un mundo secreto, un microcosmos del universo, donde millones de diminutas criaturas invisibles hacían el amor y devoraban a otras y a su vez eran devoradas y morían.

Josephine y David se quedaron sentados en el coche en silencio, escuchando los sonidos de la noche. Josephine lo observaba, sentado frente al volante, con una expresión seria y decidida en su apuesto rostro. Nunca lo había querido tanto como en ese momento. Quería hacer algo maravilloso en su beneficio, darle algo para que supiera cuánto lo amaba. Y de repente supo qué era lo que iba a hacer.

—¿Qué te parece si nos bañamos en el lago, David? —le sugirió.

—Pero no hemos traído trajes de baño.

—No importa.

Se dio la vuelta hacia ella y comenzó a decir algo, pero Josephine ya se había bajado del coche y corría hacia la orilla del lago. Sintió que se acercaba cuando comenzó a desvestirse. Se zambulló en el agua tibia y un segundo después David estaba junto a ella.

—Josie...

Se volvió hacia él y luego se arrojó en sus brazos, sintiendo un frenético deseo por él. Se abrazaron en el agua y sintió la rigidez de su sexo contra ella.

—No podemos, Josie —dijo David con voz ahogada por el deseo. Pero ella estiró su mano debajo del agua y dijo:

—Sí, oh, sí, David.

Regresaron a la orilla y él se acostó sobre ella, la poseyó, los dos fueron uno solo y ambos parte de las estrellas y la tierra y la aterciopelada noche.

Quedaron allí tendidos durante un rato, sin soltarse. Sólo mucho después, una vez que David la había dejado en su casa, Josephine recordó que no se había declarado. Pero ya no importaba. Lo que ambos habían compartido los unía más que cualquier ceremonia nupcial. Se declararía al día siguiente.

Josephine durmió hasta el mediodía. Se despertó con una enorme sonrisa. La sonrisa no se había desvanecido todavía cuando entró su madre al cuarto llevando un precioso y antiguo vestido de novia.

—Ve inmediatamente a Brubaker y compra diez metros de tul. La señora Topping acaba de traerme su vestido de novia. Tengo que arreglárselo a Cissy. El sábado se casa con David Kenyon.

David Kenyon fue a ver a su madre en cuanto dejó a Josephine en su casa. Estaba en cama, era una mujer pequeña y frágil que había sido antes muy bonita.

La señora Kenyon abrió los ojos cuando David entró en el dormitorio apenas iluminado. Sonrió al ver quién era.

—Hola, hijo. Has llegado tarde.

—Salí con Josephine, mamá.

Ella no dijo nada y se limitó a mirarlo con sus inteligentes ojos grises.

—Voy a casarme con ella —anunció David.

Su madre movió lentamente la cabeza.

—No puedo dejarte cometer un error semejante, David.

—Tú no conoces realmente a Josephine. Es...

—Estoy segura de que debe ser una muchacha encantadora. Pero no me parece adecuada para convertirse en la esposa de un Kenyon. Cissy Topping te haría feliz. Y yo sería muy feliz si te casaras con ella.

David tomó su frágil mano entre las suyas y dijo:

—Te quiero mucho, mamá. Pero soy capaz de decidir por mi cuenta.

—¿De veras? —le preguntó suavemente—. ¿Estás seguro de que siempre haces lo correcto?

Se quedó mirándola y ella insistió:

—¿Se puede tener la seguridad de que siempre actuarás correctamente? ¿Que nunca perderás la cabeza? Que no harás cosas...

David retiró su mano

—¿Sabes siempre lo que haces, hijo? —su voz era más suave todavía.

—¡Por el amor de Dios, mamá!

—Ya le has hecho bastantes cosas a esta familia, David. No me acongojes más. No creo poder soportarlo.

El muchacho estaba pálido.

—Tú sabes que yo no..., que no pude evitarlo...

—Eres demasiado grande para mandarte nuevamente de viaje. Eres un hombre. Quiero que actúes en consecuencia.

—La..., la quiero... —manifestó con voz ahogada.

La señora Kenyon sufrió un espasmo y David llamó al médico. Mucho más tarde ambos tuvieron una conversación.

—Mucho me temo que tu madre no dure mucho, David.

Y así fue como lo obligaron a tomar la decisión.

Fue a ver a Cissy Topping.

—Estoy enamorado de otra persona —le dijo David—. Mi madre siempre pensó que tú y yo...

—Y yo también, querido...

—Sé que lo que voy a pedirte es terrible, pero... ¿estarías dispuesta a casarte conmigo hasta que muera mi madre... y luego divorciarte?

Cissy lo miró y contestó suavemente:

—Si eso es lo que quieres, David.

Sintió que le habían quitado un enorme peso de sus hombros.

—Gracias, Cissy, no te imaginas lo mucho...

Ella sonrió y le dijo:

—¿Para qué están los viejos amigos?

En cuanto David salió, Cissy Topping llamó por teléfono a la señora Kenyon. Lo único que le dijo fue:
—Ya está todo arreglado.

Lo que David Kenyon no había previsto era que Josephine se enteraría de la próxima boda antes de poder explicárselo. Cuando llegó a casa de Josephine, lo recibió en la puerta la señora Czinski.
—Quisiera ver a Josephine —dijo.
Ella lo miró furibunda con ojos que reflejaban su victoria.
—El Señor Jesús destruirá y aniquilará a sus enemigos, y los perversos sufrirán eterna condenación.
—Quiero hablar con Josephine —repitió David pacientemente.
—Se ha ido —respondió la señora Czinski—. ¡Se ha ido de casa!

# 18

El autobús cubierto de tierra que hacía el recorrido Odessa-El Paso-San Bernardino-Los Ángeles entró en la terminal de Hollywood situada en Vine Street a las siete de la mañana, y en algún momento del viaje, que tardó dos días en recorrer más de dos mil kilómetros, Josephine Czinski se convirtió en Jill Castle. Exteriormente parecía la misma. Pero el cambio había sido interior. Algo había desaparecido. Su risa había desaparecido.

Josephine comprendió que debía escapar en cuanto se enteró de la noticia. Metió sin pensar su ropa en una maleta. No tenía idea de adónde iría o qué haría una vez que llegara a su destino. Lo único que sabía era que tenía que irse de allí en seguida.

Al salir de su dormitorio y ver las fotografías de los artistas de cine en la pared, supo a dónde ir. Dos horas después estaba instalada en un autobús rumbo a Hollywood. Odessa y todos sus habitantes desaparecieron de su mente, desvaneciéndose con mayor rapidez a medida que el autobús la conducía a su nuevo destino. Trató de no pensar en el terrible dolor de cabeza que sentía. Tal vez debería haber consultado a un médico sobre esas terribles jaquecas. Pero ya no le importaba. Eso era parte de su pasado y estaba convencida de que no volverían a aparecer. Desde ese momento, la vida iba a ser maravillosa. Josephine Czinski había muerto.

Viva Jill Castle.

# Segunda parte

# 19

Toby Temple se convirtió en una superestrella como consecuencia de la inverosímil yuxtaposición de un juicio de paternidad, un ataque de apendicitis y el presidente de los Estados Unidos.

El Club de Prensa de Washington realizaba su cena anual y el invitado de honor era el presidente. Era una calificada reunión a la que concurrían el vicepresidente, senadores, miembros del gabinete, jueces y cualquier otra persona que pudiera comprar, pedir prestada o robar una entrada. Como el acontecimiento figuraba siempre en los titulares de la prensa internacional, la tarea de maestro de ceremonias se había convertido en un bocado muy codiciado. Ese año había sido seleccionado para esta tarea uno de los más importantes cómicos norteamericanos. Una semana después de haber aceptado, fue designado para comparecer en categoría de acusado en un juicio de paternidad en el que estaba comprometida una niña de quince años. Siguiendo el consejo de su abogado, el artista abandonó inmediatamente el país para pasar unas prolongadas vacaciones en el extranjero. El comité organizador de la cena recurrió entonces a su segunda opción, un famoso artista cinematográfico y de televisión. Llegó a Washington la noche anterior a la comida. La tarde siguiente, es decir, el mismo día del banquete, su agente telefoneó anunciando que el actor había sido internado urgentemente en un hospital por un ataque de apendicitis y que en ese momento estaba en la sala de operaciones.

Faltaban solamente seis horas para que empezara la cena. El comité revisó frenéticamente una lista de posibles sustitutos. Los nombres conocidos o bien estaban filmando una película o una serie de televisión, o estaban demasiado lejos para llegar a tiempo a Washington. Los candidatos fueron eliminados uno tras otro hasta que finalmente, en el último renglón de la lista, apareció el nombre de Toby Temple. Uno de los miembros del comité movió la cabeza.

—Temple es un cómico de clubs nocturnos. Es demasiado audaz. No podemos arriesgarnos a que diga cualquier cosa delante del presidente.

—No estaría mal si consiguiéramos que moderara su material.

El presidente del comité dirigió una mirada a los presentes y dijo:

—Les explicaré qué maravillosa condición tiene, amigos. Está en Nueva York y puede llegar aquí dentro de una hora. ¡La maldita cena es esta misma noche!

Y así fue como el comité seleccionó a Toby Temple.

Cuando Toby echó un vistazo al atestado salón de banquetes, pensó para sus adentros que si alguien hubiera puesto allí una bomba el gobierno federal de los Estados Unidos quedaría acéfalo.

El presidente estaba sentado en el centro de la mesa de los oradores colocada sobre una plataforma. Media docena de hombres del servicio secreto estaban de pie detrás de él. En las prisas finales por tratar de organizar todo debidamente, todos habían olvidado presentarle a Toby al presidente, pero a Toby no le importó. *El presidente no me olvidará*, pensó. Recordó su reunión con Downey, presidente del comité organizador del banquete. Downey le había dicho:

—Nos encantan tus chistes, Toby. Eres muy gracioso cuando atacas a la gente; no obstante... —Hizo una pausa, carraspeó y agregó—: La concurrencia de esta noche es un grupo muy especial, con mucha sensibilidad. No quiero que me interpretes mal. No me refiero a que no puedan tolerar una broma ligera sobre ellos mismos, pero todo lo que se diga esta noche en este salón va a ser retransmitido por los medios de información en todo el mundo. Naturalmente, ninguno desea que digas algo que pueda poner en ridículo al presidente de los Estados Unidos o a los miembros de su Congreso. En otras palabras, queremos que seas gracioso, pero no queremos que hagas enfadar a nadie.

—Confíe en mí —respondió Toby sonriendo.

Estaban sacando los platos y Downey se colocó junto al micrófono.

—Señor presidente, respetables invitados, tengo el placer de presentarles nuestro maestro de ceremonias, uno de los cómicos jóvenes de más talento. ¡El señor Toby Temple!

Se oyeron unos aplausos discretos cuando Toby se puso de pie y se dirigió al micrófono. Miró al público y luego se dio la vuelta hacia el presidente de los Estados Unidos.

Éste era un hombre sencillo, sin pretensiones. No creía en lo que llamaba «diplomacia de galera».

—De persona a persona —había dicho en un discurso en el que se dirigió a todo el país—, eso es lo que necesitamos. Debemos dejar de depender de las computadoras y empezar a confiar nuevamente en nuestro instinto. Cuando me siento junto a los jefes de potencias extranjeras me gustaría negociar valiéndome de mi intuición.

—Se había convertido en una frase popular.

Toby miró entonces al presidente de los Estados Unidos y dijo con voz henchida de orgullo:

—Señor presidente, no puedo decirle la emoción que siento al estar en el mismo podio con el hombre que gobierna al mundo con su intuición.

Se hizo un silencio cargado de asombro durante un largo rato, pero el presidente sonrió, lanzó una carcajada y acto seguido toda la concurrencia se puso a reír y a aplaudir. A partir de ese momento Toby tenía el camino allanado. Atacó a los senadores presentes, a los miembros de la Suprema Corte y a la prensa. Todos quedaron felices. Gritaban y lanzaban exclamaciones porque sabían que Toby no pensaba nada de lo que decía. Era extraordinariamente gracioso escuchar esos insultos de boca de alguien que tenía una cara tan infantil e inocente. Estaban presentes también ministros extranjeros. Toby se dirigió a ellos en una media lengua, imitando sus respectivos idiomas, que parecía tan real que todos movían la cabeza en señal de asentimiento. Era un tonto-sabio que los ensalzaba y criticaba con su charla, y el significado de sus disparatados dichos era tan claro que todos los presentes en el salón comprendieron lo que decía.

Recibió una calurosa ovación. El presidente se le acercó y le dijo:

—Estuvo brillante, sencillamente brillante. El lunes por la noche doy una pequeña cena en la Casa Blanca y me encantaría que usted...

A la mañana siguiente todos los diarios comentaron el triunfo de Toby Temple. Sus dichos eran citados en todas partes. Se le solicitó que amenizara una reunión en la Casa Blanca. Y allí alcanzó un éxito sensacional. Comenzaron a llover ofrecimientos de todas partes del mundo. Actuó en el Palladium de Londres, realizó una función especial para la reina, le pidieron que dirigiera orquestas sinfónicas en reuniones de beneficencia y que colaborara con el Fondo Nacional de las Artes. Jugó frecuentemente al golf con el presidente y fue invitado una y otra vez a cenar a la Casa Blanca. Conoció a legisladores y gobernadores y a los presidentes de las principales compañías norteamericanas. Insultó a todos y cuanto más los criticaba, más contentos quedaban. Les fascinaba tener a Toby lanzando sus chispeantes y amargas invectivas contra sus invitados. Entre los miembros de las altas esferas sociales se consideraba una nota de prestigio contar con la amistad de Toby.

Las ofertas que se presentaron fueron fenomenales. Clifton Lawrence estaba tan fascinado por ellas como Toby, y su entusiasmo no tenía nada que ver con negocios o dinero. Toby Temple era lo más maravilloso que le había sucedido en años, porque lo consideraba casi como un hijo. Dedicó más tiempo a la carrera de Toby que a la de cualquiera de sus otros clientes, pero había valido la pena. Toby había trabajado mucho, había pulido su talento hasta hacerlo brillar como un diamante. Y era comprensivo y generoso, algo muy raro en ese ambiente.

—Los principales hoteles de Las Vegas están desesperados por conseguirte —le dijo Clifton Lawrence—. El dinero no es problema. Se mueren por tenerte, punto. Tengo en mi escritorio guiones de la Fox, Universal, Pan-Pacific, todos otorgándote el papel principal. Puedes realizar una gira por Europa, ser contratado en cualquier parte, o puedes tener tu propio *show* de televisión en cualquier canal. Eso te daría tiempo para trabajar en Las Vegas y filmar una película por año.

—¿Cuánto podría ganar con mi propio *show* de televisión, Cliff?

—Creo que puedo sacarles diez mil por semana por un *show* de una hora. Tendrían que hacernos un contrato por dos o tres años. Pero si realmente es a ti a quien quieren, estarán dispuestos a firmarlo.

Toby se recostó contra el respaldo del sofá delirante de felicidad. Diez mil dólares por *show,* cuarenta *shows* por año, equivaldría a ganar más de un millón de dólares en tres años sólo por decirle a la gente lo que pensaba de ellos. Miró a Clifton. El pequeño agente parecía no agitarse, pero Toby sabía que estaba muy entusiasmado. Quería que firmara el contrato con la televisión. ¿Y por qué no? Clifton ganaría una comisión de ciento veinte mil dólares por el talento y el trabajo de Toby. ¿Merecía realmente Clifton tanto dinero? Jamás había tenido que romperse la cabeza trabajando en esos sucios antros ni tenido que aguantar a los espectadores borrachos arrojándole botellas de cerveza vacías o recurrir a ambiciosos charlatanes de pueblos desconocidos para curarse la gonorrea porque las únicas mujeres disponibles eran las baqueteadas rameras del Circuito de los Baños. ¿Qué sabía Clifton Lawrence de los cuartos plagados de cucarachas y de comidas grasientas y de la interminable peregrinación de esos viajes nocturnos en autobús yendo de un lugar asqueroso a otro aún peor? Nunca lo comprendería. Un crítico había dicho que Toby había sido un éxito de la noche a la mañana y Toby había reído a carcajadas. Y ahora sentado en la oficina de Clifton Lawrence, dijo:

—Quiero mi propio *show* de televisión.

Seis semanas después, el trato quedaba firmado con la Consolidated Broadcasting.

—El canal quiere que un estudio se haga cargo de la financiación y a mí me gusta la idea porque puedo transformarlo en un contrato para una película —le explicó Clifton Lawrence.

—¿Qué estudio?

—Pan-Pacific.

—¿Sam Winters? —preguntó Toby frunciendo el ceño.

—Exacto. A mi modo de ver es indudablemente el más capaz de todos los directores de estudio. Además es dueño de algo que me gusta para ti. *The Kid Goes West*.

—Estuve en el ejército con Winters. De acuerdo. Pero ese tipo me debe una. ¡Exprímelo!

\* \* \*

Clifton Lawrence y Sam Winters estaban en la sauna del gimnasio de los estudios Pan-Pacific, respirando el aire caliente aromatizado con esencia de eucalipto.

—Así es la vida —suspiró el pequeño agente—. ¿A quién le hace falta dinero?

—¿Por qué no hablas así cuando hacemos negocios, Cliff? —respondió Sam sonriendo.

—No quiero malcriarte, querido muchacho.

—Me he enterado de que le conseguiste un contrato a Toby Temple con la Consolidated Broadcasting.

—Así es. El contrato más importante que jamás han hecho.

—¿Dónde vas a conseguir la financiación para el *show?*

—¿Por qué lo preguntas, Sam?

—Podríamos estar interesados en eso. Quizá hasta podría ofrecerte un contrato para una película. Acabo de comprar una comedia titulada *The Kid Goes West*. Todavía no ha sido anunciada. Creo que Toby es el más indicado para interpretarla.

Clifton Lawrence frunció el ceño y dijo:

—¡Caray! Ojalá lo hubiera sabido antes, Sam. Acabo de hacer un arreglo con la MGM.

—¿Lo firmaste ya?

—Bueno, prácticamente. Les di mi palabra…

Veinte minutos después, Clifton Lawrence había obtenido un ventajoso contrato para Toby Temple según el cual los estudios Pan-Pacific producirían «El Show de Toby Temple» y le otorgarían el papel principal en la película *The Kid Goes West*.

Las negociaciones podrían haber durado más tiempo, pero el calor del lugar se había vuelto insoportable.

Una de las estipulaciones del contrato era que no necesitaba asistir a los ensayos. El suplente de Toby trabajaría con los artistas invitados en los *sketches* y bailes y Toby se presentaría para el ensayo final y la filmación.

De ese modo Toby podía mantener su parte fresca y emocionante.

En septiembre de 1956, la tarde del estreno del *show*, Toby entró en el teatro de Vine Street donde se haría la grabación y se sentó a presenciar el ensayo. Cuando éste terminó Toby ocupó el lugar de su doble. De repente todo el teatro pareció llenarse de electricidad. El *show* adquirió vida y animación. Y cuando terminó de grabarse y se transmitió esa misma noche, cuarenta millones de personas lo miraron. Parecía que la televisión hubiera sido mandada hacer para Toby Temple. Los primeros planos lo hacían aparecer más adorable, y todos querían tenerlo presente en el cuarto de estar de sus casas. El *show* fue un éxito instantáneo. Ocupó el primer lugar en los índices de audiencia Nielsen y permaneció allí inamovible. Toby Temple no era ya una estrella. Se había convertido en superestrella.

# 20

Hollywood resultó ser más emocionante de lo que Jill Castle jamás había imaginado. Realizó varias giras turísticas y vio el exterior de las casas de muchas estrellas. Y supo que un día ella también tendría una magnífica casa en Bel-Air o en Beverly Hills. Pero mientras tanto vivía en una vieja pensión, un feo edificio de madera de dos pisos que había sido convertido en una casa de doce dormitorios, más fea todavía. Su cuarto era barato, lo que le daba posibilidades de estirar los doscientos dólares que había ahorrado. La pensión estaba situada en Bronson, a pocos minutos de Hollywood y Vine Street, corazón de la ciudad, y resultaba práctica por su proximidad a los estudios cinematográficos.

Pero esa casa tenía otra particularidad que sedujo a Jill. La mayoría de sus habitantes trabajaban en películas en calidad de extras, o bien trataban de conseguir empleo en los estudios o se habían retirado del ambiente. Los veteranos circulaban por la pensión vestidos con batas desteñidas y rulos, trajes raídos y zapatos gastados que no brillaban por más que los lustraran. Más que viejos parecían arruinados. Había un cuarto de estar común para todos, con muebles desvencijados con los muelles rotos, donde se reunían todas las tardes para intercambiar chismes. Todos le dieron consejos a Jill, pero en su mayoría contradictorios.

—La forma de entrar en el ambiente, querida, es conseguir un AD que te aprecie —anunció una dama cariacontecida que acababa de ser despedida de una serie televisiva.

—¿Qué es un AD? —preguntó Jill.

—Asistente del director —respondió con un tono en el que aparecía la compasión que le inspiraba la ignorancia de Jill—. Es el que contrata los supes.

Jill se sentía demasiado incómoda como para preguntar qué eran los «supes».

—Pero si quieres mi consejo, trata de conseguir un director de reparto. Un AD puede darte trabajo únicamente en su película. Pero el otro puede colocarte en *cualquiera.* —Eso fue dicho por una mujer desdentada que debía de tener ochenta años.

—¿Te parece? La mayoría son maricones —anunció un actor de carácter sin un pelo en la cabeza.

—¿Y qué importa? Quiero decir si sirve para promocionarse —acotó un joven de gafas que se moría por ser escritor.

—¿Y qué pasa si trato de empezar como una extra? —preguntó Jill—. Central Casting…

—Olvídalo. Los libros de Central Casting están cerrados. No te registrarán a menos que seas una especialidad.

—Lo…, lo siento. ¿Pero qué es una especialidad?

—Como si fueras amputada. En ese caso te pagan treinta y tres cincuenta y ocho en lugar del habitual veintiuno cincuenta. Y si tienes trajes de baile o sabes montar a caballo recibirás veintiocho con treinta y tres. Si sabes dar cartas o manejar el rastrillo en una mesa de dados ganarás veintiocho con treinta y tres. Si sabes jugar al fútbol o al béisbol te pagarán treinta y tres con cincuenta y ocho, lo mismo que si fueras una amputada. Si puedes montar en un camello o en un elefante la tarifa asciende a cincuenta y cinco con noventa y cuatro. Sigue mi consejo y no pierdas tiempo buscando trabajo como extra. Trata de conseguir un papel en el reparto.

—No comprendo muy bien cuál es la diferencia —confesó Jill.

—Si tienes un papel en el reparto, dirás por lo menos unas palabras. Los extras no pueden hablar, excepto los omnies.

—¿Los qué?

—Los omnies…, los que hacen ruidos de fondo.

—Lo primero que debes hacer es conseguir un agente.

—¿Cómo hago para encontrarlo?

—Figuran en el *Screen Actor,* la revista editada por el Consejo de Artistas de Cine. Tengo un ejemplar en mi cuarto. Ahora lo buscaré.

Todos ayudaron a Jill a revisar la lista de agentes y finalmente seleccionaron una docena de los menos importantes El consenso general era que no tendría ninguna posibilidad en una agencia importante.

Jill empezó la peregrinación. Los primeros seis agentes ni siquiera se dignaron hablar con ella. Tropezó con uno en el instante en que salía de su oficina.

—Disculpe —dijo Jill—, estoy buscando a un agente.

La miró durante un momento y dijo:

—Déjame ver tu carpeta.

—¿Mi qué? —preguntó absorta.

—Pareces recién bajada del autobús. No puedes trabajar en esta ciudad si no tienes una carpeta. Sácate unas fotografías. En diferentes poses. Atractivas, por supuesto. Pechos, trasero...

Jill encontró un fotógrafo en Culver City, cerca de los estudios de David Selznick, que se encargó de prepararle su carpeta por treinta y cinco dólares. Pasó a buscarlas al cabo de una semana y quedó muy contenta con ellas. Estaba preciosa. Todas sus expresiones habían sido captadas por la cámara. Se la veía pensativa..., enojada..., amorosa..., sensual. El fotógrafo había reunido todas las fotografías en una carpeta, separándolas entre sí con hojas sueltas de celofán.

—Delante de todo —le explicó— agregas la relación de tus actuaciones previas, anteriores.

Actuaciones previas. Ése era el paso siguiente.

Al cabo de dos semanas Jill había visto, o tratado de ver, a todos los agentes que figuraban en su lista. Ninguno demostró el menor interés. Uno de ellos le dijo:

—Tú estuviste ayer aquí, querida.
Ella movió la cabeza y respondió:
—Está equivocado.
—Bueno, pues entonces se parecía mucho a ti. Ése es el problema. Todas se parecen a Elizabeth Taylor, o Lana Turner o Ava Gardner. Si estuvieran buscando otro trabajo en cualquier otra ciudad, todos se las disputarían. Pero eso es lo más común en Hollywood. Aquí vienen muchachas bonitas de todos los rincones del mundo. Actuaron en los colegios o ganaron algún concurso de belleza o sus novios les dijeron que deberían trabajar en el cine ¡y qué sé yo! Aparecen aquí por millares y todas son la misma muchacha. Te aseguro, querida, que tú estuviste aquí ayer.

Los pensionistas ayudaron a Jill a fabricar una nueva lista de agentes. Sus oficinas eran más pequeñas y estaban situadas en barrios más baratos, pero el resultado fue el mismo.
—Vuelve cuando tengas alguna experiencia como artista. Tienes un gran atractivo y en lo que a mí respecta podrías ser una segunda Garbo, pero no puedo perder el tiempo averiguándolo. Consigue antecedentes artísticos y yo seré tu agente.
—¿Cómo voy a conseguir antecedentes artísticos si nadie me da trabajo?
El agente asintió.
—Sí. Ése es el problema. Suerte.

* * *

Quedaba solamente una última agencia en la lista de Jill recomendada por una muchacha que se había sentado junto a ella en el café Mayflower del Hollywood Boulevard. La agencia Dunning estaba situada en un pequeño chalet de un barrio residencial en las afueras de La Ciénaga. Jill había telefoneado solicitando una cita y una mujer le dijo que se presentara a las seis de la tarde.

Jill entró a una pequeña oficina que había sido antes el cuarto de estar de la casa. Había un viejo escritorio cubierto de papeles, un sofá de cuero recubierto de tela adhesiva blanca y tres sillas de paja desparramadas en el cuarto. Una mujer alta y fornida, con cara picada de viruela, salió de otra habitación y le dijo:

—Buenas tardes, ¿puedo ayudarla en algo?

—Soy Jill Castle. Tengo una cita para ver al señor Dunning.

—La señorita Dunning —corrigió la mujer—. Soy yo.

—Oh —exclamó Jill sorprendida—. Lo siento, pensé...

—No importa —respondió la señorita Dunning amistosamente.

*Por supuesto, qué importa,* pensó Jill sintiéndose súbitamente muy excitada. ¿Por qué no se le habría ocurrido antes? ¡Un agente femenino! Alguien que había sufrido todos los traumas, alguien que comprendería lo que significaba para una muchacha iniciarse en esa carrera. Sería mucho más comprensiva que cualquier hombre.

—Por lo visto has traído tu carpeta —decía la señorita Dunning—. ¿Puedo verla?

—Por supuesto—contestó Jill entregándosela.

La mujer se sentó, abrió la carpeta y empezó a pasar las páginas, asintiendo aprobadoramente.

—Eres fotogénica.

Jill no sabía qué decir.

—Gracias.

La agente estudió las fotografías en que Jill aparecía en traje de baño.

—Tienes una buena figura. Eso es importante. ¿De dónde vienes?

—De Tejas—contestó Jill—. Odessa.

—¿Cuánto tiempo hace que llegaste a Hollywood, Jill?

—Más o menos dos meses.

—¿A cuántos agentes has visto?

Durante un instante Jill estuvo tentada de mentir, pero los ojos de esa mujer reflejaban una sincera compasión y comprensión.

—Creo que alrededor de treinta.
—La mujer rió.
—Y finalmente acabaste con Rose Dunning. Bueno, podría haber sido peor. No soy la Asociación Cristiana de Jóvenes ni William Morris, pero les consigo trabajo a mis clientes.
—No he tenido ninguna experiencia artística.
La mujer asintió sin sorprenderse.
—Si así fuera, estarías en la Asociación Cristiana de Jóvenes o en William Morris. Yo soy una especie de primera etapa. Les doy el primer empujón a los jóvenes con talento y luego me los arrebatan las agencias importantes.
Jill comenzó a sentir ciertas esperanzas por primera vez en varias semanas.
—¿Cree que podría ocuparse de mí? —preguntó.
Rose Dunning sonrió.
—Tengo otras clientes trabajando que son mucho menos bonitas que tú. Creo que puedo conseguirte trabajo. Ésa es la única forma de conseguir experiencia, ¿no es así?
Jill sintió una oleada de gratitud.
—Lo malo de esta maldita ciudad es que nadie les da una oportunidad a las muchachas como tú. Todos los estudios anuncian que están desesperados por conseguir artistas nuevos, pero luego ponen toda clase de obstáculos para impedir que entre alguien. Bueno, ya veremos. Sé tres cosas que puedes hacer. Un melodrama radiofónico, un papel en la película de Toby Temple y otro en la última de Tessie Brand.
Jill sentía que la cabeza le daba vueltas.
—Pero no les...
—Te contratarán si yo te recomiendo. No les mando clientes malos. Son pequeños papeles, comprendes, pero es una forma de empezar.
—No se imagina lo agradecida que estaría —dijo Jill.
—Me parece que tengo aquí el guión del melodrama. —Rose

Dunning se levantó de la silla y se dirigió hacia el otro cuarto haciendo señas a Jill para que la siguiera.

La otra habitación era un dormitorio con una cama en un rincón bajo una ventana y un mueble metálico en el otro extremo. Rose Dunning abrió un cajón del archivo, sacó un manuscrito y se acercó a Jill.

—Aquí está. El director del reparto es muy buen amigo mío y si te va bien con esto, se encargará de tenerte ocupada.

—Lo haré —prometió Jill fervientemente.

La agente sonrió y dijo:

—Por supuesto, no puedo enviar a una desconocida. ¿Te importaría hacer ahora un ensayo?

—No. En absoluto.

La agente abrió el guión y se sentó en la cama.

—Leamos esta escena.

Jill se sentó junto a ella y miró el manuscrito.

—Tu personaje es Nathalie. Es una muchacha rica que se ha casado con un enclenque. Decide divorciarse, pero él no quiere. Aquí entras tú.

Jill echó un vistazo a la escena. Deseó haber tenido una oportunidad de haber repasado el día antes el argumento o aunque sólo fuera una hora. Estaba realmente ansiosa de producir una buena impresión.

—¿Preparada?

—Creo..., creo que sí —dijo Jill. Cerró los ojos y trató de imaginar los personajes. Una mujer rica. Como las madres de las niñas con quienes se había criado, gente que daba por sentado que podían tener todo lo que quisieran y que consideraban que las demás personas servían únicamente para su propio beneficio. Las Cissy Topping del mundo. Abrió los ojos, miró el guión y comenzó a leer—: Quiero hablar contigo, Peter.

—¿No puedes esperar? —respondió Rose Dunning asumiendo el otro papel.

—Me temo que ya he esperado demasiado. Esta tarde volaré a Reno.

—¿Así sin más?

—No. Hace cinco años que estoy esperando tomar ese avión, Peter. Y ahora nada me lo impedirá.

Jill sintió que Rose Dunning le daba palmadas en el muslo.

—Está muy bien —dijo la agente demostrando su aprobación—. Sigue leyendo. —Dejó apoyada la mano sobre la pierna de Jill.

—Tu problema reside en que aún no has crecido. Todavía sigues jugando como un niño. Pero de ahora en adelante tendrás que jugar solo.

La mano de Rose Dunning le acariciaba el muslo. Era desconcertante.

—Muy bien. Prosigue —le dijo.

—No..., no quiero que trates de comunicarte conmigo nunca más. ¿Está claro?

La mano acariciaba más rápidamente la pierna y subía hacia la ingle. Jill bajó el manuscrito y miró a Rose Dunning. La mujer tenía el rostro congestionado y una mirada vidriosa.

—Sigue leyendo —repitió con voz ahogada.

—No..., no puedo —respondió Jill—. Si usted...

La mujer movió más rápidamente la mano.

—Es para ponerte en ambiente, querida. Como verás es una lucha sexual. Quiero sentir tu reacción sexual. —Su mano proseguía ascendiendo hasta deslizarse entre las piernas de Jill.

—¡No! —exclamó la muchacha poniéndose de pie.

Un hilo de saliva apareció en las comisuras de la boca de Rose Dunning.

—Sé buena conmigo y yo lo seré contigo —insistió con voz suplicante—. Ven aquí, querida. —Estiró los brazos y trató de agarrarla, pero Jill salió corriendo de la casa.

Vomitó en cuanto llegó a la acera de la calle. No se sintió mejor ni siquiera cuando cesaron las náuseas y se tranquilizó su estómago. Había reaparecido su jaqueca.

Eso no era justo. Los dolores de cabeza no le pertenecían. Eran propiedad de Josephine Czinski.

Durante los siguientes quince meses, Jill Castle se convirtió en un auténtico miembro de los supervivientes, ese grupo de personas que se movían en las fronteras del mundo del espectáculo y que pasaban años, y a veces la vida entera, tratando de integrarse a ese mundo dedicándose temporalmente a otros trabajos. El hecho de que esos trabajos temporales duraran a veces diez o quince años no parecía desanimarlos.

Semejante a las antiguas tribus que se sentaban alrededor del fuego y relataban hechos heroicos, los supervivientes se reunían en Schwab's Drugstore, y allí repetían una y otra vez grandes epopeyas del ambiente cinematográfico mientras bebían un café y comentaban los últimos chismes. No pertenecían al ambiente, y sin embargo, en cierta forma misteriosa, estaban realmente compenetrados con todo ese mundo. Podrían decir qué artista iba a ser reemplazado, qué productor había sido sorprendido durmiendo con el director, qué director de canal iba a subir de categoría. Sabían esas cosas antes que todos los demás, gracias a su propio sistema informativo, semejante a los tambores tribales. Porque en realidad Hollywood era una verdadera jungla. No se hacían ilusiones al respecto. Sus ilusiones apuntaban en otra dirección. Pensaban que podrían encontrar una forma de trasponer los portones de los estudios y trepar por sus paredes. Eran artistas, eran el grupo Elegido. Hollywood era su Jericó, Josué haría sonar su trompeta de oro y las enormes puertas caerían delante de ellos y sus enemigos serían aniquilados, Sam Winters agitaría su varita mágica y todos vestirían ropas de seda y serían estrellas de cine, adoradas eternamente por su agradecido público Amén. El café de Schwab era el vino sacramental y ellos eran los Discípulos del futuro reunidos para su mayor comodidad, reconfortándose mutuamente con sus sueños, a un paso de lograrlo. Habían conocido a un ayudante de un director que les había dicho que un productor aseguraba que un director de reparto había prometido que en cualquier momento, y la realidad estaría en sus manos.

Mientras tanto trabajaban en los supermercados, garajes, salones de belleza y lavaderos de coches. Vivían juntos, se casaban entre ellos, se divorciaban y nunca se percataban de cómo los traicionaba el tiempo. Las nuevas arrugas y las sienes canosas pasaban inadvertidas, así como el hecho de que debían retrasarse media hora antes de haber sido usados, habían envejecido sin añejar, demasiado maduros para iniciar una carrera con una compañía de plásticos, para tener hijos, para representar esos papeles de jóvenes por los que tanto suspiraron.

Eran en la actualidad actores de carácter. Pero seguían soñando.

Las muchachas más jóvenes y bonitas juntaban lo que llamaban dinero de colchón.

—¿Para qué romperte el lomo en un trabajo de nueve de la mañana a cinco de la tarde cuando puedes ganar veinte dólares acostándote un rato de espaldas? Hasta que llame el agente, por supuesto.

Pero a Jill no le interesaba. Lo único que le importaba en la vida era su carrera. Una pobre chica polaca no podría casarse nunca con un David Kenyon. Había aprendido eso. Pero Jill Castle, la estrella de cine, podría tener cualquiera y cualquier cosa que se le antojara. Y si no lograba eso, se convertiría nuevamente en Josephine Czinski.

Pero no permitiría que ello ocurriera.

Jill consiguió su primer papel como artista por intermedio de Harriet Marcus, una de las supervivientes, que tenía un primo tercero cuyo ex cuñado era segundo ayudante en una serie médica de televisión que se filmaba en los estudios de la Universal. Consintió en darle una oportunidad a Jill. La parte consistía en una sola línea, y Jill recibiría por ello cincuenta y siete dólares, menos los descuentos de la Seguridad Social, impuestos y contribución para la Casa de Retiro de la Industria Cinematográfica. Jill haría el papel de una enfermera. De acuerdo con el guión debía estar en una habitación de hospital, junto a la cama de un enfermo tomándole el pulso en el momento en que entraba el médico.

MÉDICO: —¿Cómo está, enfermera?
ENFERMERA: —Temo que no muy bien, doctor.
Eso era todo.

El lunes por la tarde, Jill recibió una hoja fotocopiada con su frase, con instrucciones de presentarse para maquillarse a las seis de la mañana siguiente. Repitió cien veces la escena. Le hubiera gustado que el estudio le diera todo el guión completo. ¿Cómo pretendían que imaginara al personaje si todo lo que le habían entregado era una sola hoja? Jill trató de analizar qué clase de mujer sería la enfermera. ¿Casada? ¿Soltera? O quizá secretamente enamorada del médico. O tal vez habían tenido un romance que ya había terminado. ¿Qué sentía por el paciente? ¿Le mortificaba la idea de que muriera? ¿O era una bendición?

—Temo que no muy bien, doctor —repitió tratando de reflejar preocupación en su voz.

Hizo un nuevo intento.

—*Temo* que no muy bien, doctor. —Asustada. Iba a morir.

—Temo que *no* muy bien, doctor. —Acusadoramente. Era culpa del médico. Si no se hubiera ido de farra con su amiguita...

Jill se quedó levantada toda la noche trabajando con su papel, demasiado excitada para poder dormir, pero por la mañana, cuando se presentó en el estudio, rebosaba vida y entusiasmo. Estaba oscuro todavía cuando llegó a la entrada del Lankershim Boulevard en un coche que le había prestado su amiga Harriet. Jill le dijo su nombre al guarda, él lo buscó en una lista y le hizo señas para que entrara.

—Estudio siete —le dijo—. Dos manzanas recto y luego doble a la derecha.

Su nombre figuraba en la lista. Los estudios Universal la esperaban. Parecía un sueño maravilloso. Cuando se acercaba al escenario decidió que discutiría la parte con el director, le daría a entender que era capaz de darle la interpretación que prefiriera. Jill dejó el coche en el gran estacionamiento y se dirigió al estudio siete.

El lugar estaba repleto de personas que se movían afanosamente, transportando luces, equipos eléctricos, instalando las cámaras y dando órdenes en un idioma que Jill no entendía.

Se quedó parada mirando y saboreando los aspectos, olores y sonidos del mundo cinematográfico. Éste era su ambiente, su futuro. Encontraría una forma de impresionar al director y demostrarle que era alguien muy especial. Llegaría a apreciarla como persona, no como una de tantas artistas.

El segundo ayudante del director acompañó a Jill y a otra docena de actores hasta el vestuario donde le entregaron un uniforme de enfermera y la mandaron luego al estudio, donde fue maquillada junto con los otros participantes en un rincón de la escena. En cuanto terminaron con ella, el ayudante del director la llamó. Jill se dirigió apresuradamente hacia la sala del hospital que habían preparado y donde el director estaba de pie junto a la cámara, conversando con el primer actor de la serie. Éste se llamaba Rod Hanson, y representaba el papel de un cirujano lleno de ciencia y compasión. Cuando Jill se acercó a ellos, Rod Hanson decía:

—Tengo un pastor alemán que es capaz de fabricar un diálogo mejor que esta basura. ¿Por qué demonios los guionistas no pueden darme un poco más de carácter?

—Llevamos cinco años filmando esta serie. No intentes mejorar un éxito. Al público le gustas tal como eres ahora.

El cámara se acercó al director.

—Todo listo, jefe.

—Gracias, Hal —contestó el director y dándose la vuelta hacia Rod Hanson añadió—: ¿Podemos seguir adelante, querido? Terminaremos la discusión más tarde.

—Uno de estos días voy a limpiarme el trasero con este estudio —respondió Hanson alejándose.

Jill se dirigió al director, que había quedado solo. Era su oportunidad para discutir la interpretación de su papel, de demostrarle que comprendía sus problemas y que estaba allí para ayudarlo a que la escena resultara un éxito. Lo miró con una amplia sonrisa y dijo:

—Soy Jill Castle. Tengo que hacer el papel de enfermera. Creo que puede ser realmente interesante y se me han ocurrido unas ideas...

El director asintió distraídamente y le indicó:

—Póngase de pie junto a la cama —y se alejó para hablar con el cámara.

Jill se quedó helada mirándolo. El segundo ayudante del director, ese primo tercero del ex cuñado de Harriet, se acercó rápidamente a Jill y le dijo en voz baja:

—¡Por el amor de Dios! ¿No oíste lo que dijo? ¡Vete junto a la cama!

—Yo quería preguntarle...

—No lo eches todo a perder —le susurró furioso—. ¡Vete de una vez!

Jill se acercó a la cama del enfermo.

—Muy bien, silencio, por favor —el asistente miró al director—. ¿Quiere un ensayo previo, jefe?

—¿Para esto? Hagan directamente una toma.

—Avísennos cuando estén preparados. Todo el mundo a sus puestos. Atentos y en silencio. Estamos filmando. Acción.

Jill escuchó consternada el sonido de la campana. Miró angustiada al director, queriendo preguntarle cómo le gustaría que interpretara la escena, cuál era su relación con el moribundo, qué decía...

Una voz gritó:

—¡Acción!

Todos miraron ansiosos a Jill. Ella se preguntó para sus adentros si se animaría a pedirles que detuvieran la filmación durante un segundo para poder discutir su escena y...

El director exclamó:

—¡Por el amor de Dios, enfermera! ¡Esto no es un depósito de cadáveres, es un hospital! ¡Tómele de una vez el pulso antes que se muera el viejo!

Jill miró angustiada al círculo de luces y reflectores que la rodeaba. Si no querían ayudarla no tendría más remedio que interpretar el papel a su manera. El enfermo era el padre del médico. Habían tenido una discusión. El padre había sufrido un accidente y el médico acababa de enterarse. Jill levantó la vista y vio que se acercaba Rod Hanson. Caminó hacia ella y le preguntó:

¿Cómo está, enfermera?

Jill miró al doctor y leyó en sus ojos una honda preocupación. Quería decirle la verdad, que su padre se moría y que era demasiado tarde para arreglar el malentendido. Sin embargo, tendría que decírselo en una forma que no lo destruyera y…

El director comenzó a gritar:

—¡Corten! ¡Corten! ¡Corten! ¡Maldición, esa idiota tiene que decir una sola frase y ni siquiera es capaz de recordarla! ¿Dónde la encontraron…, en las páginas amarillas de la guía?

Jill se dio la vuelta hacia la voz que gritaba en la oscuridad, sofocada por el disgusto.

—Sé muy bien lo que tengo que decir —manifestó vacilante—. Lo que pasa es que trataba de…

—Pues si lo recuerdas haz el favor de decirlo, ¿quieres? Podría haber pasado un tren de carga durante esa pausa. Cuando Rod te haga la pregunta hazme el favor de contestarle. ¿Entendido?

—Me preguntaba si…

—Repitámoslo enseguida. Avísennos cuando estén preparados.

—Ya lo estamos. Adelante. Estamos filmando. —Cámara.

—Acción.

Jill sintió que se le aflojaban las piernas. Era como si fuera la única a la que le importara esa escena. Todo lo que había querido hacer era crear algo bonito. Las luces de los focos la hacían sentirse mareada y sentía que el sudor corría por sus brazos, arruinando el almidonado uniforme.

—¡Acción! ¡Enfermera!

Jill se inclinó sobre el paciente y le tomó el pulso. Si hacía otra vez mal la escena nunca más tendría otra oportunidad. Pensó en Harriet y en sus amigos de la pensión y en lo que dirían.

El médico entró y se le acercó.

—¿Cómo está, enfermera?

Ya no sería más uno de ellos. Sería el hazmerreír de todos. Hollywood es una ciudad pequeña. El comentario correría rápidamente de boca en boca.

—Temo que no muy bien, doctor.

Ningún estudio la contrataría. Sería su último trabajo. El fin de todo, de su mundo.

El médico dijo:

—Quiero que lo lleven a cuidados intensivos.

—¡Bien! —exclamó el director—. Corten y saquen una copia.

Jill no se dio cuenta de todos los que pasaron junto a ella, con prisa por desmantelar el decorado para preparar el siguiente. Había realizado su primera escena y se lo había pasado pensando en otra cosa. No podía creer que ya todo hubiera terminado. Se preguntó si no debería buscar al director para agradecerle el haberle brindado esa oportunidad, pero vio que estaba en el otro extremo del estudio charlando con otras personas. El segundo ayudante se le acercó, le apretó el brazo y le dijo:

—Estuviste muy bien, muchacha. Pero la próxima vez aprende de memoria lo que debes decir.

Había participado en una película; tenía ya una experiencia. De ahora en adelante, pensó, trabajaré incesantemente.

Su próxima actuación fue trece meses después, cuando protagonizó otro papel semejante para la MGM. Mientras tanto tuvo diversas ocupaciones. Fue representante local de los productos Avon, trabajó en una heladería y durante un breve lapso fue chofer de taxi.

Como su dinero comenzaba a escasear, decidió compartir un departamento con Harriet Marcus. Tenía dos dormitorios y Harriet utilizaba el suyo para ocupaciones extras fuera de horario. Trabajaba como modelo en una tienda del centro. Era una muchacha atractiva, de pelo corto y negro y ojos también negros, con una figura de muchacho y mucho sentido del humor.

—Cuando uno ha nacido en Hoboken —le dijo a Jill— no se puede dejar de tener sentido del humor.

Al principio la serena suficiencia de Harriet había intimidado un poco a Jill, pero no tardó mucho en descubrir que bajo esa fachada sofisticada se ocultaba una criatura tierna y asustada. Estaba permanentemente enamorada. La primera vez que la vio, Harriet le dijo:

—Quiero que conozcas a Ralph. Nos casaremos dentro de un mes.

Una semana después, Ralph se había marchado con rumbo desconocido, llevándose el coche de Harriet.

A los pocos días de su desaparición, Harriet conoció a Tony. Trabajaba en un negocio dedicado a exportar e importar y Harriet se enamoró de él.

—Es muy importante —le contó a Jill. Pero evidentemente había alguien que no compartía su opinión, porque un mes después Tony apareció flotando en el río Los Ángeles con una manzana metida en la boca.

El siguiente amor de Harriet fue Alex.

—Es el tipo más apuesto que he visto —le confesó a Jill.

Alex era realmente apuesto. Vestía lujosamente, conducía un coche convertible y pasaba buena parte del día en los hipódromos. El romance duró hasta que Harriet comenzó a quedarse sin dinero. A Jill le indignaba que Harriet tuviera tan poco sentido común con los hombres.

—No puedo evitarlo —reconoció Harriet—. Siento una irresistible atracción por sujetos que tienen problemas. Creo que debe ser mi instinto maternal —sonrió y agregó—: Mi madre era una idiota.

Jill presenció el ir y venir de una colección de novios. Nick y Boby, John y Raymon, hasta que al final resultó imposible seguirles la pista.

Pocos meses después de haberse instalado con Jill, Harriet descubrió que estaba embarazada.

—Creo que es de Leonard —explicó—, pero, sabes…, en la oscuridad todos son iguales.

—¿Dónde está Leonard?

—No sé si en Okinawa o en Omaha. Siempre fui floja en geografía.

—¿Qué piensas hacer?

—Voy a tener el bebé.

El embarazo de Harriet resultó evidente a las pocas semanas debido a su delgada silueta, y tuvo que renunciar a su trabajo como modelo. Jill encontró un empleo en un supermercado para poder mantenerse ambas.

Al entrar una tarde en su casa de vuelta del trabajo, Jill descubrió una nota de Harriet en la que le decía: «Siempre quise que mi bebé naciera en Hoboken. Volví a casa de mis padres. Apuesto a que allí encontraré un tipo fantástico esperándome. Gracias por todo». Estaba firmada: «Harriet. La Monja».

El departamento se convirtió súbitamente en un lugar muy solitario.

# 21

Fue un gran momento para Toby Temple. Tenía cuarenta y dos años y era dueño del mundo. Bromeaba con reyes y jugaba al golf con el presidente, pero eso no les molestaba a sus modestos admiradores bebedores de cerveza, porque sabían que Toby era uno de ellos, el campeón que ordeñaba las vacas sagradas, ridiculizaba a los poderosos, daba por tierra con las normas del *establishment*. Ellos amaban a Toby como sabían que Toby los amaba a ellos.

Hablaba de su madre en todas las entrevistas y cada vez se acentuaba más su perfil de santidad. Era la única forma en que Toby podía compartir con ella su éxito.

Compró una espléndida propiedad en Bel-Air. La casa era estilo Tudor, tenía ocho dormitorios, una inmensa escalera y paneles de madera tallada procedentes de Inglaterra; una sala de proyecciones, un cuarto de juegos, una bodega y una gran piscina, además del chalet para la casera y otros dos para huéspedes. Adquirió una lujosa mansión en Palm Springs, varios caballos de carreras y tres ayudantes a quienes llamaba «Mac» y que lo adoraban. Le hacían recados, trabajaban como choferes, le conseguían muchachas a cualquier hora del día o de la noche, viajaban con él, le daban masajes. Los tres Macs se encargaban de conseguirle a su amo cualquier cosa que se le antojara. Eran los bufones del Bufón Nacional. Tenía cuatro secretarias, dos de ellas dedicadas exclusivamente a la atención de las numerosas cartas de sus admiradores. Su secretaria privada era una muchacha rubia muy bonita, que tenía veintiún años y se llamaba Sherry. Su cuerpo parecía haber sido diseñado por un maniático sexual, y Toby insistía en hacerle usar faldas cortas sin ningún tipo de ropa interior. Así ambos ahorraban mucho tiempo.

El estreno de su primera película había sido un éxito. Sam Winters y Clifton Lawrence estaban en la sala y después fueron todos a Chasen's para comentar el filme.

Toby disfrutó en grande en su primer encuentro con Sam después de haber firmado el contrato.

—Le habría salido mucho más barato si hubiera contestado mis llamadas telefónicas —le dijo Toby a Sam explicándole cómo había tratado de ponerse en contacto con él.

—Culpa de mi maldita suerte —respondió pesaroso Sam.

Mientras estaban sentados en Chasen's, Sam se dirigió a Clifton Lawrence y le dijo:

—Si no me exiges un brazo y una pierna, me encantaría hacer un nuevo contrato con Toby para tres películas.

—Me conformo con un brazo. Te llamaré mañana por la mañana —respondió el agente y después de mirar su reloj anunció—: Tengo que irme.

—¿Adónde? —le preguntó Toby.

—A ver a otro cliente. Tengo otros clientes, querido muchacho.

Toby lo miró de una forma rara y añadió:

—Por supuesto.

Las críticas del día siguiente fueron excelentes. Todos predecían que Toby sería tan buen actor en el cine como lo era en la televisión.

Toby las leyó todas y llamó luego por teléfono a Clifton Lawrence.

—Felicitaciones, querido muchacho —dijo el agente—. ¿Leíste el *Reporter Variety*? Sus críticas parecían cartas de amor.

—Así es. El mundo parece ser un gran queso verde y yo soy un ratón gordo. ¿Acaso se puede pedir algo mejor?

—Una vez te dije que serías el dueño del mundo, Toby, y creo que ya ha llegado el momento. Es todo tuyo. —La voz del agente reflejaba una profunda satisfacción.

—Me gustaría hablar contigo, Cliff. ¿Podrías venir?

—Por supuesto. Estaré libre a las cinco y…

—Quisiera que vinieras ahora.

Hubo un breve titubeo y Cliff dijo luego:

—Tengo citas hasta…

—Oh, bueno, si estás tan ocupado, olvídalo —y cortó la comunicación.

Un minuto después llamaba por teléfono su secretaria anunciándole:

—El señor Lawrence va camino de su casa, señor Temple.

Clifton Lawrence estaba sentado en el sofá con Toby.

—Por el amor de Dios, Toby, sabes muy bien que jamás estoy tan ocupado como para no poder atenderte. No tenía la menor idea de que querías verme hoy o de lo contrario no habría concertado otras citas.

Toby estaba sentado mirándolo y dejándolo sufrir un poco. Clifton carraspeó y dijo:

—¡Vamos! Tú eres mi cliente preferido. ¿O acaso no lo sabías?

*Y es verdad,* pensó Clifton. *Yo lo fabriqué. Es mi creación. Estoy disfrutando con su éxito tanto como él.*

Toby sonrió y preguntó:

—¿De veras, Cliff? —Advirtió en seguida que disminuía la tensión del pequeño agente—. Estaba empezando a dudar.

—¿Qué quieres decir?

—Tienes tantos clientes que a veces no me dedicas bastante atención.

—Eso no es verdad. Te dedico más tiempo a ti…

—Quisiera que te ocuparas únicamente de mí, Cliff.

—Estás bromeando —respondió Clifton sonriendo.

—No. Lo digo en serio. —La sonrisa desapareció del rostro de Clifton.

—Creo ser lo suficientemente importante como para tener mi propio agente, y cuando digo mi propio agente no me refiero a alguien que esté demasiado ocupado para dedicarse a mí porque tiene otra docena de personas que atender. Es como hacer el amor en grupo, Cliff. Siempre hay uno que no queda satisfecho.

Clifton lo estudió durante un instante y luego dijo:

—Sírveme una copa.

Mientras Toby se dirigía al bar, Clifton se quedó sentado pensando. Sabía cuál era el problema real, y no se trataba del ego de Toby ni tampoco de su sentido de importancia.

Tenía que ver con su soledad. Toby era el hombre más solitario que había conocido. Lo había visto comprar mujeres por docenas y tratar de comprar amigos con lujosos regalos. Nadie podía pagar jamás una cuenta estando Toby presente. Clifton oyó una vez a un músico decirle: «No necesitas comprar el amor, Toby. Todo el mundo te ama». Toby pestañeó y respondió rápido: «¿Para qué correr el riesgo?».

El músico no volvió a trabajar más en el número de Toby.

Toby quería tener a todos por entero. Su ambición era desenfrenada, y cuantas más cosas poseía, más crecían sus ansias posesivas.

Clifton había oído decir que Toby se había acostado al mismo tiempo con media docena de muchachas, tratando de satisfacer su apetito. Pero por supuesto, no sirvió de nada. Lo que Toby necesitaba era una muchacha y todavía no la había encontrado. Por tanto seguía buscando la solución en la cantidad.

Padecía de una terrible necesidad de estar permanentemente rodeado de gente.

Soledad. El único momento en que desaparecía era cuando Toby estaba frente al público, cuando oía sus aplausos y sentía su cariño. *Era muy simple, en realidad,* pensó Clifton. Cuando Toby no estaba sobre un escenario, arrastraba consigo al público. Siempre se lo veía rodeado de músicos, ayudantes, escritores, coristas, cómicos indigentes y cualquier otra persona que pudiera hacer entrar en su órbita.

Y ahora se le había antojado Clifton Lawrence. Por entero.

Clifton tenía docenas de clientes, pero el total de sus ingresos no era mayor que el que obtenía Toby por sus actuaciones en clubs nocturnos, televisión y películas, porque los arreglos que Clifton había logrado concertar eran fenomenales. No obstante, no tomó su decisión en base al dinero. Lo hizo porque quería a Toby Temple y porque Toby Temple lo necesitaba. Tanto como lo necesitaba él. Recordó qué monótona había sido su vida hasta que Toby irrumpió en ella. No había existido ninguna clase de desafío desde hacía años. Había reposado sobre sus antiguos laureles. Y pensó entonces en esa magnética exaltación que rodeaba a Toby, en la alegría y las risas y la profunda camaradería que ambos compartían.

Cuando Toby se acercó y le entregó su copa, Clifton alzó la suya en un brindis y dijo:

—Por nosotros dos, querido muchacho.

Era la temporada de éxitos y diversiones y fiestas y Toby estaba siempre en el candelero. La gente daba por sentado que tenía que ser gracioso. Un actor puede ocultarse tras las palabras de Shakespeare o Shaw o Molière, y un cantante puede contar con la ayuda de Gershwin o Rodgers y Hart o Cole Porter. Pero un cómico es un ser indefenso cuya única arma es su gracia.

Los exabruptos de Toby adquirieron rápidamente fama en todo Hollywood. Una noche, durante una cena, un médico que atendía a varios actores contó un largo y complicado chiste a un grupo de cómicos.

—Por favor, doctor —le suplicó Toby—, no trate de hacernos reír, limítese a curarnos.

En una oportunidad en que el estudio debía utilizar unos leones en una filmación, Toby los vio en el momento en que los transportaban en camiones y en seguida exclamó:

—¡Cristianos! ¡Diez minutos!

Sus bromas eran legendarias. Un amigo suyo católico debió someterse a una pequeña operación. Mientras estaba convaleciente en el sanatorio, apareció un día una joven y bellísima monja. Se acercó a la cama, le acarició la frente y le dijo:

—Se lo ve muy bien y está muy fresco, qué piel tan suave tiene.

—Gracias, hermana.

La monja se inclinó sobre él y procedió a arreglarle las almohadas, rozándole la cara con sus pechos. A pesar suyo, el pobre hombre no pudo evitar una erección. Cuando la monja comenzó a estirarle las sábanas, le tocó el cuerpo con la mano. El hombre sufría lo indecible.

—Dios mío —exclamó la monja—. ¿Qué es esto? —Lo destapó y dejó al descubierto su miembro duro como una roca.

—Lo... siento mucho..., hermana... —tartamudeó—. Yo...

—No tiene por qué preocuparse. Tiene un magnífico sexo —respondió la monja y acto seguido se acostó con él.

Seis meses después se enteró de que Toby había sido el que le había enviado la prostituta.

Un día en que Toby estaba saliendo del ascensor se dio la vuelta hacia un solemne ejecutivo de un canal de televisión y le dijo:

—A propósito, Will, ¿cómo terminó tu juicio por atentar contra la moral? —Las puertas del ascensor se cerraron y el ejecutivo quedó dentro junto con media docena de personas que lo miraban cautelosamente.

Cuando llegó el momento de renovar su contrato, Toby hizo los arreglos necesarios para que le llevaran al estudio una pantera amaestrada. Toby abrió la puerta de la oficina de Sam mientras éste estaba en medio de una reunión.

—Mi agente quiere hablar contigo —dijo Toby empujando la pantera al interior del cuarto y cerrando la puerta.

Un tiempo después contó la historia y explicó:

—Tres de los tipos presentes en la oficina estuvieron al borde de tener un ataque al corazón. Pasó un mes antes de que desapareciera de la habitación el olor a orina de la pantera.

Toby tenía un equipo de diez escritores que escribían sus chistes, encabezados por O'Hanlon y Rainger. Pero él se quejaba permanentemente del material que le daban. Una vez nombró a una prostituta para integrar el equipo de escritores. Pero tuvo que despedirla al enterarse de que todos pasaban la mayor parte del tiempo en la cama con ella. En otra oportunidad llevó a un organillero y a su mono a una reunión con los guionistas. Era humillante y degradante, pero O'Hanlon y Rainger y los demás lo toleraron porque Toby transformaba sus chistes en oro puro. Era el mejor de todos.

La generosidad de Toby era exagerada. Regalaba relojes de oro y encendedores, vestuarios completos y viajes a Europa a sus empleados y amigos. Llevaba consigo enormes sumas de dinero y pagaba todo en efectivo, incluyendo dos Rolls-Royce. Era muy derrochador. Todos los viernes se reunían frente a su casa una docena de parásitos del ambiente esperando una limosna. Una vez Toby se dirigió a uno de los más asiduos y le preguntó:

—¿Se puede saber qué estás haciendo aquí? Acabo de leer en *Variety* que te han dado un papel en una película. —El hombre miró a Toby y contestó—: ¿Es que acaso no merezco un preaviso?

Había infinidad de chistes sobre Toby y casi todos ciertos. Un día, durante una reunión de escritores, uno de ellos llegó tarde, y ello se consideraba un pecado imperdonable.

—Siento mucho haber llegado tarde —dijo disculpándose—. Pero un coche atropelló a mi hijo esta mañana.

Toby lo miró y le preguntó:

—¿Trajo los chistes?

Todos los presentes quedaron indignados. Después de la reunión uno de los guionistas le dijo a O'Hanlon:

—Es el tipo más frío del mundo. Es capaz de venderle agua al que está quemándose.

Toby hizo venir en avión a uno de los mejores neurocirujanos para operar al niño accidentado y pagó todas las cuentas del hospital. Y luego le dijo al padre:

—Si llegas a contarle esto a alguien, considérate despedido.

El trabajo era lo único que hacía olvidar a Toby su soledad, lo único que le brindaba una real alegría. Si un espectáculo tenía éxito, Toby era el compañero más divertido del mundo entero, pero si resultaba un fracaso, se convertía en un demonio, y atacaba a cuantos estuvieran a tiro de su despiadado ingenio.

Era posesivo. Durante una reunión con sus guionistas tomó la cabeza de Rainger entre sus dos manos y les dijo a los demás presentes en el cuarto:

—Esto es mío. Me pertenece.

Al mismo tiempo comenzó a odiar a los escritores, porque los necesitaba y no quería necesitar a nadie. Por tanto los trataba despectivamente. Los días de pago hacía avioncitos con los cheques con el sueldo de los escritores y los arrojaba por el aire. Un día uno de ellos se presentó muy bronceado y Toby lo despidió inmediatamente.

—¿Por qué hiciste eso? —le preguntó O'Hanlon—. Es uno de los mejores guionistas.

—Si hubiera estado trabajando... —respondió Toby—, no habría tenido tiempo para tomar el sol.

Un escritor nuevo presentó un chiste sobre madres y fue despedido.

Si uno de los artistas invitados a su *show* conquistaba muchos aplausos, Toby exclamaba:

—¡Eres magnífico! Quiero tenerte en el *show* todas las semanas. —Miraba luego al productor y le preguntaba—: ¿Has oído? —y el productor sabía que ese actor no debería aparecer nunca más.

Era un cúmulo de contradicciones. Tenía celos del éxito de otros cómicos y no obstante ocurrió lo siguiente. Un día en que Toby se retiraba después de un ensayo, pasó frente al camerino de Vinnie Turkel, un viejo artista que hacía tiempo iba cuesta abajo. Vinnie había sido contratado para realizar su primer papel dramático en un teleteatro. Esperaba que eso fuera un resurgimiento. Cuando Toby pasó frente al camerino, lo vio tirado en el sofá, totalmente borracho. El director del teleteatro se acercó a Toby y le dijo:

—Déjalo, Toby. No tiene solución.

—¿Qué pasó?

—Tú sabes que la característica de Vinnie ha sido siempre su voz alta y temblorosa. Empezamos a ensayar y cada vez que Vinnie abría la boca y trataba de hablar con seriedad, todo el mundo comenzaba a reír. Eso liquidó al pobre viejo.

—Él contaba con ese trabajo, ¿verdad? —preguntó Toby.

El director se encogió de hombros.

—Todo actor cuenta con realizar su papel.

Toby llevó a Vinnie Turkel a su casa y se quedó con el viejo actor tratando de hacerle pasar la borrachera.

—Éste es el mejor papel que has tenido en toda tu vida. ¿Vas a echarlo a perder?

Vinnie meneó la cabeza pesarosamente.

—Ya lo hice, Toby. No puedo remediarlo.

—¿Quién dice que no? —preguntó Toby—. Puedes representar ese papel mejor que cualquier otra persona. El viejo movió nuevamente la cabeza.

—Se rieron de mí.

Por supuesto. ¿Y sabes por qué? Porque toda tu vida la dedicaste a hacerlos reír. Ellos contaban con que serías cómico. Pero si insistes podrás salirte con la tuya. Los dejarás boquiabiertos.

Pasó el resto de la tarde tratando de que Vinnie Turkel recuperara la fe en sí mismo y esa misma noche telefoneó al director desde su casa.

—Turkel se ha recuperado —le dijo—. No debe preocuparse ya.

—Ya sé que no debo preocuparme —replicó el director—. Acabo de reemplazarlo.

—Pues olvídelo —insistió Toby—. Tiene que darle una oportunidad.

—No puedo correr el riesgo, Toby. Se emborrachará nuevamente y…

—Le diré lo que haremos —sugirió Toby—. Vuelva a tomarlo. Si después del último ensayo sigue sin quererlo, yo haré su parte gratis.

Hubo una pausa que fue luego rota por el director.

—¡Eh! ¿Lo dice en serio?

—Ni una palabra más —añadió el director rápidamente—. Dígale a Vinnie que se presente mañana a las nueve para el ensayo.

—Por supuesto.

El teleteatro resultó el éxito de la temporada cuando por fin salió al aire. Y la actuación más valorada por los críticos fue la de Vinnie Turkel. Obtuvo todos los premios otorgados por la televisión y se le presentó una nueva carrera como actor dramático. Cuando le envió a Toby un regalo magnífico para demostrarle su gratitud, éste se lo devolvió con una nota: «No fue obra mía, sino tuya». Así era Toby Temple.

Pocos meses después, Toby Temple contrató a Vinnie Turkel para hacer un número en su *show*. Vinnie terció en uno de los chistes de Toby y a partir de ese momento Toby lo confundió cada vez que debía hablar, le arruinó los chistes y lo humilló frente a cuarenta millones de personas.

Ésa era la otra cara de Toby Temple.

Alguien le preguntó a O'Hanlon cómo era realmente Toby Temple y O'Hanlon contestó:

—¿Recuerda la película en que Charles Chaplin conoce a un millonario? El millonario se convierte en su íntimo amigo cuando está borracho y cuando está sobrio lo saca a patadas. Así es Temple, con la diferencia de que no necesita estar borracho.

Durante una reunión con los directores de un canal, uno de los ejecutivos jóvenes no abrió prácticamente la boca.

—Me parece que no le gusto —le dijo después Toby a Clifton Lawrence.

—¿A quién?

—Al muchacho que estaba en la reunión.

—¿Y qué te importa? Es un mequetrefe sin importancia alguna.

—No me dirigió la palabra —insistió Toby—. Creo que no le gusto nada.

Toby estaba tan afectado, que Clifton Lawrence tuvo que localizar al joven ejecutivo y cuando por fin llamó al sorprendido hombre a medianoche le dijo:

—¿Tienes algo contra Toby Temple?

—¿Quién, yo? ¡Me parece que es el hombre más gracioso del mundo!

—¿Me harías un favor, querido muchacho? Llámalo por teléfono y díselo.

—¿Qué?

—Comunícate con Toby y dile que te gusta.

—Por supuesto. Lo llamaré mañana mismo.

—No, ahora.

—¡Son las tres de la mañana!

—No importa, te está esperando.

Cuando el joven llamó a Toby, éste le contestó en seguida y oyó su voz que decía:

—Hola.

El muchacho tragó y dijo:

—Era sólo para... para decirle que me parece maravilloso.

—Gracias, amigo —respondió Toby e inmediatamente colgó.

El séquito de Toby se hacía cada vez más grande. A veces se desvelaba a medianoche y telefoneaba a algunos amigos para que fueran a jugar a las cartas, o despertaba a O'Hanlon y Rainger y los convocaba a una reunión de trabajo. A menudo pasaba la noche entera sentado en su casa mirando películas, en compañía de los tres Mac y Clifton Lawrence, amén de unas cuantas actrices principiantes y varios adulones.

Y cuantas más personas lo rodeaban, más solo se sentía.

## 22

Corría el mes de noviembre de 1963 y el sol de otoño se había transformado en una luz tenue y fría que brillaba en el cielo. Las mañanas eran de niebla y heladas y habían empezado ya las primeras lluvias de invierno.

Jill Castle pasaba diariamente por Schwab's, pero tenía la impresión de que las conversaciones eran siempre las mismas. Los supervivientes comentaban quién había perdido un papel y por qué. Se regodeaban cada vez que fracasaba una revista y criticaban las buenas. Era el lamento de los perdedores y Jill comenzó a pensar si no se estaría pareciendo ella a los demás. Estaba segura todavía de que iba a ser alguien, pero al contemplar esas caras conocidas, comprendió que todos suponían también lo mismo respecto de sus personas. ¿Sería posible que todos estuvieran tan fuera de la realidad, que todos tuvieran los ojos puestos en un sueño que nunca se llevaría a cabo? La idea le resultaba insoportable.

Jill se había convertido en la confidente de todo el grupo. Acudían a ella con sus problemas, los escuchaba y trataba de ayudarlos: con dinero, consejos, un lugar para dormir una o dos semanas. Salía muy poco con hombres porque estaba demasiado compenetrada con su carrera y no había conocido a ninguno que le interesara.

\* \* \*

Siempre que le era posible ahorrar un poco de dinero, se lo enviaba a su madre junto con largas y entusiastas cartas en las que le contaba el éxito que había obtenido. Al principio su madre le contestaba intimándola a arrepentirse y convertirse en esposa de Dios. Pero a medida que Jill consiguió intervenir en varias películas y pudo enviarle más dinero, su madre comenzó a sentir a pesar suyo cierto orgullo por la carrera de su hija. No estaba en contra ya de que fuera una artista, pero insistía en que tratara de conseguir papeles en películas con temas religiosos.

—Estoy segura de que el señor De Mille te daría un papel si le explicaras tu educación religiosa.

Odessa era una ciudad pequeña. La madre de Jill seguía trabajando para la Gente del Petróleo y Jill sabía que hablaría de ella y que tarde o temprano David Kenyon se enteraría de su éxito. Por tanto, inventaba cuentos en sus cartas sobre las estrellas con quienes trabajaba cuidando de nombrarlas por su primer nombre. Aprendió el truco de todas las artistas secundarias que consiguen que el fotógrafo del estudio les saque una foto junto a la estrella principal. El fotógrafo le daba dos copias, ella se guardaba una y le enviaba la otra a su madre. En sus cartas trataba de aparentar que estaba a un paso del estrellato.

En el sur de California, donde nunca nieva, se organiza siempre tres semanas antes de Navidad un Desfile de Santa Claus a lo largo de Hollywood Boulevard y una carroza alegórica circula por esa arteria todas las noches hasta el veinticuatro de diciembre. Los ciudadanos de Hollywood son tan entusiastas en la celebración del nacimiento del Niño Dios como sus vecinos del norte. No se les debe echar en cara si *Gloria a Dios en el cielo* y *Noche de paz* y *Rodolfo el reno de hocico rojo* se oyen en las radios de los coches de una comunidad que se sofoca con una temperatura superior a los treinta grados. Ansían una anticuada Navidad blanca tan ardientemente como cualquier otro patriótico norteamericano de sangre roja, pero como saben que Dios no les otorgará ese privilegio, han aprendido a fabricarla por su cuenta. Adornan las calles con luces y árboles de plástico y figuras de Santa Claus, su trineo y sus renos, fabricadas en *papier-maché*. Estrellas y actores se disputan el privilegio de desfilar en la carroza: no porque les interese alegrar los corazones de los miles de niños y adultos que se alinean a su paso, sino porque el desfile es televisado y sus caras serán vistas de un extremo al otro del país.

Jill Castle estaba de pie sola en una esquina, presenciando el desfile de las carrozas con los artistas que saludaban a sus admiradores desde lo alto de las plataformas. Ese año el Gran Mariscal del desfile era Toby Temple. El público lo ovacionó entusiastamente a su paso. Jill pudo apreciar brevemente la cara resplandeciente e inocente de Toby antes que siguiera su camino.

Pasó la banda del Hollywood High School, seguida por una carroza representando un templo masónico y una banda de la marina. Desfilaron jinetes vestidos como *cow-boys* y otra banda del Ejército de Salvación seguida por miembros del Tabernáculo. Había grupos de cantantes que enarbolaban banderas y gallardetes, una carroza con animales y pájaros hechos con flores, coches de bomberos, payasos y orquestas de jazz. No sería tal vez un ambiente navideño, pero era un típico espectáculo hollywoodense.

Jill había trabajado con algunos actores secundarios que integraban el desfile. Uno de ellos la saludó y le dijo:

—Hola, Jill, ¿qué haces?

Varias personas que la rodeaban se dieron la vuelta para mirarla llenas de envidia y ello le hizo experimentar una deliciosa sensación de importancia al advertir que la gente comprendía que era parte del ambiente. Una voz profunda y grave le preguntó:

—Discúlpeme, ¿es usted una artista?

Jill se dio la vuelta. El que había hecho la pregunta era un muchacho alto, rubio, apuesto, de unos veinticinco años. Su cara estaba bronceada y sus dientes eran blancos y regulares. Estaba vestido con unos vaqueros viejos y una chaqueta de *tweed* azul con coderas.

—Sí.

—Yo también. Quiero decir que soy un actor —sonrió y agregó—: En la brecha.

Jill se señaló a sí misma y dijo:

—En la brecha también.

—¿Puedo invitarla a un café? —dijo riendo.

Se llamaba Alan Preston y venía de Salt Lake City donde su padre era un miembro de la iglesia mormona.

—Me crié con demasiada religión y muy poca diversión —le confesó a Jill.

*Casi profético,* pensó Jill. *Tenemos exactamente los mismos antecedentes.*

—Soy un buen actor —manifestó Alan pesarosamente—, pero no cabe la menor duda de que ésta es una ciudad muy dura. En mi pueblo todos hacen lo posible por ayudarme. Aquí parece que todos están desesperados por destrozarnos.

Siguieron charlando hasta que se cerró el bar y para entonces ya eran viejos amigos. Alan le preguntó:

—¿Quieres venir a donde yo vivo?

Jill titubeó solamente un instante.

—De acuerdo.

Alan Preston vivía en una pensión más allá de la avenida Highland, a dos manzanas del estadio de Hollywood. Tenía un cuarto pequeño en el fondo de la casa.

—Este lugar debería llamarse «El Basurero» —le dijo a Jill—. No sabes la gentuza que vive aquí. Y todos están convencidos de que van a alcanzar grandes éxitos en el cine.

*Como nosotros,* pensó Jill.

Los muebles del cuarto de Alan consistían en una cama, un escritorio, una silla y una pequeña mesa de paja.

—Estoy esperando mudarme a mi palacio —le explicó Alan.

—Yo también —respondió Jill riendo.

Alan trató de abrazarla, pero ella se puso rígida.

—No, por favor.

La miró un instante y luego dijo de buen modo:

—Muy bien.

Jill se sintió súbitamente molesta. ¿Qué estaba haciendo entonces en el cuarto de ese hombre? No conocía la respuesta a esa pregunta. Se sentía terriblemente sola. Tenía muchas ganas de poder conversar con alguien, de sentir que unos brazos masculinos la abrazaban, la tranquilizaban y le decían que todo iba a solucionarse. Hacía tanto tiempo. Pensó en David Kenyon, pero eso formaba parte de otra vida y otro mundo. Lo deseaba tanto que ya era intolerable. Cuando Alan Preston la abrazó un poco más tarde, Jill cerró los ojos y se convirtió en David que la besaba, la desvestía y le hacía el amor.

Jill pasó la noche con Alan, y a los pocos días éste se mudó a su departamento.

Alan Preston era el hombre menos complicado que había conocido Jill. Era sosegado y tranquilo, y tomaba las cosas tal como se presentaban, totalmente despreocupado por el mañana. Cuando Jill discutía su modo de ser con él, Alan respondía:

—¿Recuerdas *Appointment in Samarra*? Si debe suceder, sucederá. El destino te encontrará. No es necesario que salgas tú a buscarlo.

Alan se quedaba en la cama un buen rato después de que Jill saliera a buscar trabajo. Cuando volvía a su casa lo encontraba sentado en un sillón, leyendo o bebiendo cerveza con sus amigos. Nunca aportó ni un céntimo.

—Eres una tonta —le decían sus amigas—. Está usando tu cama, comiendo tu comida. Debes deshacerte de él.

Pero Jill no les hizo caso.

Por primera vez Jill comprendió a Harriet y a todas sus amigas que se aferraban desesperadamente a hombres que no querían y que incluso odiaban.

Todo por miedo a la soledad.

Jill estaba sin trabajo. Faltaban pocos días para Navidad, le quedaban pocos dólares, pero tenía que mandarle un regalo a su madre. Alan fue el que solucionó el problema. Había salido una mañana temprano sin decir adónde iba. Cuando volvió le anunció a Jill:

—Tenemos un trabajo.

—¿Qué clase de trabajo?

—En una película, por supuesto. ¿Acaso no somos artistas?

Jill lo miró invadida de una repentina esperanza.

—¿Lo dices en serio?

—Por supuesto. Encontré a un director amigo. Mañana comienza la filmación de una película. Tiene papeles para ambos. Cien dólares por cabeza, por día de trabajo.

—¡Pero eso es maravilloso! —exclamó Jill—. ¡Cien dólares! —Eso le alcanzaría para comprarle a su madre un buen tejido inglés de lana para hacerse un abrigo y le quedaría lo suficiente para un bonito bolso de piel.

—Es una película independiente. Están filmándola en un garaje particular.

—¿Qué podemos perder? —dijo Jill—. Es un trabajo.

El garaje estaba situado en un barrio al sur de Los Ángeles, que había pasado de ser un lugar elegante a otro de clase media y en la actualidad se había convertido en un arrabal.

Los recibió en la puerta un hombre bajo y moreno, que estrechó la mano de Alan y le dijo:

—Lo lograste, muchacho. Fantástico.

Se dio la vuelta hacia Jill y lanzó un silbido de aprobación.

—No exageraste para nada, amigo. Es realmente atractiva.

—Jill, éste es Peter Terraglio —dijo Alan.

—¿Qué tal? —saludó Jill.

—Peter es el director —le explicó Alan.

—Director, productor, jefe de lavaplatos. Hago un poco de todo. Pasen por aquí.

Los condujo a través del garaje vacío hacia un pasillo que había formado parte, en un tiempo, de las dependencias del servicio: Dos dormitorios daban al corredor. Uno de ellos tenía la puerta abierta. Al aproximarse oyeron voces en su interior. Jill se acercó al umbral, miró adentro y se detuvo sin poder dar crédito a sus ojos. Cuatro personas estaban desnudas en una cama situada en el centro del cuarto; un negro, un mejicano y dos muchachas, una blanca y otra negra. Un cámara iluminaba la escena mientras una de las muchachas hacía el amor con el mejicano. La muchacha se interrumpió un instante y dijo:

—Vamos, a ver si tienes por fin una erección.

Jill se sintió desmayar. Dio media vuelta y cuando iba a regresar por el pasillo sintió que sus piernas se aflojaban. Alan la sujetó y le preguntó:

—¿Te sientes bien?

No pudo contestarle. Sintió súbitamente un terrible dolor de cabeza y un retortijón en el estómago.

—Espera aquí —le ordenó Alan.

Regresó al minuto trayendo una botella de vodka y un frasco con unas pastillas coloradas. Sacó dos píldoras y se las dio a Jill.

—Esto te hará sentirte mejor.

Jill se puso las pastillas en la boca sintiendo que su cabeza iba a estallar.

—Toma un trago —le dijo Alan.

Jill obedeció.

—Otra más —sugirió Alan dándole otra píldora que tragó nuevamente con un poco de vodka—. Tienes que echarte un momento.

Acompañó a Jill hasta el dormitorio vacío y se acostó sobre la cama moviéndose lentamente. Las pastillas comenzaron a surtir efecto. Se sentía ya un poco mejor. La bilis amarga había desaparecido de su boca.

Quince minutos después el dolor de cabeza había desaparecido.

Alan le dio otra píldora y, sin pensar más, Jill la tragó junto con el vodka. Era tan agradable no sentir más dolor. Alan se conducía en una forma extraña dando vueltas alrededor de la cama.

—Siéntate y quédate quieto —le dijo.

—Estoy quieto —respondió.

A Jill le pareció muy gracioso y comenzó a reír. Rió hasta que las lágrimas corrieron por su cara.

—¿Qué, de qué eran esas píldoras'?

—Para tu jaqueca, querida.

Terraglio se asomó y preguntó:

—¿Qué tal anda? ¿Todos contentos?

—Todos…, todos contentos —balbuceó Jill.

Terraglio miró a Alan y le dijo:

—Cinco minutos —y en seguida desapareció.

Alan estaba inclinado sobre Jill acariciándole el pecho y los muslos, le levantó luego la falda y metió los dedos entre sus piernas. Era una sensación maravillosa y súbitamente Jill sintió deseos de que la poseyera.

—Escucha querida —dijo Alan—, yo no te pediría que hicieras nada incorrecto. Sólo debes hacerme el amor. Como siempre, pero con la diferencia que esta vez nos pagan por ello. Doscientos dólares. Todo para ti.

Ella negó con la cabeza pero tuvo la impresión de que tardaba años en moverla de un lado a otro.

—No puedo hacerlo —respondió confusamente.

—¿Por qué no?

Tuvo que concentrarse para recordarlo.

—Porque…, porque voy a ser una estrella de cine. No puedo realizar películas pornográficas.

—¿Quieres que te haga el amor?

—¡Oh, sí, David!

Alan iba a decir algo, pero se limitó a sonreír.

—Por supuesto, querida. Yo también estoy ansioso. Vamos.

—Tomó a Jill de la mano y la levantó de la cama. Jill tuvo la sensación de estar volando.

Salieron al pasillo y entraron en el otro cuarto.

—Muy bien —dijo Terraglio al verlos—. Quédense tal cual están. Tenemos refuerzos fresquitos.

—¿Quiere que cambie las sábanas? —preguntó uno de los del grupo.

—¿Qué demonios crees que somos, la MGM?

Jill se aferró a Alan.

—David, hay otras personas allí.

—Se irán —le aseguró Alan—. Toma. —Sacó otra píldora y se la dio junto con un trago de vodka. A partir de ese momento todo fue muy confuso. David la desvestía al tiempo que le decía palabras estimulantes. Se acostó en la cama y él acercó su cuerpo desnudo junto al suyo. Apareció una luz intensa que la cegó.

—Ponlo en la boca —le dijo, y ella siguió pensando que era David el que hablaba.

—Oh, sí —respondió acariciándolo amorosamente y procedió a ponerlo en su boca; uno de los presentes en el cuarto dijo algo que Jill no pudo entender y David se apartó de modo que Jill se vio obligada a mirar hacia la luz y tuvo que entrecerrar los ojos por el intenso resplandor. Sintió que la empujaban, quedó acostada de espaldas, y David estaba poseyéndola y ella tenía al mismo tiempo su pene en la boca. Lo quería tanto. Las luces y esas voces que hablaban la molestaban. Quiso decirle a David que los hiciera callar, pero estaba en un verdadero éxtasis, teniendo orgasmo tras orgasmo, hasta que creyó que su cuerpo iba a estallar. David la quería a ella, no a Cissy, había vuelto, se habían casado y estaban disfrutando de una maravillosa luna de miel.

—David... —dijo. Abrió los ojos y vio que el mejicano estaba encima de ella, pasando la lengua por todo su cuerpo. Trató de preguntarle dónde estaba David, pero no pudo pronunciar las palabras. Cerró los ojos mientras el hombre seguía haciendo cosas deliciosas. Cuando volvió a abrirlos, el mejicano se había transformado inexplicablemente en una muchacha pelirroja con pelo largo y unos grandes pechos que acariciaban su vientre. La mujer comenzó entonces a hacer algo con la lengua y Jill cerró los ojos y perdió el conocimiento.

Los dos hombres estaban de pie mirando a la muchacha tirada en la cama.
—¿Se recuperará? —preguntó Terraglio.
—Por supuesto —contestó Alan.
—Hay que reconocer que consigues unas chicas maravillosas —manifestó Terraglio con admiración—. Es sensacional. Y qué bonita.
—Mi descubrimiento —respondió tendiendo la mano.
Terraglio separó dos billetes de un grueso fajo que sacó del bolsillo.
—Aquí tienes. ¿No quieres venir a comer con nosotros en Nochebuena? Stella estará encantada de verte.
—No puedo —contestó Alan—. Voy a pasar la Navidad con mi mujer y los chicos. Tengo que tomar el próximo avión a Florida.
—Esta película va a ser fantástica —dijo Terraglio moviendo la cabeza en dirección a la muchacha que seguía inconsciente—. ¿Qué nombre le daremos?
Alan sonrió.
—¿Por qué no utilizas su verdadero nombre? Es Josephine Czinski. Sus amigos van a tener una grata sorpresa cuando se proyecte la película en Odessa.

## 23

Habían mentido. El tiempo no era un amigo que restañaba todas las heridas: era el enemigo que arrasaba y destruía a la juventud. Las estaciones se sucedían unas a otras y cada uno le ofrecía a Hollywood los productos de su última cosecha. La competencia hacía auto-stop y llegaba en motocicletas, trenes y aviones. Todos tenían dieciocho años, como los había tenido Jill. Sus piernas eran largas y esbeltas, sus caras frescas, ansiosas, con sonrisas maravillosas a las que no les hacía falta coronas para los dientes. Y cada vez que llegaba una nueva cosecha, Jill envejecía un año. Un día se miró al espejo. Corría el año 1964 y tenía en ese momento veinticinco años.

En un primer momento se había quedado aterrada después de la experiencia de la película pornográfica. Temía que algún director de reparto la viera y la pusiera en la lista negra. Pero a medida que transcurrieron las semanas primero y los meses después, Jill olvidó gradualmente sus temores. Pero había cambiado. Cada año había dejado su huella en ella, una pátina de dureza, semejante a los anillos en el tronco que indican la edad de un árbol. Comenzó a odiar a todo aquel que no le brindaba una oportunidad para actuar, a toda la gente que le había prometido cosas que nunca cumplieron.

Realizó una interminable serie de trabajos monótonos e ingratos. Fue secretaria, recepcionista, cocinera, niñera, modelo, camarera, telefonista y vendedora. Esperando recibir La Llamada.

Pero nunca la recibió y su amargura aumentó. De vez en cuando obtenía unos pequeños papeles en los que decía solamente unas pocas palabras, pero que nunca conducían a nada. Se miró al espejo y recibió un aviso del tiempo: *Date prisa.* Ver reflejada su imagen era como mirar a distintas épocas del pasado. Había todavía rastros de la muchacha fresca y joven que había llegado a Hollywood siete interminables años antes. Pero la muchacha fresca y joven tenía pequeñas arrugas alrededor de los ojos y otras más profundas que bajaban de la nariz hasta el mentón, claras advertencias del paso del tiempo y de la falta de éxito, recuerdos de todos esos terribles e innumerables fracasos. *¡Date prisa, Jill, date prisa!*

Y así fue como cuando Fred Kapper, un muchacho de dieciocho años, ayudante de un director de la Fox, le dijo a Jill que tenía un buen papel para ella si consentía en acostarse con él, Jill decidió que había llegado el momento de decir que sí.

Se encontró con Fred Kapper en el estudio durante la hora libre que tenía para almorzar.

—Tengo solamente media hora —le dijo—. Déjame pensar dónde podríamos meternos para que no nos molesten. —Se quedó pensando un rato con el ceño fruncido y de repente se iluminó—: El cuarto donde doblaban los sonidos. Ven.

Era una habitación pequeña, insonorizada, donde todas las diferentes bandas de sonido habían sido combinadas en un solo rollo.

Fred Kapper echó un vistazo alrededor del cuarto y dijo:

—¡Caray! Antes tenían un sofá. —Miró su reloj y agregó—: Tenemos que darnos prisa. Quítate la ropa, querida. Los especialistas en doblaje volverán dentro de veinte minutos.

Jill lo miró durante un instante, sintiéndose una prostituta, llena de odio. Pero no lo demostró. Había tratado de conseguirlo a su manera y había fracasado. Ahora trataría a la manera de ellos. Se quitó el vestido y las bragas. Kapper no se molestó en desvestirse. Sencillamente se abrió la bragueta y sacó su miembro turgente. Miró a Jill y sonrió.

—Qué bonito trasero. Agáchate.

Jill buscó algo contra qué apoyarse. Frente a ella estaba la máquina de risas, una consola con ruedas llena de diferentes circuitos de bandas de sonido que se controlaban por perillas situadas en el exterior.

—Vamos, agáchate.

Jill titubeó un momento, luego se inclinó hacia delante, apoyándose con las manos. Kapper se colocó detrás de ella y procedió a separarle las nalgas con sus dedos. Un instante después sintió la punta de su pene presionando su ano.

—¡Espera! —gritó Jill—. ¡Ahí no! No…, no… puedo.

—Hazme el favor de gritar, querida—dijo Kapper introduciendo su sexo dentro de la joven, provocándole un terrible dolor al desgarrarla. A cada grito empujaba con más violencia y más adentro. Trató desesperadamente de zafarse, pero la tenía agarrada de las caderas, impulsándose hacia dentro y hacia fuera, sujetándola con fuerza. Jill perdió el equilibrio y cuando trató de agarrarse para no caer, sus dedos tocaron los botones de la máquina de las risas e inmediatamente el cuarto fue invadido por siniestras carcajadas. Manoseó la máquina gritando de dolor, y una mujer soltó una risita entre dientes, un pequeño grupo irrumpió en carcajadas, una chica rió nerviosamente y cientos de voces bromearon y lanzaron risitas ahogadas y estallaron en risotadas por un chiste obsceno y secreto. Los ecos resonaron histéricamente en las paredes mientras Jill gritaba de dolor.

Súbitamente sintió una serie de rápidos estremecimientos, un segundo después había salido del interior de su cuerpo ese trozo de carne ajeno y lentamente se desvaneció la risa que había invadido el cuarto. Jill se quedó quieta, con los ojos cerrados, luchando contra el dolor. Fred Kapper estaba subiéndose el cierre de la bragueta y por fin pudo enderezarse y darse la vuelta.

—Estuviste sensacional, querida. Esos gritos sí que me excitan.

Jill se preguntó para sus adentros qué clase de bestia sería cuando tuviera diecinueve años.

Al advertir que sangraba le dijo:

—Ve a limpiarte y vuelve al Estudio doce. Esta tarde empiezas a trabajar.

El resto fue fácil después de esa experiencia. Jill empezó a trabajar regularmente en todos los estudios: Warner Brothers, Paramount MGM, Universal, Columbia, Fox. En todos excepto en los de Disney, donde el sexo no existía.

El papel creado por Jill en la cama era una fantasía y lo representaba con habilidad, preparándose como si fuera una actuación. Leyó libros sobre el erotismo oriental y compró filtros y estimulantes en una tienda de Santa Mónica Boulevard. Tenía una loción que le había traído del oriente una azafata, con un suave perfume afrodisíaco. Aprendió a hacer masajes a sus amantes lenta y sensualmente.

—Acuéstate allí y piensa en lo que estoy haciéndole a tu cuerpo —les susurraba, mientras refregaba la loción por el pecho y estómago del hombre, descendiendo hacia la ingle, haciendo suaves movimientos circulares—. Cierra los ojos y disfruta.

Sus dedos eran frágiles como alas de mariposas que se movían a lo largo de su cuerpo acariciándolo. Cuando comenzaba a tener una erección, Jill tomaba el pene en su mano y lo tocaba suavemente pasando la lengua entre sus piernas hasta oírlo gemir de placer y prosiguiendo luego lentamente hasta llegar a los dedos de los pies. Entonces le daba la vuelta y repetía la operación. Cuando el miembro de un hombre estaba fláccido, introducía ligeramente la punta en su vagina y lo empujaba lentamente hacia su interior, sintiéndolo endurecerse. Les enseñó a los hombres la cascada, y cómo excitarse al máximo y detenerse justo antes de un orgasmo y volver a repetirlo hasta que finalmente el clímax se convertía en una extática explosión. Una vez satisfecho su placer, se vestían y se iban. Ninguno se quedaba lo suficiente para brindarle los mejores cinco minutos del amor, ese silencioso y apacible abrazo, ese pacífico oasis encerrado por los brazos del amante.

Brindarle a Jill trabajo como artista era un pequeño precio que pagar por el placer que les ofrecía a los encargados de los repartos, asistentes de directores y productores. Adquirió fama en la ciudad de ser lo más excitante en la plaza y todos estaban ansiosos por tener su parte. Jill se la daba. Cada vez que lo hacía, disminuía su propia estima y amor y aumentaban su odio y amargura.

No sabía cómo, ni cuándo, pero tenía la certeza de que un día esa ciudad pagaría por lo que le había hecho.

Durante los siguientes cinco años Jill apareció en docenas de películas, programas de televisión y anuncios comerciales. Era la secretaria que decía: «Buenos días, señor Stevens», y la niñera que afirmaba: «No se preocupen y disfruten de la velada. Yo me ocuparé de que se acuesten los niños», y la ascensorista que anunciaba: «Sexto piso», y la muchacha vestida con ropa de esquí que confesaba: «Todas mis amigas usan Dainties». Pero nunca pasaba nada. Era una cara anónima en la multitud. Estaba y no estaba en el ambiente, y le resultaba intolerable la perspectiva de pasar toda la vida así.

La madre de Jill murió en 1968 y ella fue a Odessa para asistir al entierro. Era ya entrada la tarde y había menos de doce personas presentes en la ceremonia; no estaba ninguna de las mujeres para quienes su madre había trabajado durante todos esos años. Habían acudido también algunos de sus amigos, que asistían como ella regularmente a la iglesia de esos profetas del castigo. Jill recordó el miedo que le inspiraban esas reuniones. Pero su madre había encontrado paz en ellas, exorcizando los demonios que la atormentaban.

Una voz conocida le dijo suavemente:

—Hola, Josephine.

Se dio la vuelta y lo vio de pie junto a ella, y al mirarlo a los ojos tuvo la sensación de que nunca se habían separado y que seguían siendo el uno del otro. Los años habían otorgado cierta madurez a su rostro y un ligero toque gris a sus patillas. Pero no había cambiado, seguía siendo David, su David. Sin embargo, eran dos extraños.

—Siento mucho lo de tu madre —dijo él.

Y Josephine se oyó contestar:

—Gracias, David.

Tal como si estuvieran recitando palabras de un drama.

—Tengo que hablar contigo. ¿Puedo verte esta noche? —Había una súplica apremiante en su voz.

Pensó en la última vez que habían estado juntos y en sus ansias, en la promesa y en sus sueños.

—Muy bien, David.

—¿En el lago? ¿Tienes coche?

Ella asintió.

—Te veré allí dentro de una hora.

David llegó a su casa y encontró a Cissy desnuda frente a un espejo, disponiéndose a vestirse para una cena. Entró en el dormitorio y se quedó mirándola. Podía juzgar a su mujer desprovisto de toda pasión porque no sentía absolutamente nada por ella. Era bonita. Cissy había cuidado su cuerpo conservándolo en buena forma gracias a la dieta y los ejercicios. Era su mejor capital y David suponía, y con razón, que lo compartía generosamente con su profesor de golf, el de esquí y su instructor de vuelo. Pero no se lo echaba en cara. Había pasado mucho tiempo desde la última vez que se había acostado con Cissy.

En un primer momento creyó sinceramente que le concedería el divorcio cuando muriera la señora Kenyon, que todavía seguía viva y floreciente, y David nunca pudo averiguar si lo habían engañado o si había ocurrido realmente un milagro. Al año de casados David le dijo a Cissy:

—Creo que ha llegado el momento de que hablemos del divorcio.

—¿De qué divorcio? —contestó Cissy, y al ver la expresión de asombro en su cara lanzó una carcajada—. Me gusta ser la señora de David Kenyon, querido. ¿Pensaste realmente que iba a renunciar a ti por esa pequeña polaca?

Le dio una bofetada y al día siguiente fue a ver a su abogado.

Cuando David terminó de hablar, el abogado dijo:

—Puedo conseguirte el divorcio. Pero te va a salir muy caro si Cissy se empeña en conservarte.

—Consíguelo.

Cuando le entregaron a Cissy los papeles del divorcio se encerró en el baño de David y tomó una gran cantidad de pastillas para dormir. David tuvo que pedir ayuda a dos sirvientes para poder romper la pesada puerta. Cissy estuvo al borde de la muerte durante dos días. David fue a visitarla al sanatorio donde estaba internada.

—Lo siento, David —le dijo—. No quiero vivir sin ti. Tan simple como eso.

A la mañana siguiente dio órdenes de que suspendieran el procedimiento de divorcio.

\* \* \*

Habían transcurrido diez años desde entonces y el matrimonio de David se había convertido en una incómoda tregua. Se había dedicado por completo al imperio de los Kenyon, y concentrado todas sus energías en dirigirlo. Encontró alivio físico en las numerosas muchachas que mantenía en las diferentes ciudades del mundo donde lo llevaban sus negocios. Pero nunca olvidó a Josephine.

David no tenía la menor idea de qué sentía ella por él. Quería averiguarlo y, no obstante, le daba miedo. Ella tenía razones de sobra para odiarlo. Cuando se enteró de la muerte de su madre fue al entierro pura y exclusivamente para encontrarse con Josephine. En cuanto la vio comprendió que nada había cambiado. Los años parecían haber transcurrido velozmente y se sintió tan enamorado como antes.

—*Tengo que hablar contigo..., ¿Puedo verte esta noche...?*
—*Muy bien, David.*
*El lago.*

Cissy se dio la vuelta al advertir que David la observaba en el espejo.

—Será mejor que te cambies rápido. Llegaremos tarde.

—Voy a ver a Josephine. Me casaré con ella si me acepta. ¿No crees que es tiempo de que termine esta farsa?

Se quedó parada mirándolo, con su cuerpo desnudo reflejado en el espejo.

—Deja que me vista —le dijo.

El asintió y salió de la habitación. Se dirigió al gran cuarto de estar y comenzó a caminar de una punta a la otra, preparándose para la confrontación. No era posible que insistiera en aferrarse a un matrimonio tan hueco después de todos esos años. Le daría lo que quisiera...

Oyó el ruido del coche de Cissy que se ponía en marcha, y el chirrido de los neumáticos al girar en el camino de entrada. David corrió hacia la puerta y miró afuera. Cissy en su Masserati avanzaba a toda velocidad rumbo a la carretera. David se subió rápidamente a su coche, puso en marcha el motor y se lanzó en pos de Cissy.

Llegó a la carretera a tiempo para ver desaparecer el coche a lo lejos. Apretó a fondo el acelerador. El Masserati era más rápido que el Rolls de David. Apretó más a fondo: cien, ciento veinte, ciento treinta... No se veía ya el vehículo.

Ciento cincuenta, ciento sesenta..., ni el menor indicio.

Llegó a la cima de una pequeña cuesta y entonces lo vio a lo lejos, como un juguete, trazando una curva. La velocidad y el impulso empujaron el coche hacia un lado y sus ruedas se afirmaron con fuerza al pavimento. El Masserati coleó y patinó sobre la carretera, pero en seguida se enderezó y tomó la curva. Y de repente mordió la banquina, saltó al aire como una catapulta y dio varias vueltas hasta caer sobre el campo, destrozado.

David sacó el cuerpo inconsciente de Cissy del interior del Masserati minutos antes de que el depósito de gasolina explotara.

A las seis de la mañana del día siguiente el cirujano salió del quirófano y le dijo a David:

—Vivirá.

Jill llegó al lago justo antes de la puesta del sol. Se acercó hasta la orilla, apagó el motor y se puso a escuchar el ruido del viento y los sonidos que poblaban el aire. *No recuerdo haberme sentido nunca tan feliz,* se dijo para sus adentros. Pero en seguida se corrigió. Sí, aquí mismo, con David. Pensó entonces en su cuerpo contra el de ella y se sintió desfallecer de deseo. Fuera lo que fuera lo que había arruinado su felicidad, ya había terminado. Lo sintió en el mismo momento en que vio a David. Seguía enamorado de ella. Lo sabía.

Observó desaparecer el disco rojo del sol en el agua y en seguida oscureció. Deseaba que David llegara pronto.

Pasó una hora, luego dos y el aire se volvió frío. Permaneció sentada en silencio en el coche, sin moverse para nada. Vio brillar la luna en el cielo, se puso a escuchar los sonidos de la noche que la rodeaban y se dijo para sí misma: *David está en camino.*

Se quedó sentada allí toda la noche y cuando el sol comenzó a iluminar el horizonte a la mañana siguiente, puso en marcha el coche y volvió a Hollywood.

# 24

Jill estaba sentada frente a la mesa de tocador y estudiaba su cara en el espejo. Advirtió una casi imperceptible arruga en el ángulo del ojo y frunció el ceño. *No es justo,* pensó. *Un hombre puede descuidarse totalmente, tener pelo gris, barriga y una cara parecida a un plano de carreteras, pero a nadie le parece mal. Pero si a una mujer llega a aparecerle una pequeñísima arruga...* Inmediatamente comenzó a maquillarse. Bob Schiffer, el principal maquillador de Hollywood, le había enseñado alguna de sus técnicas. Eligió una base cremosa en vez de la base de polvos que usaba antes. El polvo resecaba la piel, en cambio la crema la mantenía húmeda. Acto seguido se concentró en los ojos y optó por un tono bastante más pálido para los párpados inferiores que para el resto, para suavizar el efecto. Se aplicó un poco de sombra para dar más color a sus ojos y luego procedió a colocarse pestañas postizas sobre las suyas, curvándolas en un ángulo de cuarenta y cinco grados. Con el cepillito pasó un poco de Duo sobre las pestañas propias y las unió a las postizas, logrando en esa forma que sus ojos parecieran más grandes. Para acentuar la impresión, dibujó con el lápiz una serie de puntos pequeños en el párpado inferior, debajo de las pestañas. Una vez terminada esa operación, se aplicó lápiz labial, se empolvó los labios y repitió la maniobra. Dio un toque de rubor a las mejillas y se empolvó la cara, cuidando de no hacerlo alrededor de los ojos, donde el polvo haría resaltar sus pequeñas arrugas.

Se recostó luego contra el respaldo de la silla y estudió el resultado en el espejo. Estaba muy bonita. Un día de éstos no tendría más remedio que recurrir al truco de la cinta adhesiva, pero gracias a Dios faltaba todavía mucho. Jill conocía a varias actrices mayores que lo utilizaban. Se pegaban pequeños pedazos de cinta adhesiva justo donde nacía el pelo. Adheridos a esos trocitos iban varios hilos que se ataban en la cabeza y se ocultaban bajo el peinado. El objeto era tirar de la piel de la cara para que quedara tensa, como si se hubieran estirado la piel, evitando el gasto y el dolor de una operación. Una variante era utilizada también para disimular los pechos caídos. Un trozo de cinta adhesiva sujeta en un extremo al pecho y en el otro más arriba, a la piel más firme, brindaba una solución simple y temporal al problema. Los pechos de Jill eran firmes todavía.

Terminó de peinarse el suave pelo negro, se estudió por última vez en el espejo, miró la hora y advirtió que tenía que darse prisa.

Tenía una entrevista para *El Show de Toby Temple*.

# 25

Eddie Berrigan, director de reparto del *show* de Toby, estaba casado. Había convenido con un amigo en que le prestara su departamento tres tardes por semana. Una de ellas estaba reservada para su amante y las otras para lo que él llamaba «viejos talentos» y «nuevos talentos».

Jill Castle era uno de los nuevos talentos. Varios compañeros le habían contado a Eddie que Jill poseía unas habilidades muy especiales y estaba ansioso por comprobarlo. En esa oportunidad apareció un papel en el *sketch* muy apropiado para ella. Todo lo que debía hacer era presentar un aspecto sensual, decir unas pocas palabras y desaparecer.

Jill se lo leyó y Eddie quedó satisfecho. No era Kate Hepburn, pero el papel no lo exigía tampoco.

—Aceptada —le dijo.

—Gracias, Eddie.

—Aquí tienes el guión. Los ensayos empiezan mañana a las diez en punto. Sé puntual y aprende bien tu texto.

—Por supuesto —esperó un momento.

—Esto… ¿qué te parece si volvemos a encontrarnos esta tarde para tomar un café?

Jill asintió.

—Un amigo mío tiene un departamento en Argyle noventa y nueve mil quinientos trece. El Allerton.

—Sé dónde queda —contestó Jill.

—Departamento Seis D. A las tres.

Los ensayos transcurrieron sin problemas. Iba a ser un buen

*show*. Los artistas de esa semana incluían una sensacional pareja de bailarines argentinos, un conjunto popular de rock and roll, un mago que hacía desaparecer cualquier cosa y un cantante de primer orden. Lo único que faltaba era Toby Temple. Jill le preguntó a Eddie Berrigan por qué no había aparecido.

—¿Está enfermo?

—Tan enfermo como yo —replicó Eddie—. La plebe ensaya mientras Toby se divierte con una mujer. El sábado se presentará para la realización del video y luego desaparecerá.

Toby Temple se presentó en el estudio el sábado por la mañana, haciendo una entrada digna de un rey. Jill presenció su llegada desde un rincón del escenario y lo vio aparecer seguido por sus tres secretarios, Clifton Lawrence y un par de viejos cómicos. El espectáculo le pareció denigrante. Sabía muy bien que Toby Temple era un egocéntrico que, según decían las malas lenguas, se había acostado con todas las estrellas bonitas de Hollywood. Nadie le había dicho nunca que no. Oh, sí, Jill estaba perfectamente enterada de cómo era el gran Toby Temple.

El director, un hombre bajito y nervioso llamado Harry Durkin, procedió a presentarle el reparto. Toby había trabajado con casi todos. Hollywood era una ciudad pequeña y las caras de sus habitantes resultaban conocidas al poco tiempo. Toby no había visto anteriormente a Jill Castle. El vestido beis que llevaba le daba un aspecto de frescura y elegancia.

—¿Qué papel tienes, querida? —le preguntó Toby.

—Estoy en el número del astronauta, señor Temple.

Sonrió cariñosamente y le dijo:

—Mis amigos me llaman Toby.

Los artistas empezaron a trabajar. El ensayo inusitadamente fue bien y Durkin comprendió en seguida por qué. Toby estaba actuando en beneficio de Jill. Se había acostado ya con todas las otras muchachas que integraban el reparto y Jill representaba un nuevo desafío.

El *sketch* que Toby realizó con Jill fue el punto culminante de la función. Toby le dio a Jill la oportunidad de decir unas palabras extras y unos chistes. Cuando el ensayo terminó Toby le dijo:

—¿Qué te parece si tomamos una copa en mi camerino?

—Gracias, pero no bebo —respondió Jill sonriendo y alejándose. Tenía una cita con un director de reparto y eso era para ella más importante que Toby Temple. Él era pan para un día. Un director de reparto podía convertirse en un trabajo permanente.

El *show* esa noche resultó un gran éxito, uno de los mejores que había hecho Toby.

—Otro exitazo —le comentó Clifton a Toby—. El *sketch* del astronauta fue de primera.

—Así es —contestó Toby sonriendo—. Me gusta la chica que actuó en él. Tiene algo.

—Es bonita —acotó Clifton. Todas las semanas había una muchacha diferente. Todas tenían algo y todas se acostaban con Toby y se convertían en el tema de conversación del día siguiente.

—Invítala a cenar con nosotros, Cliff.

No era una petición. Era una orden. Unos años antes Clifton le habría dicho a Toby que la invitara él mismo. Pero actualmente Clifton hacía cualquier cosa que le pidiera Toby. Era un rey y ése era su reino, y los que no querían ser exiliados debían procurar contentarlo siempre.

—Por supuesto, Toby —respondió—. Me ocuparé de ello.

Clifton atravesó el vestíbulo y se dirigió al camerino utilizado por las bailarinas y demás miembros femeninos del reparto. Llamó a la puerta y entró. Había varias mujeres en el cuarto en distintas fases de desnudez. No le prestaron mayor atención, excepto para saludarlo. Jill se había quitado el maquillaje y estaba vistiéndose con su ropa de calle. Clifton se le acercó y le dijo:

—Estuviste muy bien.

Jill lo miró en el espejo sin mucho interés.

—Gracias.

En otra ocasión se habría sentido sumamente agitada al estar tan cerca de Clifton Lawrence. Él podría haberle abierto cualquier puerta de Hollywood.

Pero ahora todos sabían que estaba dedicado exclusivamente a Toby Temple

—Tengo buenas noticias para ti. El señor Temple te invita a comer.

Jill se acomodó rápidamente el pelo con la punta de los dedos y respondió:

—Dígale que estoy cansada. Me voy a la cama —tras lo cual dio media vuelta y se fue.

La cena de esa noche fue de lo más desagradable. Toby, Clifton Lawrence y Durkin, el director, se instalaron en una de las mesas de delante en La Rue's. Durkin había sugerido invitar a un par de coristas, pero Toby rechazó indignado la proposición.

El camarero de la mesa preguntó en ese momento:

—¿Decidió ya el menú, señor Temple?

Toby señaló a Clifton y contestó:

—Sí, tráigale a este idiota asado de lengua.

Clifton se unió a las risas de los demás presentes en la mesa, simulando que Toby sólo bromeaba.

—Te pedí que hicieras una cosa tan simple como invitar a una chica a cenar —interpuso Toby—. Pero nadie te sugirió que la asustaras.

—Estaba cansada —explicó Clifton—. Me dijo...

—Ninguna mujer está demasiado cansada como para no poder cenar conmigo. Debes haber dicho algo que la asustó. —Toby había alzado la voz. Las personas que ocupaban la mesa contigua se dieron la vuelta para mirarlo. Toby los miró y exhibiendo su sonrisa infantil dijo—: Es una cena de despedida, amigos. —Señaló a Clifton y agregó—: Ha donado su cerebro al zoológico.

Sonoras carcajadas resonaron en la otra mesa. Clifton sonrió sin ganas y apretó los puños bajo el mantel.

—Cómo será de tonto —insistió Toby dirigiéndose a sus vecinos de mesa— que en Polonia cuentan chistes sobre él.

Las risas se redoblaron. Clifton tenía ganas de levantarse y marcharse, pero no se decidió. Durkin permanecía sentado sintiéndose muy molesto, pero era demasiado astuto como para intervenir. Toby había acaparado ya la atención de varios otros clientes. Alzó nuevamente la voz y con su encantadora sonrisa les dijo:

—Pero Cliff Lawrence, aquí presente, ha adquirido su estupidez con gran honestidad. Sus padres tuvieron una terrible discusión cuando nació. Su madre insistía en que no era hijo suyo.

Gracias a Dios la velada terminó por fin, pero al día siguiente los chistes sobre Clifton Lawrence correrían de boca en boca.

Clifton Lawrence no pudo dormir en toda la noche. Se preguntaba para sus adentros por qué había permitido que Toby lo humillara de esa forma. La respuesta era sencilla: por dinero. Lo que ganaba Toby le reportaba a él más de un cuarto de millón de dólares anuales. Clifton vivía con gran lujo y derrochando y no había ahorrado un céntimo. Al haber renunciado a sus otros clientes, Toby le era imprescindible. Ése era el problema. Toby lo sabía y atormentar a Clifton se había convertido en su deporte predilecto. Clifton debía desaparecer antes de que fuera demasiado tarde.

Se había visto envuelto en esta situación por culpa del afecto que sentía por Toby: lo había querido de veras. Lo había visto destruir a otros, a mujeres que se habían enamorado de él, cómicos que habían tratado de competir con él, críticos que lo habían censurado. Pero ésos eran otros. Clifton no había pensado nunca que Toby se volvería en contra de él. Habían estado muy unidos, Clifton había hecho mucho por Toby.

No se atrevía a pensar en lo que le depararía el futuro.

Por lo general Toby no habría vuelto a pensar en Jill Castle. Pero no estaba acostumbrado a que le negaran lo que quería. La negativa de Jill actuó como un acicate. La invitó otra vez a cenar, y cuando de nuevo se negó, Toby se encogió de hombros pensando que era una tonta jugarreta y decidió olvidarla. La ironía del asunto residía en que si hubiera sido una jugarreta, Jill nunca habría podido engañarlo, porque Toby comprendía perfectamente bien a las mujeres. No, tuvo la impresión de que Jill no quería realmente salir con él y esa idea le molestaba. No podía sacársela de la cabeza.

Le mencionó como de pasada a Eddie Berrigan que tal vez sería una buena idea emplear nuevamente a Jill en el *show*. Eddie la llamó por teléfono y ella le contestó que estaba ocupada con un pequeño papel en una película de *cow-boys*. Cuando Eddie se lo contó a Toby, éste se puso furioso.

—Dile que suspenda lo que está haciendo —exclamó—. Le pagaremos más. ¡Pero, por favor, si es el *show* más importante de la televisión! ¿Qué demonios le pasa a esa tonta mujerzuela?

Eddie llamó nuevamente a Jill y le repitió lo que había dicho Toby.

—Tiene realmente interés en que vuelvas a figurar en el *show*, Jill. ¿Crees que será posible?

—Lo siento —contestó—. Estoy haciendo un trabajo para la Universal y no puedo dejarlos plantados.

Ni tampoco pensaba hacerlo. Era difícil que una artista pudiera progresar en Hollywood si no cumplía con un estudio. Toby Temple equivalía para Jill a un solo día de trabajo. El Gran Hombre la llamó personalmente a la noche siguiente.

—¿Jill? —preguntó con voz tierna y encantadora—. Soy Toby, tu humilde colega.

—¿Qué tal, señor Temple?

—¡Eh, vamos! ¿Qué es eso de señor? —No hubo respuesta—. ¿Te gusta el béisbol? —preguntó Toby—. Tengo un palco para...

—No, no me gusta.

—A mí tampoco. Sólo quería averiguarlo —contestó riendo—. Oye ¿qué te parece si cenamos juntos el sábado? Robé mi *chef* a Maxim, de París. El...

—Lo siento, pero ya tengo una cita, señor Temple —no había el menor indicio de interés en su voz.

Toby sintió que agarraba con más fuerza el teléfono.

—¿Cuándo estás libre?

—Trabajo mucho y salgo muy poco. Pero, de todos modos, gracias por invitarme.

Y cortó la comunicación. ¡Esa hija de puta le había colgado el aparato a él... ese miserable proyecto de artista había cortado a Toby Temple! No había ni una sola mujer de las que Toby había conocido que no estuviera dispuesta a dar un año de vida para pasar una noche con él, ¡y esta estúpida mujerzuela se había permitido el lujo de rechazarlo! Estaba furibundo y se descargó con todos los que lo rodeaban. Nada estaba bien. El guión era pésimo; el director, un idiota; la música, espantosa, y los actores, deplorables. Mandó llamar a Eddie Berrigan, el director de reparto, a su camerino.

—¿Qué sabes de Jill Castle? —le preguntó Toby.

—Nada —contestó Eddie inmediatamente. No era tonto. Sabía como todos los demás qué era lo que pasaba. Saliera como saliera, no tenía intenciones de quedar atrapado en el medio.

—¿Se acuesta con todos?

—No, señor —respondió Eddie firmemente—. Si lo hiciera, yo lo sabría.

—Quiero que averigües a qué se dedica —ordenó Toby—. Si tiene algún novio, adónde va... Sabes lo que quiero decir.

—Sí, señor —contestó Eddie con gran serenidad.

A las tres de la mañana lo despertó el teléfono.

—¿Qué averiguaste? —preguntó una voz.

Eddie se sentó en la cama tratando de abrir los ojos.

—¿Quién demonios...? —De pronto se dio cuenta de quién estaba al otro lado de la línea—. Averigüé —se apresuró a decir—. Su certificado de salud es perfecto.

—No te pedí una consulta médica —interpuso Toby—. ¿Tiene un amante?

—No, señor. Ninguno. Les pregunté a mis amigos. Todos dijeron que es muy simpática y que le dan esos papeles porque es una buena actriz. —Hablaba cada vez más rápido, ansioso por convencer a su interlocutor. Si Toby Temple llegaba a enterarse por casualidad de que Jill se había acostado con Eddie... ¡que lo había preferido a él antes que a Toby Temple! Podía dar por descontado que no trabajaría más en esa ciudad. Había hablado realmente con otros directores de reparto amigos suyos y todos estaban en su misma posición. Nadie quería que Toby Temple se convirtiera en su enemigo y todos habían consentido, por tanto, en guardar silencio—. No sale con nadie.

—Comprendo —dijo Toby con voz más tranquila—. Por lo visto debe de ser una muchacha un tanto original, ¿verdad?

—Así lo creo —manifestó Eddie muy aliviado.

—¡Eh! ¡Espero no haberte despertado!

—No, no se preocupe, señor Temple.

Pero Eddie se quedó un buen rato despierto considerando lo que podría ocurrirle si alguna vez se descubría la verdad.

Porque esa ciudad pertenecía a Toby Temple.

Toby almorzaba con Clifton Lawrence en el Hillcrest Country Club. Hillcrest se había creado porque muy pocos de los clubs de Los Ángeles admitían judíos. Esa disposición se cumplía tan estrictamente que Milenda, la hija de diez años de Groucho Marx, había sido obligada a salir de la piscina de un club al que había concurrido invitada por una amiga cristiana. Cuando Groucho se enteró de lo que había sucedido llamó por teléfono al administrador del club y le dijo:

—Escuche, mi hija es solamente mitad judía. ¿No la dejaría meterse en la piscina hasta la cintura?

Como consecuencia de incidentes semejantes, algunos judíos a los que gustaba jugar al golf, al tenis, a las cartas y molestar a los antisemitas decidieron unirse y crear su propio club, vendiendo acciones exclusivamente a otros judíos. Hillcrest fue construido en medio de un precioso parque a pocos kilómetros del corazón de Beverly Hills y rápidamente se hizo famoso por tener el mejor bufé y la conversación más interesante de la ciudad. Los gentiles se desvivían por ser admitidos como socios. Y la dirección permitió, en un gesto tolerante, que algunos fueran aceptados.

Toby se sentaba siempre a la mesa de los cómicos donde se reunían todos los comediantes de Hollywood para intercambiar chistes y tratar de superarse mutuamente. Pero ese día Toby tenía otras preocupaciones. Llevó a Clifton a una mesa apartada y le dijo:

—Necesito tu consejo, Cliff.

El pequeño agente lo miró sorprendido. Había pasado mucho tiempo desde la última vez que Toby le había pedido un consejo.

—Por supuesto, querido muchacho.

—Es sobre esa chica —comenzó a decir Toby y Clifton comprendió inmediatamente de quién se trataba. La mitad de la población estaba enterada de lo que ocurría y se había convertido en el gran hazmerreír de Hollywood. Una de las periodistas había llegado incluso a comentar en su columna el asunto sin poner nombres. Toby lo leyó y dijo: «¿Me pregunto quién será ese tonto?». El gran conquistador estaba enamorado de una vulgar muchacha que lo había rechazado. Había una única forma de manejar la situación.

—Jill Castle —decía Toby—. ¿La recuerdas? ¿La muchacha que trabajaba en el *show*?

—¡Ah, sí! Era muy bonita. ¿Qué sucede con ella?

—Ojalá lo supiera —reconoció Toby—. Da la impresión de que tiene algo contra mí. Siempre que la invito a salir inventa un pretexto. Me hace sentirme un imbécil.

—¿Por qué no dejas de llamarla? —arriesgó Clifton.

—Eso es lo malo, amigo. No puedo. Entre nosotros dos y mi sexo, nunca he deseado tanto a una mujer en toda mi vida. Con decirte que no puedo pensar en otra cosa. —Sonrió tímidamente y agregó—: Te dije que era una locura. Tú has estado en situación parecida varias veces. ¿Qué hago, Cliff?

Durante un momento, Clifton sintió ganas de contarle la verdad. Pero no podía decirle que la joven de sus sueños se acostaba con cuanto ayudante de director de reparto había en la ciudad con tal de que le diera trabajo, aunque sólo fuera por un día. No podía hacerlo si quería conservar a Toby como cliente.

—Tengo una idea —sugirió Clifton—. ¿Le interesa realmente ser una actriz?

—Sí. Parece ambiciosa.

—Muy bien. Pues entonces invítala a algo que no rechazará.

—¿Qué quieres decir?

—Da una fiesta en tu casa.

—Acabo de explicarte que no...

—Déjame terminar. Invita a dueños de estudios, productores..., a gente que pueda beneficiarla. Si le interesa realmente ser una actriz, no resistirá la tentación de conocerlos.

Toby marcó su número.

—Hola, Jill.

—¿Quién es? —le preguntó.

¡El país entero conocía su voz, pero ella le preguntaba quién era!

—Toby. Toby Temple.

—¡Oh! —Fue un sonido que podía significar cualquier cosa.

—Escucha, Jill, el miércoles próximo doy una cena en mi casa y... —advirtió que iba a decir que no y se apresuró a agregar—: Viene Sam Winters, jefe de la Pan-Pacific, y otras cabezas principales de otros estudios y algunos productores y directores. Pensé que te vendría bien conocerlos. ¿Estás libre?

Después de una brevísima pausa, Jill contestó:

—El miércoles por la noche. Sí, estoy libre. Gracias, Toby.

Y ninguno de los dos adivinó que era una cita en Samarra.

Una orquesta tocaba en la terraza mientras camareros con libreas pasaban bandejas con entremeses y copas de champaña.

Jill llegó con cuarenta y cinco minutos de retraso y Toby se apresuró a recibirla en la puerta. Lucía un sencillo vestido largo de seda blanca y un sedoso pelo negro caía suavemente sobre sus hombros. Estaba preciosa. Toby no podía quitarle los ojos de encima. Jill sabía que estaba muy bonita. Se había lavado el pelo y peinado cuidadosamente y había empleado un rato bastante largo en maquillarse.

—Hay muchas personas que quiero presentarte —le dijo Toby tomándola de la mano y conduciéndola a través del gran vestíbulo de entrada hasta el convencional salón. Jill se detuvo en la puerta para mirar a los invitados. Casi todas esas caras le resultaban conocidas. Las había visto en las tapas de *Time, Life,* y *Newsweek,* y *Paris-Match,* y *Oggi,* o bien en la pantalla. Ése era el verdadero Hollywood. Ésos eran los fabricantes de películas. Jill había soñado con este momento miles de veces, imaginándose rodeada por esa gente y charlando con ellos. Y el sueño se había convertido en realidad y le resultaba imposible creer lo que sucedía.

Toby le entregó una copa de champaña, la tomó del brazo y la condujo hasta un hombre rodeado de un grupo de gente.

—Sam, quiero presentarte a Jill Castle.

Sam se dio la vuelta y dijo cariñosamente:

—Hola, Jill Castle.

—Jill, éste es Sam Winters, el gran jefe de los estudios Pan-Pacific.

—Sé quién es el señor Winters —respondió Jill.

—Jill es una actriz, Sam, una excelente actriz. Podrías darle trabajo. Así tu estudio adquiriría un poco más de categoría.

—Lo tendré presente —contestó Sam amablemente.

Toby tomó a Jill de la mano y la sujetó firmemente.

—Ven, querida —dijo—. Quiero que todos te conozcan.

Antes de terminar la reunión, Jill había conocido tres jefes de estudios, media docena de importantes productores, tres directores, unos cuantos escritores, varios reporteros de televisión y de la prensa y una docena de estrellas. Jill se sentó a la derecha de Toby durante la cena. Escuchó varias conversaciones, saboreando la sensación de estar por primera vez dentro del ambiente.

—... lo malo con esas películas históricas es que si una de ellas fracasa puede liquidar todo un estudio. Fox está pendiente de lo que ocurra con Cleopatra.

—¿... han visto la nueva película de Billy Wilder? ¡Es sensacional!

—¿Ah, sí? A mí me gustaba más cuando trabajaba con Brackett. Brackett tiene clase.

—Y Billy talento.

—... pues le envié a Peck la semana pasada un argumento de misterio y está enloquecido con él. Dijo que me daría una contestación definitiva dentro de uno o dos días.

—... recibí una invitación para conocer al nuevo gurú, Krishi Pramananada. Pues resultó que ya lo había conocido cuando atendía en un bar en una fiesta de caridad.

—... el problema al hacer el presupuesto de una película es que, cuando consigues una valoración por escrito, el coste de la inflación más los malditos sindicatos lo han hecho subir de dos a tres o cuatro.

*Millones,* pensó Jill admirada. *Tres o cuatro millones.* Recordó las interminables conversaciones en Schwab's sobre calderilla, en las que los supervivientes intercambiaban ávidamente datos sobre lo que hacían los estudios. Pues bien, los que rodeaban esa noche esa mesa eran los verdaderos supervivientes, los responsables de todo lo que ocurría en Hollywood.

Ésos eran los que habían mantenido los portones cerrados, impidiéndole entrar, negándose a brindarle una oportunidad. Cualquiera de los que estaban en su mesa podía haberla ayudado, haber cambiado su vida, pero ninguno tuvo cinco minutos que perder con Jill Castle. Miró a su productor, que estaba dándose aires con su nueva película musical. Se había negado a concederle tan sólo una entrevista.

En la otra punta de la mesa un famoso director de comedias charlaba animadamente con la estrella de su última película. Él también se había negado a ver a Jill.

Sam Winters conversaba con el principal de otro estudio. Jill le había enviado un telegrama a Winters solicitándole que observara su actuación durante el *show* de televisión. Pero nunca se molestó en contestarle.

Todos pagarían por sus desaires e insultos, ellos y todo el resto de la ciudad que la había tratado tan miserablemente. En ese momento ella no les importaba nada, pero eso cambiaría. Oh, sí. Llegaría un día en que se desvivirían por ella.

La cena era deliciosa, pero Jill estaba demasiado preocupada para darse cuenta de lo que comía. Cuando terminaron, Toby se levantó y dijo:

—Será mejor que nos demos prisa, no vaya a ser que comiencen a pasar la película antes de que lleguemos. —Tomó a Jill por el brazo y se dirigió hacia la gran sala de proyecciones.

La habitación estaba arreglada como para que sesenta personas pudieran mirar confortablemente la película, instaladas en divanes y sillones. A un lado de la entrada había un carrito lleno de tabletas de chocolate, y al otro lado, una máquina de palomitas de maíz.

Toby se sentó junto a Jill y ésta advirtió que sus ojos permanecieron fijos en ella durante toda la proyección de la película. Cuando terminó y se encendieron las luces, les sirvieron café y pastas. Media hora después la concurrencia empezó a irse. La mayor parte de los invitados tenían que presentarse bien temprano en los diferentes estudios.

Toby estaba de pie junto a la puerta despidiéndose de Sam Winters cuando se acercó Jill con el abrigo puesto.

—¿Dónde vas? —le preguntó Toby—. Yo te llevaré a tu casa.

—Tengo mi coche —contestó Jill afablemente—. Gracias por la fiesta, Toby —y se fue antes de que pudiera reaccionar.

Toby se quedó allí de pie sin poder dar crédito a lo que veían sus ojos. Había hecho todo tipo de planes maravillosos para el resto de la velada. Llevaría a Jill a su dormitorio y... ¡había elegido incluso la música que iba a tocar! *Cualquiera de las mujeres presentes aquí esta noche habría estado feliz de meterse en la cama conmigo*, pensó Toby. Y verdaderas estrellas, no necias aspirantes a actrices. Jill Castle era demasiado estúpida para darse cuenta de lo que estaba rechazando. En lo que a Toby concernía, todo había terminado. Había aprendido la lección.

Nunca más le dirigiría la palabra.

\* \* \*

La llamó por teléfono a las nueve de la mañana siguiente, y le contestó un mensaje grabado:

—Hola, soy Jill Castle. Siento mucho no estar ahora en casa. Deje su nombre y número de teléfono y lo llamaré cuando vuelva. Espere por favor hasta oír la señal. Gracias.

En seguida se oyó un ruido agudo.

Toby se quedó un instante sujetando el teléfono en la mano hasta que colgó el receptor sin dejar mensaje alguno. ¡Cualquier día iba a mantener una conversación con una voz mecánica! Momentos después marcaba nuevamente el número. Escuchó otra vez la grabación y dijo:

—Tienes la voz más deliciosa de toda la ciudad. Deberías empaquetarla. Por lo general nunca vuelvo a llamar a chicas que se marchan después de haber cenado, pero decidí hacer una excepción contigo. ¿Tienes algún plan para la cena del...? —La comunicación se cortó. Había excedido el tiempo de la maldita grabación. Se quedó helado, sin saber qué hacer, sintiéndose un tonto. Le indignaba tener que llamar nuevamente, pero marcó el número una vez más y agregó—: Como te decía antes que el rabino me cortara, ¿qué te parece si cenamos juntos esta noche? Esperaré tu llamada. —Dejó su número y colgó.

Esperó afanosamente el día entero y no tuvo noticias de ella. A las siete de la tarde se dijo: *Al demonio contigo. Ésa fue tu última oportunidad, querida.* Y esa vez fue definitivo. Sacó su agenda y comenzó a buscar en sus páginas. No había nadie que le interesara.

# 26

Fue el papel más difícil que tuvo que interpretar Jill en toda su vida.

No tenía la menor idea de por qué Toby estaba tan desesperado por ella cuando podía conseguir cualquier otra muchacha de Hollywood, ni le interesaba tampoco el motivo. El hecho era que no cabía duda de ello. Durante días Jill no pudo pensar más que en esa cena y en la forma en que todos los presentes, toda esa gente importante, se desvivía por complacer a Toby. Eran capaces de hacer cualquier cosa por él. Y Jill tendría que encontrar de algún modo la forma de que Toby hiciera cualquier cosa por ella. Sabía que debía actuar con mucha inteligencia. La reputación de Toby era que cuando se acostaba con una chica perdía todo interés por ella. Lo que le gustaba era la conquista. Jill pasó mucho tiempo pensando en Toby y en cómo haría para manipularlo.

Toby la llamó por teléfono todos los días, pero ella dejó transcurrir una semana antes de consentir en cenar otra vez con él. Estaba en tal estado de euforia que todos los integrantes del reparto no pudieron menos de comentarlo.

—Si existiera realmente ese animal —le dijo Toby a Clifton— diría que estoy enamorado. Cada vez que pienso en Jill tengo una erección. —Sonrió y agregó—: Y cuando tengo una erección, amigo, es como si colgara un cartel a lo ancho de Hollywood Boulevard.

La noche en que por fin consiguió su primera cita, Toby fue a buscar a Jill a su departamento y le dijo:

—Tenemos una mesa en Chasens —convencido de que le encantaría.

—¿Oh? —dijo Jill con tono desilusionado.

Toby parpadeó.

—¿Prefieres otro lugar? —Era un sábado por la noche, pero sabía que podía conseguir una mesa en cualquier parte, ya fuera en Perino, el Ambassador, el Derby—. Dime dónde.

Jill titubeó y luego dijo:

—Te reirías de mí.

—De ningún modo.

—Me gustaría ir a Tommy's.

Clifton Lawrence estaba de pie junto a la piscina contemplando cómo uno de los tres Macs le daba un masaje a Toby.

—No podrás creerlo —manifestó Toby maravillado—. Pero hicimos veinte minutos de cola en ese barucho donde venden hamburguesas. ¿Sabes dónde demonios queda? En pleno centro de Los Ángeles. Los únicos que van al centro de Los Ángeles son los inmigrantes clandestinos. Está loca. Yo pensaba gastar cien dólares en champaña francés y demás y la salida me costó dos dólares cuarenta. Quise llevarla a Pip's después. ¿Pero sabes qué fue lo que hicimos en cambio? Caminamos por la playa de Santa Mónica. Mis Gucci se llenaron de arena. Nadie camina por la playa de noche. Te asaltan los que practican buceo nocturno. —Movió la cabeza con admiración—. Jill Castle, ¿no te parece increíble?

—No —contestó secamente Clifton.

—No quiso venir a casa para tomar un trago, por tanto pensé que me acostaría con ella en su departamento, ¿no es así?

—Correcto.

—Te equivocaste. Ni siquiera me hizo entrar. Cuando la acompañé hasta la puerta me besó en la mejilla y se despidió. Volví a casa solo. ¿Qué te parece la gran farra de Charlie Superstar?

—¿Volverás a salir con ella?
—¿Te has vuelto loco? ¡Por supuesto que sí!

A partir de ese momento Toby y Jill salieron todas las noches. Cuando Jill le decía que no podía porque estaba ocupada o tenía que presentarse a trabajar muy temprano, Toby se desesperaba. La llamaba por teléfono veinte veces por día.

La invitaba a los restaurantes más elegantes y a los clubs más selectos de la ciudad. Como contrapartida, Jill lo llevaba al viejo Santa Mónica Boulevard, a la Trancas Inn y a un pequeño restaurante francés llamado Taix y a Papa De Carlos y a todos esos lugares recónditos conocidos por una pobre muchacha sin dinero que ambiciona convertirse en una artista. A Toby no le importaba nada donde iba siempre y cuando Jill lo acompañara.

Era la primera persona que había conocido que tenía la virtud de hacer desaparecer su sensación de soledad.

Toby llegó a tener miedo de acostarse con Jill por temor a que se desvaneciera el hechizo. Y, sin embargo, la deseaba más de lo que había deseado a ninguna mujer en toda su vida. En una oportunidad, al final de una velada, cuando Jill se despedía de él con un casto beso, Toby deslizó la mano entre sus piernas y le dijo:

—Cielo santo, Jill, me voy a volver loco si no puedo hacerte el amor.

Ella retrocedió y le contestó fríamente:

—Si eso es todo lo que quieres, puedes conseguirlo en cualquier lugar de la ciudad por veinte dólares —y le cerró la puerta en la cara. Después se recostó contra la puerta, temblando de miedo de haberse excedido. Se pasó la noche en vela preocupada.

Toby le envió al día siguiente una pulsera de brillantes y Jill comprendió que todo estaba en orden. Le devolvió la pulsera junto con una nota cuidadosamente pensada: «Gracias de todos modos. Me haces sentir muy hermosa».

—Me costó tres mil dólares —le dijo Toby orgullosamente a Clifton—, ¡y me la devuelve! —Movió la cabeza sin poder creerlo—. ¿Qué piensas de una muchacha así?

Clifton podría haberle dicho exactamente lo que pensaba, pero se limitó a comentar:

—No puede negarse que es original, querido muchacho.

—¡Original! —exclamó Toby—. No hay una mujer en esta ciudad que no trate de apoderarse de lo que tiene al alcance de la mano. Jill es la primera que conozco a la que le importan un comino las cosas materiales. ¿Puedes echarme en cara estar loco por ella?

—No —contestó Clifton, pero empezó a sentirse preocupado. Sabía muy bien lo que era Jill, y se preguntó para sus adentros si no debería haber hablado antes.

—No me importaría que aceptaras a Jill como cliente —le dijo Toby a Clifton—. Apuesto a que podría ser una gran estrella.

Clifton esquivó hábil, pero decididamente, el bulto.

—No, gracias, Toby. Una superestrella es suficiente para mí.

Esa misma noche Toby le repitió la contestación a Jill.

Después de su fracasado intento, Toby tuvo mucho cuidado de no volver a intentar acostarse con Jill. En realidad se sentía orgulloso de que lo hubiera rechazado. Todas las otras chicas que había tenido habían sido simples felpudos. Pero Jill no. Cuando hacía algo que a ella no le gustaba se lo decía en seguida. Una noche Toby puso de vuelta y media a un hombre que estaba fastidiándolo para que le firmara un autógrafo. Jill le dijo más tarde:

—Resultas realmente gracioso cuando eres sarcástico en el escenario, Toby, pero ofendiste a ese pobre hombre.

Toby se le acercó entonces y le pidió disculpas.

Jill le dijo que consideraba que no era bueno que bebiera tanto. Sin más trámite redujo notablemente su cuota. En una oportunidad criticó de pasada su ropa y en seguida Toby cambió de sastre. Toby le permitía decir cosas que no le habría tolerado a ninguna otra persona. Nadie se había atrevido a dirigirlo ni criticarlo.

Excepción hecha de su madre, por supuesto.

Jill se negaba a aceptar dinero o regalos caros de parte de Toby, pero él sabía que Jill no tenía mucho dinero, y su valiente actitud lo hizo sentirse más orgulloso de ella. Una noche en que Toby estaba en el departamento de Jill esperando que ésta terminara de vestirse para salir a comer vio un montón de cuentas sin pagar en el cuarto de estar. Se metió las facturas en el bolsillo y al día siguiente le ordenó a Clifton que las saldara. Toby se sentía como si hubiera obtenido una victoria. Pero quería hacer algo grande por Jill, algo importante.

Y de repente supo qué sería ello.

—Sam.... ¡voy a hacerte un gran favor!

*Cuidado con los regalos de las estrellas,* pensó aviesamente Sam Winters.

—Has estado enloquecido buscando una muchacha para la película de Keller, ¿no es así? —preguntó Toby—. Pues bien, yo puedo conseguírtela.

—¿Alguien que yo conozco? —inquirió Sam.

—La conociste en mi casa. Jill Castle.

Sam recordaba a Jill. Una bonita cara, una espléndida figura y pelo negro. Demasiado vieja para representar la adolescente de la película de Keller. Pero si Toby quería que le hiciera una prueba, Sam tendría que complacerlo.

—Dile que venga a verme esta tarde —contestó.

Sam se encargó de que la prueba de Jill fuera cuidadosamente dirigida. Le asignaron uno de los mejores cámaras del estudio y el propio Keller supervisó el ensayo.

Winters revisó las pruebas al día siguiente. Tal como había supuesto, Jill era demasiado madura para el papel de adolescente. Aparte de eso, no era mala. Pero le faltaba carisma, ese atractivo especial que brotaba de la pantalla.

Llamó por teléfono a Toby Temple y le dijo:

—Esta mañana revisé las pruebas de Jill, Toby. Es fotogénica, sabe decir sus frases, pero no es una primera actriz. Puede ganarse un buen pasar en papeles secundarios, pero pienso que está equivocada si cree que va a poder convertirse en una gran estrella.

Toby buscó esa noche a Jill para llevarla a una cena que ofrecía un famoso director inglés que acababa de llegar a Hollywood y al que ella se moría por conocer.

Le abrió la puerta a Toby y en cuanto entró comprendió que algo andaba mal.

—Sabes ya los resultados de mi prueba —le dijo.

Él asintió.

—Hablé con Sam Winters. —Y le repitió lo que Sam le había dicho, tratando de suavizar el golpe.

Jill lo escuchó sin decir una palabra. Había estado tan segura. El papel le había parecido tan apropiado. Nadie sabe de dónde apareció el recuerdo de la copa de oro en el escaparate de la tienda. La niñita había sufrido por las ansias de tenerla y por haberla perdido. Jill sintió en ese momento exactamente la misma desesperación.

—No te preocupes, querida —le decía Toby—. Winters no sabe lo que dice.

¡Vaya si lo sabía! No había nada que hacer, no conseguiría ser una estrella. Todos esos sufrimientos y angustias habían sido en vano. Era como si su madre hubiera estado en lo cierto y un Dios vengador castigara a Jill nadie sabe por qué. Le parecía oír gritar al predicador: *¿Ven esa niñita? Se quemará en las llamas del infierno por sus pecados si no eleva su alma a Dios y se arrepiente.* Había llegado a esa ciudad llena de amor y la ciudad la había degradado.

Se sintió invadida por una insoportable sensación de tristeza y no se dio cuenta de que sollozaba hasta que sintió el brazo de Toby que la rodeaba.

—¡Shh! No te preocupes —le dijo, y su ternura la hizo llorar con más fuerza.

Se quedó allí parada mientras él la estrechaba en sus brazos y le contó entonces cómo su padre había muerto cuando ella nació y el episodio de la copa de oro y los fanáticos religiosos y los dolores de cabeza y las noches que pasaba aterrorizada esperando que Dios la castigara con la muerte. Le relató la cantidad de trabajos siniestros que había realizado para poder ser una actriz y la retahíla de fracasos. Un inveterado instinto le hizo abstenerse de mencionar los hombres de su vida. Y si bien había empezado jugando con Toby, ahora había hecho a un lado las simulaciones. Y en ese momento en que estaba totalmente vulnerable, consiguió llegar al fondo de él. Hizo vibrar una fibra oculta que nadie había tocado jamás.

Sacó un pañuelo del bolsillo y le secó las lágrimas.

—Oye, si piensas que tú tuviste que luchar mucho —le dijo—, escucha lo que voy a contarte. Mi padre era un carnicero y...

Siguieron hablando hasta las tres de la madrugada. Era la primera vez en su vida que Toby le hablaba a una muchacha como un ser humano. Él la comprendía, por supuesto, ya que ella era igual a él.

Ninguno de los dos supo quién dio el primer paso. Y lo que comenzó como un tierno y comprensivo consuelo, se convirtió paulatinamente en un deseo sensual y animal. Se besaron desesperadamente y él la estrechó con fuerza. Jill sintió la intensidad de su virilidad contra su cuerpo. Lo necesitaba, él comenzó a quitarle la ropa y ella lo ayudó y luego ambos quedaron desnudos en la oscuridad, sintiendo una impetuosa urgencia. Se acostaron sobre el piso. Toby la poseyó, Jill lanzó un gemido al sentir el enorme tamaño de su miembro y Toby trató de retirarse. Pero ella lo acercó más, sujetándolo con fuerza. Comenzó entonces a hacerle el amor, colmándola, integrándola, llenando su cuerpo. Lo que en un principio fue tierno y cariñoso se convirtió en algo frenético y exigente y súbitamente llegó más allá. Era un éxtasis, un rapto intolerable, un insensato acoplamiento animal. Jill gritaba:

—¡Ámame, Toby, ámame! —Su cuerpo se sacudía con violencia dentro de ella, sobre ella, convirtiéndose en parte de ella y ambos fueron uno.

Hicieron el amor toda la noche y hablaron y rieron y fue como si siempre hubieran estado juntos.

Si Toby creyó antes estar enamorado de Jill, en ese momento había perdido la cabeza por ella. Ambos estaban en la cama y él la sujetaba protectoramente entre sus brazos mientras pensaba azorado: *Esto es realmente amor*. Se dio la vuelta para mirarla. Parecía cálida, desgreñada, increíblemente bonita y nunca había querido tanto a nadie.

—Quiero casarme contigo —le dijo.

Era lo más natural del mundo.

Jill lo estrechó con fuerza y contestó:

—¡Oh, sí, Toby!

Lo quería e iba a casarse con él.

Y sólo horas más tarde recordó por qué había ocurrido todo eso. Ella había ambicionado el poder de Toby. Quería poder pagar a todos aquellos que la habían usado, lastimado, degradado. Había buscado vengarse.

## 27

Clifton Lawrence estaba en apuros. Consideraba que hasta cierto punto él tenía la culpa de haber dejado que las cosas llegaran tan lejos. Estaba sentado junto al bar de Toby, y éste le decía:

—Le propuse matrimonio esta mañana y ella dijo que sí. Me siento como un muchacho de dieciséis años.

Clifton trató de que la sorpresa no se reflejara en su cara. Tenía que actuar con suma cautela. Sabía una cosa: no podía permitir que esa descarada se casara con Toby Temple. En el preciso momento en que se anunciara la boda, todos los hombres de Hollywood harían a un lado sus resquemores y se vanagloriarían de haberla poseído antes. Era realmente un milagro que Toby no hubiera descubierto hasta ahora la verdad sobre Jill, pero no podría ocultársela indefinidamente. Toby era capaz de hacer cualquier cosa cuando se enterara. Se descargaría con todos los que lo rodeaban, con todos los que habían permitido que le ocurriera algo semejante, y Clifton Lawrence sería el primero en sentir el rigor de su mano. No, Clifton no podía permitir que se llevara a cabo esa boda. Estuvo tentado de hacerle notar a Toby que era veinte años mayor que Jill, pero se contuvo. Lo miró y dijo cautelosamente:

—Tal vez resulte un error acelerar las cosas. Es necesario un buen tiempo para conocer realmente a una persona. Tal vez cambies de…

Toby no le hizo caso.

—Tú serás mi padrino. ¿Te parece mejor celebrar la boda aquí o en Las Vegas?

Clifton comprendió que estaba perdiendo el tiempo. Había una sola forma de evitar que ocurriera esa tragedia. Tenía que encontrar un modo de detener a Jill.

El pequeño agente llamó por teléfono esa misma tarde a Jill y le pidió que fuera a verlo a su oficina. Llegó con una hora de retraso, le ofreció una mejilla, se sentó en la punta del sofá y le dijo:

—No tengo mucho tiempo. Tengo una cita con Toby.

—No te retrasaré.

Clifton la miró detenidamente. Parecía otra Jill. No tenía nada que ver con la muchacha que había conocido pocos meses antes. Había adquirido una seguridad y aplomo que no poseía entonces. Pero no era la primera vez que había tenido que lidiar con muchachas como ella.

—Voy a ir directamente al grano, Jill —dijo Clifton—. No eres buena para Toby. Quiero que te vayas de Hollywood. —Sacó de un cajón un sobre blanco—. Aquí tienes cinco mil dólares en efectivo. Eso alcanza para llegar adonde más te guste.

La muchacha lo miró sorprendida durante un instante, luego se recostó contra el sofá y se echó a reír.

—No estoy bromeando —dijo Clifton Lawrence—. ¿Crees que Toby se casaría contigo si descubriera que te has acostado con todos los hombres de la ciudad?

Miró a Clifton durante un buen rato. Quería decirle que él era responsable de todo lo que había pasado. Él y todos los otros situados en puestos de privilegio que se habían negado a darle una oportunidad. Le hicieron pagar con su cuerpo, su orgullo, su alma. Pero sabía que no existía forma alguna de hacérselo entender. Trataba de asustarla. Pero no se atrevería a hablarle a Toby de ella: sería la palabra de Lawrence contra la suya.

Jill se puso de pie y salió de la oficina.

Al cabo de una hora, Toby llamó por teléfono a Clifton.

Clifton nunca lo había oído tan excitado.

—No sé qué demonios le dijiste a Jill, viejo, pero tengo que agradecértelo…, no puede esperar más. ¡Partimos rumbo a Las Vegas para casarnos!

El Lear estaba a treinta y cinco millas del aeropuerto internacional de Los Ángeles y volaba a una velocidad de doscientos cincuenta nudos. David Kenyon estableció contacto con la torre de control de Los Ángeles y les informó de su posición.

Lo embargaba una gran emoción. Iba a buscar a Jill.

Cissy se había recuperado de la mayoría de las heridas que recibió en el accidente automovilístico, pero su cara había quedado muy desfigurada. David la envió a Brasil para que la atendiera el mejor cirujano plástico del mundo. Habían transcurrido ya seis semanas desde que se había ido y durante ese tiempo le envió varias cartas en las que hablaba con entusiasmo del médico.

David había recibido el día anterior una llamada telefónica de Cissy para comunicarle que no volvería. Se había enamorado.

David no podía creer en su buena fortuna.

—Me parece... maravilloso... —consiguió balbucear—. Espero que seas muy feliz con tu médico.

—Oh, no es el médico —respondió Cissy—. Es alguien que tiene una plantación aquí. Se parece mucho a ti, David. La única diferencia es que me quiere.

El ruido de la radio interrumpió sus pensamientos.

—Lear Tres Alpha Papa, aquí la torre de control de Los Ángeles. Está autorizado a aterrizar en la pista Veinticinco Izquierda. Un 707 de United está detrás de usted. Cuando aterrice sírvase dirigirse hacia la rampa de la derecha.

—De acuerdo —contestó David comenzando a descender y sintiendo que su corazón palpitaba violentamente. Iba a encontrarse con Jill, le diría que todavía la quería y le pediría que se casara con él.

Atravesaba la terminal cuando al pasar junto al quiosco de diarios y revistas leyó el titular: TOBY TEMPLE SE CASA CON UNA ACTRIZ. Leyó dos veces el artículo y luego dio media vuelta y se dirigió al bar del aeropuerto.

Permaneció borracho durante tres días y luego emprendió el vuelo de regreso a Tejas.

# 28

La luna de miel pareció sacada de un libro de cuentos. Toby y Jill volaron en un avión particular hasta Las Hadas, donde fueron huéspedes de los Patiño en su sensacional propiedad situada en una playa de Méjico y rodeada por la jungla. Los recién casados se alojaron en una villa cercada por cactus, hibiscus y una santa Rita colorada en la que pájaros exóticos cantaban durante toda la noche. Pasaron diez días explorando, navegando y asistiendo a varias fiestas en su honor. Comieron deliciosos platos en el Legazpi preparados por grandes chefs y nadaron en piscinas de agua fría. Jill realizó numerosas compras en las tiendas elegantes.

De Méjico volaron a Biarritz, donde se alojaron en el Hotel du Palais, el espectacular palacio edificado por Napoleón III para la emperatriz Eugenia. Los recién casados jugaron en los casinos, asistieron a corridas de toros, pescaron e hicieron el amor la noche entera.

De la costa vasca francesa tomaron rumbo al este, hacia Gstaad, a dos mil metros sobre el mar en los Alpes suizos. Realizaron vuelos turísticos sobre los picos, rozando el Mont Blanc y el Cervino. Esquiaron en las resplandecientes pendientes blancas y pasearon en trineos tirados por perros y asistieron a fiestas donde se bailaba y comía *fondue*. Toby no había sido nunca tan feliz. Había encontrado la mujer que llenaba el vacío de su vida. Ya no se sentía más solo.

Si hubiera sido por Toby, la luna de miel se habría prolongado indefinidamente, pero Jill estaba ansiosa por volver. No le interesaban ninguno de esos lugares ni ninguna de esas personas.

Se sentía como una reina recién coronada que ha sido mantenida alejada de su país. Jill Castle se moría de ganas de volver a Hollywood.

La señora de Toby Temple tenía cuentas que saldar.

# Tercera parte

## 29

El fracaso tiene un olor especial, un hedor pegajoso como el de las miasmas. Y así como un perro puede advertir el olor a miedo en un ser humano, la gente percibe cuando un hombre está descendiendo un barranco.

Especialmente en Hollywood.

Todos los pertenecientes al ambiente sabían que Clifton Lawrence estaba terminado, aun antes de que él se diera cuenta. Lo oían en el aire que lo rodeaba.

Hacía ya una semana que Toby y Jill habían vuelto de su luna de miel, pero Clifton no había podido comunicarse con ninguno de los dos. Les había enviado un regalo carísimo y había dejado tres mensajes telefónicos que habían sido ignorados. Jill debía habérselas arreglado de alguna forma para poner a Toby en contra de él. Clifton sabía que tenía que hacer un pacto. El y Toby se apreciaban demasiado mutuamente como para permitir que alguien se interpusiera entre ellos.

Clifton se dirigió una mañana a la casa sabiendo que Toby estaba en el estudio. Jill vio avanzar su coche por el camino de entrada y salió a recibirlo. Estaba increíblemente bonita y así se lo dijo. Se mostró simpática. Se sentaron en el jardín, tomaron café y le contó cómo había sido la luna de miel y los lugares que habían visitado.

—Siento mucho que Toby no te haya llamado, Cliff —le dijo—. Pero no sabes lo agitado que estuvo. —Sonrió disculpándose y Clifton comprendió que se había equivocado respecto a ella. No era su enemiga.

—Me gustaría que empezáramos de cero y fuéramos amigos —le dijo.

—Gracias, Cliff. A mí también.

Clifton sintió un enorme alivio.

—Quisiera dar una cena en honor tuyo y de Toby. Alquilaré el salón privado del Bistro. El sábado de la próxima semana. De smoking y cien de sus amigos más íntimos. ¿Qué te parece?

—Magnífico. Toby va a estar encantado.

Jill esperó hasta la misma tarde de la cena para llamar por teléfono a Cliff y decirle:

—Lo siento muchísimo, pero me parece que no voy a poder ir esta noche. Estoy un poco cansada. Toby cree que es mejor que me quede en casa a descansar.

Clifton se las arregló para disimular sus sentimientos.

—Qué pena, Jill, pero comprendo. Toby vendrá de todos modos, ¿no es así?

La oyó suspirar en el otro extremo de la línea.

—Temo que no, querido amigo. No va a ninguna parte si yo no voy. Espero que la fiesta sea un éxito. —Y colgó.

Era demasiado tarde para suspender la cena. El presupuesto era de tres mil dólares. Pero a Clifton le costó mucho más. Lo había plantado su huésped de honor, su único cliente, y todos los presentes, jefes de los estudios, artistas, directores, toda la gente importante de Hollywood, se dieron cuenta. Clifton trató de disimularlo diciendo que Toby no se sentía bien. Pero fue lo peor que pudo haber hecho. Al día siguiente, cuando se dispuso a leer un ejemplar del *Herald Examiner,* descubrió una fotografía del señor y la señora Temple que había sido sacada la noche anterior en el estadio de los Dodgers.

Clifton Lawrence comprendió entonces que estaba luchando por su vida. Si Toby lo dejaba, nadie lo socorrería. Ninguna de las agencias importantes lo contrataría porque no podía llevarles ningún cliente, y al mismo tiempo le resultaba insoportable la idea de empezar de nuevo otra vez por su cuenta. Era demasiado tarde ya para eso. Tenía que encontrar una forma de hacer las paces con Jill. La llamó por teléfono y le dijo que le gustaría ir a su casa para conversar con ella.

—Por supuesto —le respondió—. Justamente la otra noche le comenté a Toby que últimamente nos habíamos visto muy poco.

—Estaré allí dentro de quince minutos —anunció Clifton. Se acercó al mueble donde guardaba las botellas y se sirvió un whisky doble. De un tiempo a esta parte había abusado un poco de la bebida. Era una mala costumbre beber durante las horas de trabajo, ¿pero a quién engañaba? ¿Qué trabajo tenía? Todos los días recibía importantes ofrecimientos para Toby, pero hasta ahora no había conseguido verlo para discutirlos. En otra época no había tema que no tocaran. Recordaba los momentos agradables que habían pasado juntos, los viajes, las fiestas, las diversiones y las muchachas. Habían estado tan unidos como hermanos mellizos. Toby necesitaba de él y contaba con él. Pero ahora... Clifton se sirvió otro trago y advirtió con placer que no le temblaban tanto las manos.

Cuando llegó a casa de los Temple, Jill estaba instalada en la terraza tomando café. Levantó la mirada y sonrió al verlo acercarse. *Eres un vendedor,* se dijo Clifton para sí. *Convéncela en tu propio beneficio.*

—Encantada de verte, Cliff. Siéntate.

—Gracias, Jill. —Se instaló frente a ella al otro lado de la gran mesa de hierro forjado y la miró inquisitivamente. Estaba vestida con un traje de verano y el contraste de su pelo negro con el tono dorado de su piel bronceada era admirable. Parecía más joven e inocente, única palabra que pudo encontrar por más absurdo que parezca.

Jill lo observaba con una expresión tierna y amistosa.

—¿Quieres desayunar, Cliff?

—No, gracias. Hace horas que lo hice.
—Toby no está aquí.
—Lo sé. Quería hablar a solas contigo.
—¿En qué puedo ayudarte?
—Acepta mis disculpas —le suplicó Cliff. Nunca había tenido que suplicar a nadie por ninguna cosa en toda su vida, pero en ese momento estaba haciéndolo—. Empezamos con el paso cambiado. Quizá fue culpa mía. Creo que probablemente lo fue. Toby ha sido mi cliente y mi amigo desde hace tanto tiempo que…, que quería protegerlo. ¿Comprendes?

Jill asintió sin apartar sus ojos castaños de él y dijo:
—Por supuesto, Cliff.
El agente respiró profundamente.
—No sé si alguna vez te lo contó, pero yo fui el que inició a Toby en su brillante carrera. Supe desde el primer momento en que lo vi que iba a ser una verdadera estrella. —Advirtió que seguía atentamente sus palabras—. En esos momentos tenía muchos clientes importantes, Jill. Pero abandoné a todos para poder concentrarme en la carrera de Toby.
—Toby me ha contado muchas veces todo cuanto hiciste por él —añadió Jill.
—¿De veras? —Le fastidió la vehemencia reflejada en su voz.
Jill sonrió.
—Me contó que una vez simuló que Sam Goldwyn te había telefoneado y que a pesar de haberte enterado de que era una mentira fuiste de todos modos a verlo actuar. Eso estuvo muy bien.

Clifton se inclinó hacia delante y agregó:
—No quiero que nada se interponga en la amistad que Toby y yo compartimos. Te necesito en mi rincón. Te pido que olvides todo lo ocurrido entre nosotros. Quiero que me disculpes por haberme pasado de la raya. Creía estar protegiendo a Toby. Pero me equivoqué. Pienso que tú vas a ser maravillosa para él.
—Quiero serlo. Con toda mi alma.

—Creo que moriría si Toby llegara a dejarme. No me refiero solamente a la parte mercantil. Él y yo tenemos..., ha sido como un hijo para mí. Lo quiero —sintió un profundo desprecio por sí mismo, pero no pudo evitar suplicar nuevamente—: Por favor, Jill, por el amor de Dios... —Tuvo que interrumpirse porque su voz se quebró.

Ella lo miró un buen rato con sus profundos ojos marrones y luego le tendió la mano.

—No soy rencorosa —anunció Jill—. ¿Quieres venir a comer mañana?

Clifton inspiró profundamente, sonrió feliz y contestó:

—Gracias. —Descubrió súbitamente que sus ojos estaban húmedos—. No..., no lo olvidaré. Jamás.

Cuando Clifton llegó a la mañana siguiente a su oficina, estaba esperándolo una carta certificada en la que se le notificaba que se le agradecían los servicios prestados, pero que ya no tenía más autorización para actuar como agente de Toby Temple.

# 30

Jill Castle Temple fue causante de la conmoción más extraordinaria en Hollywood desde el cinemascope. En esa ciudad tan especial, donde todos jugaban al juego de admirar las vestiduras del emperador, Jill empleaba su lengua como una hoz. En ese lugar donde la adulación formaba parte de la conversación corriente, Jill decía lo que pensaba sin que se le moviera un pelo. Tenía a Toby junto a ella y utilizaba su poder como un arma, atacando a todos los principales ejecutivos de los estudios. Nunca habían experimentado antes algo semejante. No se atrevían a ofenderla porque no querían ofender a Toby.

Era la estrella más rentable de Hollywood y todos lo querían y necesitaban.

Toby seguía acumulando triunfos sin precedentes. Su *show* de televisión seguía ocupando el primer lugar en los índices de audiencia Nielsen todas las semanas, sus películas eran fenomenales éxitos de taquilla y cuando Toby actuaba en Las Vegas, las ganancias de los casinos se duplicaban. Era la propiedad más codiciada en todo el mundo del espectáculo. Era buscado como actor invitado, para grabar álbumes, actuaciones personales, promociones comerciales, beneficios, películas, lo querían, lo querían, lo querían.

Las personas más importantes de la ciudad se desvivían por complacer a Toby y rápidamente aprendieron que la mejor forma de hacerlo era complaciendo a Jill. Ésta comenzó a organizar personalmente todas sus citas y su vida de modo que hubiera cabida en ella sólo para los que contaban con su aprobación. Alzó una impenetrable barricada en derredor de él y solamente los ricos, los famosos y los poderosos estaban autorizados a franquearla. Era la guardiana del Tesoro. La pequeña polaquita de Odessa, Tejas, invitaba y era invitada por gobernadores, embajadores, artistas de fama mundial y el presidente de los Estados Unidos. Esa ciudad le había hecho cosas terribles. Pero no volvería a suceder. Por lo menos mientras tuviera en su poder a Toby Temple.

Los que se encontraban realmente en apuros eran los que integraban la lista negra de Jill.

Estaba en la cama con Toby y le hacía el amor con gran sensualidad. Cuando Toby se apaciguó y reposaba tranquilo se acurrucó contra él y le dijo:

—¿Te conté alguna vez, querido, lo que me ocurrió cuando al buscar a un agente recurrí a esa mujer... ¿cómo se llama?..., ¡ah, sí! Rose Dunning. Me dijo que tenía un papel para mí y me hizo sentarme en su cama y leerlo juntas.

—Toby se dio la vuelta hacia ella frunciendo los ojos.

—¿Qué pasó?

Jill sonrió.

—Qué tonta inocente era; mientras estaba leyendo sentí que su mano trepaba por mi muslo. —Jill echó la cabeza hacia atrás y lanzó una carcajada—. Estaba aterrorizada. Nunca en mi vida he corrido tanto.

Diez días después, la autorización de la agencia de Rose Dunning quedaba revocada para siempre por la Comisión de Licencias de la ciudad.

\* \* \*

Jill y Toby pasaron el fin de semana siguiente en su casa de Palm Springs. Toby estaba acostado sobre una gruesa toalla afelpada sobre una mesa para masajes instalada en el patio, mientras Jill le daba un largo y relajante masaje. Estaba de espaldas y tenía unos algodones sobre los ojos para protegerlos de los fuertes rayos del sol. Jill le daba masajes en los pies, utilizando una loción suave y cremosa.

—Menos mal que me abriste los ojos respecto de Cliff —le dijo Toby—. Era sólo un parásito, tratando de sacarme el jugo. He oído decir que ha recorrido toda la ciudad en busca de un contrato. Pero nadie lo quiere. Ni siquiera puede conseguir que lo metan preso sin mi ayuda.

Jill esperó un momento antes de contestar:

—Me da pena Cliff.

—Eso es lo malo contigo, querida. Utilizas el corazón para pensar en lugar de la cabeza. Tienes que aprender a ser más dura.

Jill sonrió tranquilamente.

—No puedo remediarlo. Soy así. —Y comenzó a darle masajes en las piernas, moviendo las manos lentamente hacia los muslos, suave y sensualmente. Toby comenzó a tener una erección.

—Ay, cielos —gimió.

Las manos de Jill seguían su ascensión, llegaron hasta la ingle y la turgencia aumentó. Pasó las manos entre las piernas, debajo de su cuerpo y deslizó un dedo untado de crema dentro de él. Su inmenso miembro estaba duro como una roca.

—Acuéstate rápidamente sobre mí, querida —le dijo.

Navegaban por la bahía en el gran velero a motor que Toby le había regalado a Jill. Al día siguiente debía grabarse el primer *show* de televisión de Toby para la nueva temporada.

—Éstas son las vacaciones más bonitas que he tenido en toda mi vida —manifestó Toby—. No tengo ningunas ganas de volver a trabajar.

—El *show* es magnífico —comentó Jill—. Me divertí mucho trabajando en él. Todos fueron tan buenos. —Hizo una pausa y agregó como de pasada—: Casi todos.

—¿Qué quieres decir? —inquirió Toby con voz áspera—. ¿Quién no es amable contigo?

—Nadie, querido. No debí haberlo mencionado.

Pero finalmente permitió que Toby se lo sacara y Eddie Berrigan, director de reparto, fue despedido al día siguiente.

Durante los meses siguientes, Jill le contó a Toby pequeñas mentiras sobre otros directores de reparto que figuraban en su lista, y desaparecieron uno tras otro. Todos los que la habían utilizado iban a pagar. Jill pensó que se parecía al rito del acoplamiento de la abeja reina. Todos deberían ser destruidos después de haber obtenido su placer.

Se lanzó en contra de Sam Winters, el hombre que había dicho a Toby que no tenía talento. Nunca dijo una palabra de ataque, por el contrario, cuando hablaba de él con Toby era para alabarlo. Pero siempre alababa un poco más a los directores de los otros estudios… Los demás estudios tenían material más conveniente para Toby… directores que realmente lo comprendían, agregaba incluso que no podía evitar pensar que Sam Winters no apreciaba realmente el talento de Toby. No transcurrió mucho tiempo hasta que éste pensó lo mismo. Al haber desaparecido Clifton Lawrence, Toby no tenía nadie con quien hablar ni en quien confiar excepto Jill. Cuando decidió realizar sus películas en otro estudio, lo hizo convencido de que la idea había sido suya. Pero Jill se encargó de que Sam supiera la verdad.

Retribución.

Muchos de los que rodeaban a Toby tenían la impresión de que Jill no podía durar, que era solamente una intrusa temporal, una fantasía pasajera. Por tanto la toleraban o la trataban con un desprecio mal disimulado. Cometieron un error. Jill los eliminó uno por uno. No quería tener alrededor de ella a nadie que hubiera sido importante en la vida de Toby o que pudiera influenciarlo en contra de ella. Se encargó de que cambiara de abogado y dejara la empresa que se ocupaba de sus relaciones públicas y contrató a otros elegidos por ella. Se libró de los tres Macs y de los demás satélites que rodeaban a Toby. Cambió todos los sirvientes. Ésa era ahora su casa y ella era la patrona.

Las fiestas que daban los Temple se convirtieron en las más codiciadas de la ciudad. Asistían todas las personas importantes. Los artistas se mezclaban con miembros de la sociedad, gobernadores y directores de importantes empresas. La prensa estaba siempre presente en pleno, de modo que los felices invitados gozaban también de esa gratificación. Además de haber tenido el privilegio de ir a casa de los Temple y pasarlo maravillosamente bien, todo el mundo se enteraba de que habían estado presentes y que lo habían pasado maravillosamente bien.

Cuando los Temple no daban fiestas era porque se habían convertido en invitados de honor de otros. Tenían un sinnúmero de invitaciones. Estrenos, cenas de beneficencia, reuniones políticas, inauguraciones de restaurantes y hoteles.

Toby se habría contentado con quedarse en casa con Jill, pero a ella le gustaba salir. Algunas noches debían concurrir a tres o cuatro reuniones diferentes y ella empujaba a Toby de una a otra.

—Dios mío, debías haber sido el director social de Grossinger's —comentó Toby riendo.

—Lo hago por ti, querido —contestó Jill.

Toby estaba filmando una película para la MGM y tenía un horario extenuante. Una noche llegó a su casa exhausto y se encontró con que tenía preparado el smoking.

—¡No me digas que otra vez tenemos que salir, querida! ¡No nos hemos quedado ni una sola noche en casa en lo que va del año!

—Es el aniversario de la boda de los Davies y dan una fiesta. Se ofenderán mucho si no vamos.

Toby se dejó caer pesadamente sobre la cama.

—Y yo que soñaba con darme un buen baño caliente y pasar una noche tranquilo en casa. Los dos solos.

Pero Toby asistió a la fiesta. Y como siempre tenía que estar en todo y ser siempre el centro de atención, apeló a sus enormes reservas de energía hasta que todos rieron y aplaudieron y comentaron entre ellos lo maravilloso que era. Esa noche Toby yacía en su cama sin poder conciliar el sueño, físicamente agotado, pero reviviendo los triunfos de esa velada, frase tras frase, risa tras risa. Era un hombre muy feliz. Y todo gracias a Jill.

Cómo la habría querido su madre.

En el mes de marzo recibieron una invitación para asistir al festival de cine de Cannes.

—De ningún modo —dijo Toby cuando Jill le mostró la invitación—. Estoy muy cansado, querida. He trabajado mucho.

Jerry Guttman, el encargado de las relaciones públicas de Tobby, le había dicho a Jill que existían posibilidades de que la película de Toby recibiera la palma de oro, y que tendría más posibilidades si Toby estaba presente. Le parecía que era muy importante que fuera.

Toby se había quejado últimamente de un gran cansancio y falta de sueño. Tomaba por las noches píldoras para dormir, pero a la mañana siguiente se despertaba cansado. Para contrarrestar el efecto, Jill le daba benzedrina a la hora del desayuno para que tuviera energías suficientes para el resto del día.

Pero empezó a sentir los efectos de la mezcla de calmantes y estimulantes.

—Acepté ya la invitación, pero no te preocupes, querido, que la cancelaré —le contestó Jill.

—¿Por qué no vamos a pasar un mes a Palm Springs tirados en el jabón?

—¿Qué has dicho? —le preguntó ella mirándolo.

Se quedó sentado inmóvil.

—Quise decir sol. No entiendo por qué me salió jabón.

—Porque eres un cómico —respondió ella riendo y estrechándole la mano—. De todas formas, me encanta la idea de Palm Springs y de estar sola contigo.

—No sé qué me pasa —suspiró Toby—. Parece que estoy perdiendo la chispa. Debo estar volviéndome viejo.

—Nunca serás viejo. Todavía puedes dejarme sin respiración.

—¿De veras? —acotó sonriendo—. Supongo que mi sexo me sobrevivirá.

Se dio unos masajes en la nuca y agregó:

—Creo que voy a dormir una siestecita. En honor a la verdad, no me siento tan bien. No tenemos que ir a ningún lado esta noche, ¿verdad?

—No te preocupes porque puedo cancelar la invitación. Les daré la noche libre a los sirvientes y yo te haré la comida. Estaremos los dos solos.

—¡Eso sí que me parece maravilloso!

Se quedó mirándola mientras salía del cuarto y pensó: *Dios mío. Soy el tipo más afortunado del mundo entero.*

\* \* \*

—Ah, qué bien me siento —dijo Toby esa noche mientras estaban en la cama después de que Jill le hizo darse un baño caliente y le dio masajes en los músculos para aflojarlos y aliviar sus tensiones—. ¿Cómo pude vivir sin ti?

—No comprendo —respondió acurrucándose contra él—. Cuéntame, Toby, cómo es el festival de Cannes, en qué consiste. Nunca he estado en un festival.

—Se reúnen una colección de tránsfugas de todos los rincones del mundo para venderse mutuamente sus películas. Es la estafa más grande del planeta.

—A juzgar por lo que dices, parece interesante —añadió Jill.

—¿Te parece? Bueno, tal vez lo sea. Se llena de personajes extraños.

La miró durante un momento y le preguntó:

—¿Quieres realmente ir a ese estúpido festival?

—No —contestó moviendo la cabeza rápidamente—. Iremos a Palm Springs.

—Tonterías. A Palm Springs podemos ir en cualquier momento.

—Te aseguro, Toby, que no es tan importante.

—¿Sabes por qué estoy tan enamorado de ti? —le preguntó sonriendo—. Cualquier otra mujer me habría vuelto loco para que la llevara al festival. Tú te mueres de ganas, ¿pero acaso me lo has pedido? No. Quieres ir a Palm Springs conmigo. ¿Contestaste ya que no?

—Todavía no, pero…

—Pues no lo hagas. Iremos a la India. —Una expresión de asombro se reflejó en su cara—. ¿Dije India? Quería decir Cannes…

Toby recibió un telegrama cuando aterrizaron en Orly. Su padre había muerto en el asilo. Era demasiado tarde ya para que Toby volviera para el entierro. Hizo los trámites necesarios para que se le agregara una nueva ala al edificio para perpetuar el nombre de su padre.

El mundo entero estaba presente en Cannes.

Hollywood, Londres y Roma, todos mezclados en una ruidosa y estentórea cacofonía políglota, en Technicolor y Panavisión. Productores y directores de todas partes del mundo se reunían en la Riviera francesa, llevando bajo sus brazos cajas llenas de sueños, rollos de celuloide hablados en inglés, francés, japonés, húngaro y polaco que los convertirían en ricos y famosos de la noche a la mañana. La Croisette estaba atestada de profesionales y aficionados, veteranos y novatos, aspirantes y derrotados, todos compitiendo por los fabulosos premios. Recibir un premio en el festival de Cannes equivalía a tener dinero en el banco; si el ganador no tenía ningún contrato con una distribuidora, podía conseguirlo, y si lo tenía podía mejorarlo.

Todos los hoteles de Cannes estaban llenos y el excedente se había desparramado a lo largo de la costa, en Antibes, Beaulieu, Saint-Tropez y Menton. Los habitantes de los pueblecitos contemplaban boquiabiertos esos rostros famosos que llenaban sus calles, restaurantes, tiendas y bares.

Todas las habitaciones habían sido reservadas con meses de anticipación, pero Toby Temple no tuvo problemas en conseguir una gran suite en el Carlton. Toby y Jill fueron homenajeados en todas partes. Las cámaras de los fotógrafos funcionaban incesantemente y sus imágenes fueron enviadas a los cuatro rincones de la tierra. La Pareja Dorada, el Rey y la Reina de Hollywood. Los reporteros entrevistaban a Jill y le pedían su opinión sobre cualquier cosa, desde los vinos franceses hasta la política africana. Había un gran abismo entre ella y la Josephine Czinski de Odessa, Tejas.

La película de Toby no ganó el premio, pero dos noches antes de que terminara el festival, el Comité del Jurado anunció que se entregaría un premio especial a Toby Temple por su contribución en el campo del entretenimiento.

Era una cena de gala y el gran salón de banquetes del Hotel Carlton estaba repleto de invitados. Jill estaba sentada en la tarima junto a Toby y advirtió que éste no había probado bocado.

—¿Qué te pasa, querido? —le preguntó.

Toby movió la cabeza.

—Debo de haber tomado demasiado sol hoy. Me siento un poco mareado.

—Me ocuparé de que mañana descanses. —Jill le había organizado durante la mañana entrevistas con *Paris-Match* y el *Times* de Londres, un almuerzo con un grupo de reporteros de la televisión y un cóctel. Decidió cancelar las menos importantes.

A los postres, el alcalde de Cannes se puso de pie y procedió a realizar la presentación de Toby:

—*Mesdames, messieurs et invités distingués, c'est un grand privilège de vous présenter un homme dont l'oeuvre a donné plaisir et bonheur au monde entier. J'ai l'honneur de lui présenter cette medaille spéciale, un signe de notre affection et de notre apréciation.* —Alzó una medalla de oro con una cinta y se inclinó hacia Toby—. *Monsieur Toby Temple!* —Una entusiasta salva de aplausos resonó en el gran salón mientras todos los presentes se ponían de pie para ovacionar al homenajeado. Toby permanecía sentado en su asiento, inmóvil.

—Levántate —le susurró Jill.

Toby se puso de pie algo pálido y tambaleante. Se quedó quieto un momento, sonrió y se dirigió hacia el micrófono. A mitad de camino tropezó y cayó al suelo sin conocimiento.

Fue trasladado a París en un avión de transporte de la fuerza aérea francesa e internado en la sala de cuidados intensivos del hospital norteamericano. Los mejores especialistas de Francia lo reconocieron mientras Jill permanecía sentada esperando en una habitación privada del hospital. Se negó a comer, o beber, durante treinta y seis horas, a atender ninguna de las llamadas telefónicas que provenían de todo el mundo.

Permaneció sentada sola, mirando las paredes, sin ver ni oír la agitación que reinaba alrededor de ella, su mente obsesionada con una sola idea: *Toby tiene que curarse*. Toby era su sol, y si el sol se ocultaba, las sombras la envolverían. No podía permitir que eso ocurriera.

Eran las cinco de la mañana cuando el doctor Duclos, jefe del servicio, entró al cuarto privado que había tomado Jill para poder estar cerca de Toby.

—Señora Temple..., mucho me temo que no soy portador de buenas noticias. Su esposo ha sufrido un gravísimo ataque. Posiblemente nunca más pueda caminar o hablar.

# 31

Jill no pudo creer en lo que veían sus ojos cuando finalmente le dieron permiso para entrar al cuarto que ocupaba Toby en el hospital de París. Se había marchitado y envejecido de la noche a la mañana, como si se hubieran evaporado todos los fluidos vitales de su cuerpo. Había perdido parcialmente el uso de ambos brazos y piernas y aunque podía emitir unos sonidos guturales, no podía hablar.

Pasaron seis semanas antes de que los médicos permitieran trasladarlo. Cuando él y Jill llegaron a California, fueron asediados por la prensa, la televisión y cientos de admiradores. La enfermedad de Toby Temple había producido una gran conmoción. Eran incesantes las llamadas telefónicas de amigos interesándose por la salud y mejoría de Toby. Equipos de televisión trataron de introducirse en la casa para obtener imágenes de él. Llegaron mensajes del presidente, senadores y miles de cartas y tarjetas de admiradores que querían a Toby Temple y rezaban por él.

Pero las invitaciones habían cesado. Nadie llamaba para averiguar cómo se sentía Jill o para preguntarle si quería asistir a una cena íntima o ir al cine. En todo Hollywood a nadie le importaba un comino Jill.

Ella había hecho venir al médico de cabecera de Toby, el doctor Eli Kaplan, y éste había solicitado una consulta con dos importantes neurólogos del Centro Médico de la Universidad de Los Ángeles y otro del Hospital John Hopkins. Su diagnóstico fue idéntico al del doctor Duclos en París.

—Es muy importante saber que la mente de Toby no ha sufrido daño alguno —le explicó el doctor Kaplan a Jill—. Puede oír y comprender todo lo que se dice, pero su habla y sus funciones motoras han quedado resentidas. No puede contestar.

—¿Va..., va a quedar siempre así?

El doctor Kaplan titubeó.

—Es imposible tener la certeza absoluta, por supuesto, pero en nuestra opinión su sistema nervioso ha sufrido daños muy serios para que la terapia pueda tener alguna clase de resultado.

—Pero no está absolutamente seguro.

—No...

Jill sí lo estaba.

Además de las tres enfermeras que atendían a Toby noche y día, Jill contrató a un especialista en fisioterapia para que acudiera todas las mañanas a la casa para trabajar con Toby. Lo llevaba a la piscina y lo sujetaba en sus brazos, estirando suavemente los músculos y tendones, mientras Toby trataba débilmente de mover las extremidades en el agua tibia. Pero no se advertía ningún progreso. Al cabo de cuatro semanas contrató una especialista en fonoaudiología que pasaba una hora todas las tardes con Toby, tratando de enseñarle a hablar nuevamente, a formar los sonidos.

Transcurrieron dos meses sin que Jill advirtiera mejoría alguna. En absoluto. Mandó llamar entonces al doctor Kaplan.

—Tiene que hacer algo para ayudarlo —le pidió—. No puede dejarlo así.

El médico la miró apenado.

—Lo siento, Jill. Traté de decirle...

* * *

Jill se quedó un buen rato sentada sola en la biblioteca después que se fue el doctor Kaplan. Sintió que empezaba a dolerle nuevamente la cabeza, pero no tenía tiempo de pensar en ella ahora. Se levantó y subió al otro piso.

Toby estaba sentado en la cama con la mirada perdida. Sus ojos se iluminaron cuando Jill se acercó. La siguieron atentamente mientras se aproximaba a su cama y lo estudiaba. Sus labios se movieron y emitieron un ininteligible sonido. Lágrimas de frustración llenaron su ojos. Jill recordó las palabras del doctor Kaplan. *Es muy importante saber que su mente no ha sufrido daño alguno.*

Jill se sentó en el borde de la cama.

—Toby, quiero que me escuches atentamente. Vas a levantarte de esa cama. Vas a caminar y hablarás. —Las lágrimas rodaban en ese momento por sus mejillas—. Vas a hacerlo —dijo Jill—. Vas a hacerlo por mí.

A la mañana siguiente Jill despidió a las enfermeras, al especialista en fisioterapia y a la fonoaudióloga. El doctor Kaplan se precipitó a verla en cuanto se enteró de la noticia.

—Estoy de acuerdo con usted respecto de la fisioterapia, Jill, ¡pero las enfermeras! Toby tiene que tener con él permanentemente a alguien durante las veinticuatro horas del día…

—Yo estaré con él.

El médico negó con la cabeza.

—No tiene la menor idea de lo que va a tener que soportar. Una persona sola no puede…

—Lo llamaré si lo necesito.

Tras lo cual lo despidió.

\* \* \*

Y entonces comenzó el calvario.

Jill iba a tratar de hacer lo que los médicos le habían asegurado que era imposible. La primera vez que levantó a Toby y lo puso en la silla de ruedas se asustó al comprobar lo poco que pesaba. Lo llevó a la planta baja en el ascensor que había hecho instalar y comenzó a trabajar con él en la piscina, tal como había visto hacerlo al especialista. Pero lo que sucedió entonces fue diferente. El kinesiólogo había sido suave y lisonjero, pero Jill fue firme e inflexible. Cuando Toby trataba de hablar para indicarle que estaba cansado y que no aguantaba más, Jill le decía:

—No has terminado. Una vez más. Por mí, Toby.

Y lo obligaba a repetir el ejercicio.

Y otra vez más hasta que comenzaba a llorar de agotamiento.

Por las tardes, Jill se dedicaba a enseñarle a hablar otra vez.

—Ooh…, oooooooh.

—Aaaaahg…, aaaaaaahg…

—¡No! Oooooooooh. Redondea los labios, Toby. Haz que te obedezcan. Ooooooooooh.

—Aaaaaaaaahg…

—¡No, maldito seas! ¡Vas a hablar! Repite ahora: ¡Ooooooooooh!

Y una vez más.

Le daba de cenar todas las noches y luego se acostaba en su cama estrechándolo entre sus brazos. Acariciaba de arriba abajo su propio cuerpo con las manos inertes de él, haciéndole palpar sus pechos y la entrepierna.

—Siente todo eso, Toby —le susurraba—. Es todo tuyo, querido. Te pertenece. Yo te quiero. Quiero que te cures para que podamos hacer nuevamente el amor. Quiero que me hagas el amor, Toby.

Él la miraba con sus ojos centelleantes y llenos de vida y emitía sonidos incoherentes y lastimosos.

—Pronto, Toby, muy pronto.

\* \* \*

Jill era incansable. Despachó a los sirvientes porque no quería tener a nadie en la casa y luego se dedicó a ser ella la cocinera. Encargaba la compra por teléfono y no salía jamás. Al principio había tenido que perder mucho tiempo atendiendo las llamadas telefónicas, pero éstas cesaron al poco tiempo. Los locutores de los noticiarios no daban ya más noticias sobre el estado de Toby Temple.

Todo el mundo sabía que estaba muriéndose. Era sólo cuestión de tiempo.

Pero Jill no pensaba permitir que Toby muriera. Si él moría, ella desaparecería también.

Los días se transformaron en una serie de largas, penosas e interminables tareas. Jill se levantaba a las seis de la mañana. Lo primero que hacía era asear a Toby, que había quedado totalmente incontinente. A pesar de que tenía una sonda y un pañal, se ensuciaba durante la noche y a menudo había que cambiarle las sábanas además de los pijamas. El olor del cuarto era insoportable. Jill llenaba una palangana con agua tibia y lavaba el cuerpo de Toby utilizando una esponja y un lienzo suave. Cuando estaba limpio, lo secaba, le ponía talco, lo afeitaba y lo peinaba.

—Listo. Estás muy guapo, Toby. Deberían verte ahora tus admiradores. Pero pronto lo harán. Se pelearán por contemplarte. El presidente asistirá también, todos irán a presenciar la reaparición de Toby Temple.

Inmediatamente procedía a prepararle el desayuno, que consistía en cereales, o huevos batidos, o alimentos semejantes que podía hacerle tragar con cucharita. Lo alimentaba como si fuera un bebé, hablándole incesantemente, prometiéndole que se curaría.

—Eres Toby Temple —repetía una y otra vez—. Todos te quieren, todos desean que vuelvas a trabajar. Tus admiradores están esperándote, Toby. Tienes que reponerte para no defraudarlos.

Y así comenzaba otro largo y laborioso día.

Transportaba su cuerpo inválido e inutilizado en una silla de ruedas hasta la piscina para comenzar con los ejercicios. Después le daba masajes y a continuación empezaba con la terapia para que recuperara el habla. Después de que terminaba con ese menester, debía preparar el almuerzo y después se repetía nuevamente el ciclo. Jill le explicaba mientras tanto lo maravilloso que era, lo mucho que lo quería. Era Toby Temple, y el mundo entero esperaba ansioso su restablecimiento. Por las noches sacaba uno de sus álbumes de recortes y se lo enseñaba.

—Aquí estás con la reina. ¿Recuerdas cómo te ovacionaron esa noche? Ya verás cómo eso volverá a repetirse. Vas a ser más famoso que antes, Toby, más famoso todavía.

Cuando llegaba la hora de dormir lo arropaba cuidadosamente y se acostaba, totalmente agotada, en el catre que había hecho instalar junto a la cama de Toby. A medianoche solía despertarla el insoportable olor que invadía el cuarto cuando movía el vientre y entonces se levantaba, le cambiaba el pañal y lo limpiaba. Para entonces ya era hora de prepararle el desayuno y comenzar un nuevo día.

Y otro y otro, en una sucesión interminable.

Todos los días le exigía un poco más. Sus nervios estaban tan tensos que cuando se percataba de que Toby no respondía debidamente, lo abofeteaba.

—Los fastidiaremos —anunciaba con decisión—. Vas a curarte.

Jill se acostaba por las noches exhausta debido a las tareas que realizaba, pero a pesar de eso le era imposible dormir. Demasiadas visiones bailaban en su mente, como escenas de viejas películas. Toby y ella asediados por los periodistas en el festival de Cannes..., el presidente en su casa de Palm Springs diciéndole lo bonita que estaba..., sus admiradores congregados alrededor de ella y de Toby durante un estreno... La Pareja Dorada... Toby poniéndose de pie para recibir su medalla y cayéndose luego al suelo... Cayéndose..., hasta que finalmente lograba conciliar el sueño.

A veces Jill se despertaba con un dolor de cabeza agudo y repentino e imposible de paliar. Se quedaba entonces acostada en la oscuridad, luchando contra la jaqueca hasta que salía el sol y era hora ya de ponerse en movimiento.

Y todo empezaba una vez más. Parecía que los dos fueran los

únicos supervivientes de un holocausto olvidado y enterrado desde mucho tiempo atrás. Su mundo se había reducido a las dimensiones de su casa, de esas habitaciones y de ese hombre. Se arrastraba penosamente desde el alba hasta la medianoche.

Y junto a ella Toby, encerrado en un infierno, en un mundo en el que existía únicamente Jill, a quien debía obedecer ciegamente.

Las siniestras y penosas semanas transcurrían una tras otra, transformándose en meses. Toby comenzó entonces a llorar cada vez que veía acercarse a Jill porque sabía que iba a ser castigado. Jill era más despiadada cada día. Movía a la fuerza sus inertes e inútiles miembros hasta hacerlo sufrir atrozmente. Emitía unos horripilantes sonidos suplicándole que lo dejara en paz, pero Jill respondía:

—Todavía no. No descansaremos hasta que te conviertas nuevamente en un hombre, hasta que los fastidiemos a todos. —Y proseguía retorciendo sus músculos exhaustos. Toby era un bebé grande y desvalido, un vegetal, una nada. Pero cuando Jill lo miraba, lo veía tal como pensaba que iba a ser y anunciaba—: ¡Caminarás!

Lo ponía de pie y lo sujetaba al tiempo que forzaba una pierna tras la otra, haciéndolo caminar en una especie de grotesca parodia de movimiento, como un títere desmadejado y borracho.

Sus dolores de cabeza se habían hecho más frecuentes. Una luz intensa o un sonido agudo bastaban para provocarlos. *Cuando Toby se cure debo ver a un médico,* pensaba. Ahora no tenía tiempo para ocuparse de ella.

Solamente de Toby.

Jill parecía posesa. Su ropa le flotaba, pero no tenía la menor idea de cuánto había adelgazado ni del aspecto que presentaba. Su cara se había vuelto delgada y ojerosa, sus ojos vacíos. Su maravilloso pelo negro había perdido el brillo y la suavidad. No lo sabía, pero tampoco le habría importado.

Un día encontró un telegrama debajo de la puerta solicitándole que llamara al doctor Kaplan. No tenía tiempo. Debía proseguir con la rutina.

Los días y las noches se transformaron en una secuencia kafkiana: bañar a Toby, ayudarlo a hacer los ejercicios, cambiarlo, afeitarlo y darle de comer.

Para empezar todo otra vez.

Le consiguió una especie de andador, parecido al que usan los niños que todavía no saben caminar solos, y le ataba los dedos y movía las piernas tratando de enseñarle los movimientos, haciéndolo caminar de una punta a la otra del cuarto hasta quedarse casi dormida de pie, sin saber ya quién era ni qué hacía.

Y un buen día Jill comprendió que todo había terminado.

Había estado atareada con Toby hasta pasada la medianoche y finalmente se había ido a su propio dormitorio, durmiéndose profundamente poco antes del amanecer. Cuando se despertó, el sol estaba en lo alto del cielo. Había dormido hasta el mediodía. Toby no había sido alimentado, ni bañado, ni cambiado. Debía de estar tirado en la cama, impotente, esperándola, probablemente aterrado. Jill trató de levantarse, pero descubrió que no podía moverse.

El cansancio que sentía era tan profundo que parecía haberle entumecido los huesos y su cuerpo se negaba a obedecerle. Permaneció echada indefensa, sabiendo que estaba derrotada, que todas esas noches, días y meses de sufrimiento habían sido una pérdida de tiempo, que no habían servido para nada. Su cuerpo la había traicionado, tal como lo había traicionado a Toby el suyo. Jill no tenía ya fuerzas para ayudarlo y eso le hizo sentir ganas de llorar. Había terminado.

Oyó un ruido en la puerta del dormitorio y levantó la vista. Toby estaba de pie en el umbral, solo, sujetando con brazos temblorosos su andador y haciendo ininteligibles sonidos con la boca, tratando de decir algo.

—Jiiiiiigh... Jiiiiiigh...

Trataba de decir Jill. Comenzó a sollozar incontrolablemente y sin poder parar.

A partir de ese día los progresos de Toby fueron espectaculares. Por primera vez supo que iba a curarse. No se oponía ya a que Jill lo forzara más allá de lo que podía tolerar. Se lo agradecía. Quería curarse por ella. Jill se había convertido en su diosa; si antes la amaba, ahora la idolatraba.

Y algo le había ocurrido a Jill. Antes había luchado por su propia vida; Toby era simplemente el instrumento que se veía obligada a utilizar. Pero en cierto sentido eso había cambiado. Era como si Toby se hubiera convertido en parte de ella. Eran un cuerpo, una mente y un alma, obsesionados por el mismo fin. Habían recorrido un calvario expiatorio. La vida de Toby había estado en sus manos y ella la había alimentado y fortalecido hasta salvarla por fin, y de todo eso había surgido una especie de amor. Toby le pertenecía tanto como ella le pertenecía a él.

Jill cambió la dieta de Toby para que recuperara el peso perdido. Pasaba todos los días un rato al sol, daba largas caminatas por el jardín ayudándose con el andador primero, un bastón después, recuperando sus fuerzas. El día en que Toby pudo caminar sin ayuda, ambos lo celebraron con una cena en el gran comedor iluminado con velas.

Jill decidió que por fin Toby podía ser presentado al público. Llamó por teléfono al doctor Kaplan y su enfermera la comunicó en seguida con él.

—¡Jill! He estado sumamente preocupado. Traté de llamarla por teléfono, pero nadie contestaba. Envié un telegrama y al no recibir contestación supuse que habría llevado a Toby a algún otro lado. Está... sigue...

—Venga a verlo con sus propios ojos, Eli.

El doctor Kaplan no pudo ocultar su asombro.
—Es increíble —le dijo a Jill—. Es..., parece un milagro.
—Es un milagro —respondió Jill—. Con la diferencia de que

en este mundo uno debe realizar sus propios milagros porque Dios parece estar muy atareado en otra parte.

—Todavía hay gente que llama preguntándome por Toby —decía el doctor Kaplan—. Según parece, no podían comunicarse con usted. Sam Winters me llama por lo menos una vez por semana. Y Clifton Lawrence llamó también varias veces.

Jill hizo a un lado a Clifton Lawrence, ¡pero Sam Winters! Eso estaba bien. Tenía que encontrar una fórmula para que el mundo se enterara de que Toby Temple era todavía una superestrella y que ambos seguían siendo la Pareja Dorada

Llamó por teléfono a Sam Winters al día siguiente y le preguntó si le gustaría visitar a Toby. Sam llegó a la casa una hora después. Jill lo recibió en la puerta y Sam tuvo que hacer un esfuerzo para ocultar la sorpresa que tuvo al verla. Jill había envejecido diez años desde la última vez que la había visto. Sus ojos parecían dos cuencas vacías y su cara estaba surcada por numerosas arrugas. Había bajado tanto de peso que se había convertido en un esqueleto.

—Gracias por haber venido, Sam. Toby estará encantado de verte.

Sam había pensado encontrar a Toby en la cama convertido en la sombra de lo que antes había sido pero recibió una gran sorpresa. Estaba acostado sobre una colchoneta junto a la piscina y al verlo acercarse se puso de pie, algo lentamente, pero con seguridad y le tendió una mano firme. Estaba bronceado y presentaba un aspecto saludable, mucho mejor que antes de su ataque. Parecía que gracias a una extraña alquimia, la salud y vitalidad de Jill hubieran pasado al cuerpo de Toby y las consecuencias de su enfermedad hubieran repercutido en el físico de Jill.

—¡Hola, Sam! Encantado de verte.

Toby hablaba un poco más pausadamente quizá y con más precisión que antes, pero su voz era clara y firme. No había rastro alguno de la parálisis que le habían comentado a Sam. Seguía teniendo todavía la misma cara infantil con los enormes ojos azules. Sam lo abrazó afectuosamente y dijo:

—Ay, Jesús, qué susto me diste.

Toby sonrió y respondió:

—No necesitas llamarme Jesús cuando estemos a solas.

Sam miró más detenidamente a Toby y manifestó con asombro:

—Te aseguro que no puedo creerlo. ¡Maldito seas, si hasta pareces más joven! Toda la población estaba preparándose para tu entierro.

—Tendrían que atraparme muerto —replicó Toby sonriendo.

—Es increíble lo que los médicos pueden hacer hoy en día…

—Nada de médicos. —Toby se dio la vuelta hacia Jill y sus ojos reflejaron una auténtica adoración—. ¿Quieres saber quién lo hizo posible? Jill. Únicamente Jill. Con sus dos manos. Echó a todos y consiguió hacerme caminar otra vez.

Sam miró a Jill azorado. Nunca le había parecido que era una muchacha capaz de actuar tan abnegadamente. Tal vez se había equivocado al juzgarla.

—¿Qué planes tienes? —le preguntó a Toby—. Supongo que querrás descansar y…

—Va a trabajar nuevamente —interpuso Jill—. Toby tiene demasiado talento para quedarse sentado sin hacer nada.

—Me muero por empezar —reconoció Toby.

—Tal vez Sam tenga algún proyecto para ti —sugirió Jill.

Ambos fijaron la atención en Sam. Éste no quería desanimar a Toby, pero tampoco quería darle falsas esperanzas. No era posible filmar una película con una estrella a menos que se la pudiera asegurar, y ninguna compañía estaría dispuesta a asegurar a Toby Temple.

—No tengo nada por el momento —respondió Sam cuidadosamente—. Pero no te preocupes, que estaré atento.

—Tienes miedo de darle trabajo, ¿no es así? —Parecía como si estuviese leyéndole los pensamientos.

—Por supuesto que no. —Pero ambos sabían que estaba mintiendo.

No habría nadie en todo Hollywood que se arriesgara a contratar nuevamente a Toby Temple.

Toby y Jill estaban mirando a un cómico joven en la televisión.

—Es pésimo –comentó Toby—. Maldición, cómo me gustaría poder actuar nuevamente en la pantalla. Tal vez debería buscar un agente. Alguien que averiguara qué posibilidades tengo.

—¡No! —exclamó Jill con firmeza—. No vamos a permitir que nadie salga a ofrecerte como si fueras un cepillo. No eres ningún vago en busca de trabajo. Eres Toby Temple. Haremos que ellos vengan a buscarte.

Toby sonrió tristemente y dijo:

—Nadie ha llamado todavía a la puerta, querida.

—Ya lo harán —prometió Jill—. No saben en qué condiciones te encuentras. Estás mejor que antes. Sólo tenemos que demostrárselo.

—Tal vez debería posar desnudo para una de esas revistas.

Jill no le prestaba oídos.

—Tengo una idea —anunció pausadamente—. Un *show* en el que seas estrella exclusiva.

—¿Qué dices?

—La estrella exclusiva —repitió con voz llena de entusiasmo—. Voy a alquilar el Huntington Hartford Theatre. Todo Hollywood asistirá. ¡Y después todos llamarán a nuestra puerta!

Asistió todo Hollywood: productores, directores, artistas, críticos..., toda la gente importante del mundo del espectáculo. Las localidades del teatro de Vine Street se agotaron muchos días antes de la función y cientos de personas quedaron sin poder ir. Una multitud entusiasmada recibió con una ovación a Toby Temple y Jill cuando llegaron en un enorme coche conducido por un chofer. Era su Toby Temple. Había regresado a ellos de entre los muertos y lo idolatraban más que nunca.

El público que estaba en el interior del teatro había acudido en parte por respeto a un hombre que había sido famoso y magnífico, pero más que nada por curiosidad. Estaban allí para rendir un último tributo a un héroe moribundo, a una estrella extinguida.

Jill había planeado personalmente la función. Fue a ver a O'Hanlon y Rainger, y éstos escribieron un material maravilloso que empezaba con un monólogo burlándose de la ciudad por querer enterrar a Toby cuando aún estaba con vida. Jill había recurrido a un equipo que había ganado tres premios de la Academia por sus canciones. Nunca habían compuesto nada especial para nadie, pero cuando Jill dijo:

—Toby insiste en que ustedes son los únicos en el mundo que...

Dick Landry voló desde Londres para dirigir la función.

Jill reunió a la gente más capaz para apuntalar a Toby, pero en última instancia todo dependería de él. Era la estrella exclusiva y estaría solo en el escenario.

Por fin llegó el gran momento. Las luces se apagaron y en la sala se percibía ese inquieto murmullo que precede al momento en que se levanta el telón, una silenciosa oración para que algo mágico ocurriera esa noche.

Y ocurrió.

Cuando Toby Temple apareció en la escena, con paso firme y tranquilo, su famosa sonrisa iluminando su cara juvenil, se hizo un breve silencio que fue quebrado al instante por una salva de aplausos y gritos, una ovación de pie que estremeció al teatro durante cinco minutos.

Toby permaneció de pie, esperando que se apaciguara el entusiasmo, y cuando finalmente se hizo otra vez silencio les preguntó:

—¿A eso le llaman ustedes un recibimiento caluroso? —Y todos se echaron a reír.

Estuvo brillante. Dijo chistes, cantó y bailó, atacó a todo el mundo como si nunca hubiera estado ausente de las tablas. El público no se cansaba de oírlo. Seguía siendo una superestrella, pero ahora se había convertido además en una leyenda con vida.

La revista *Variety* dijo al día siguiente: «Vinieron para enterrar a Toby Temple, pero se quedaron para alabarlo y ovacionarlo. ¡Y realmente lo merecía! No hay nadie en todo Hollywood que tenga el carisma del viejo maestro. Fue una noche de ovaciones y ninguno de los que tuvieron la suerte de estar presentes olvidará jamás esa memorable…».

El *Hollywood Reporter* dijo: «El público esperaba ver el regreso de un gran artista, pero Toby Temple les demostró que nunca había estado ausente».

Todas las demás revistas repetían elogios similares. A partir de ese momento el teléfono de Toby sonó incesantemente. Llovían cartas con invitaciones y ofertas.

Todos llamaban insistentemente a su puerta.

Toby repitió la misma función en Chicago, Washington y Nueva York; y en todos lados causó sensación. Despertaba mayor interés ahora que antes. Y como si quisieran revivir nostálgicamente el pasado, los auditorios artísticos y los de las universidades proyectaron nuevamente las primeras películas de Toby. Los canales de televisión sacaron al aire una semana dedicada a Toby Temple durante la cual repitieron sus anteriores funciones.

Surgieron muñecos con la efigie de Toby Temple, juegos Toby Temple, rompecabezas, libros de chistes y camisas con su nombre. Su imagen era utilizada para hacer publicidad de café, cigarrillos y dentífricos.

Protagonizó un personaje en una película musical de la Universal y fue contratado para aparecer como artista invitado en todos los importantes números de variedades. Los canales tenían numerosos guionistas atareados en fabricar una nueva *Hora de Toby Temple*.

El sol había vuelto a salir y sus rayos iluminaban a Jill.

Resurgieron las fiestas y recepciones y las proyecciones en privado en casa de tal o cual embajador o senador y… su presencia era requerida por todo el mundo con cualquier pretexto. Fueron obsequiados con una cena en la Casa Blanca, honor reservado habitualmente para los jefes de Estado. Dondequiera que iban eran ovacionados.

Pero ahora aplaudían a Jill tanto como a Toby. El sensacional relato de lo que había logrado, esa maravillosa lucha que había entablado completamente sola para que Toby recuperara la salud, conmovió los sentimientos del mundo entero. Fue ensalzada por la prensa como la historia de amor del siglo. La revista *Time* los sacó a los dos en la portada y en el artículo editorial le tributó un caluroso homenaje a Jill.

Toby firmó un contrato por cinco millones de dólares para actuar en una nueva serie semanal de televisión que debía comenzar a grabarse en el término de doce semanas, a principios de septiembre.

—Iremos a Palm Springs para que puedas descansar hasta entonces —dijo Jill.

Toby negó con la cabeza.

—Has estado encerrada demasiado tiempo. Ahora vamos a vivir un poco la vida. —La abrazó y agregó—: No soy muy bueno con las palabras, querida, como no se trate de chistes. No sé cómo decirte lo que siento por ti. Sólo quiero que sepas que sólo comencé a vivir el día que te conocí.

Y se dio la vuelta bruscamente para que Jill no pudiera ver sus ojos llenos de lágrimas.

Toby hizo los arreglos necesarios para repetir su actuación en Londres, París y, por increíble que parezca, en Moscú. Todos se peleaban por conseguirlo. Era un ídolo tanto en América como en Europa.

Navegaban en el *Jill* en un día de sol radiante, rumbo a Catalina. Había una docena de invitados a bordo, entre ellos Sam Winters, O'Hanlon y Rainger, que habían sido elegidos como los principales guionistas del nuevo *show* de televisión de Toby. Estaban todos en el salón jugando y conversando. Jill echó una mirada alrededor y al advertir que Toby no estaba, salió a la cubierta en busca de él.

Lo encontró apoyado contra la borda mirando el mar. Jill se le acercó y le preguntó:

—¿Te sientes bien?

—Estaba simplemente mirando el mar, querida.

—Qué bonito es el mar, ¿verdad?

—Si eres un tiburón. —Se estremeció y agregó—: No me gustaría morir así. Siempre he tenido terror de ahogarme.

Ella apoyó su mano sobre la de Toby.

—¿Qué es lo que te preocupa?

—Creo que no quiero morir —respondió mirándola—. Tengo miedo de lo que pueda encontrar allí. Aquí soy un hombre importante. Todo el mundo conoce a Toby Temple. ¿Pero allí...? ¿Sabes cómo imagino el infierno? Como un lugar sin público.

El Friars Club dio una cena en honor de Toby Temple. Una docena de los más importantes cómicos compartían el estrado junto con Toby, Jill, Sam Winters y el director del canal que acababa de firmar contrato con Toby. Le pidieron a Jill que se pusiera de pie y saludara. Y recibió una ovación

*¡Están aplaudiéndome a mí, no a Toby!,* pensó en ese momento Jill.

El maestro de ceremonias era el conductor de un famoso programa nocturno de televisión.

—No se imaginan lo contento que estoy de tener con nosotros a Toby —dijo—. Porque si no estuviéramos agasajándole esta noche aquí, este banquete se habría realizado en Forest Lawn[1].

Risas.

—Y les aseguro que la comida que sirven allí es horrible. ¿Han comido alguna vez en Forest Lawn? Sirven restos de la Última Cena.

---

[1] Forest Lawn: Cementerio cerca de Los Ángeles.

Risas.

Se dio la vuelta hacia Toby y manifestó:

—Estamos realmente orgullosos de ti, Toby. Lo digo en serio. Tengo entendido que te han pedido que dones una parte de tu cuerpo a la ciencia. Van a conservarla en un frasco en la Escuela de Medicina de Harvard. Pero hasta ahora el único problema es que no han podido encontrar un frasco lo suficientemente grande como para que quepa.

Más risas.

Cuando Toby subió al estrado para iniciar su réplica, superó ampliamente a todos.

La opinión general era que nunca se había realizado en el Friars una cena tan divertida.

Clifton Lawrence se contaba entre el público reunido esa noche.

Estaba sentado en una mesa en el fondo del salón cerca de la cocina junto con otras personas poco importantes. Se había visto obligado prácticamente a rogar de rodillas a viejos conocidos para conseguir esa poco honrosa situación. Podía decirse que Clifton Lawrence ostentaba el rótulo del fracaso desde que Toby le había despedido. Trató de hacer un negocio con una agencia importante, pero como no tenía ningún cliente, poco podía ofrecerles. Hizo la prueba luego con otras agencias más modestas, pero no demostraron interés en ese hombre ya maduro que pertenecía al pasado; todos querían hombres jóvenes y agresivos. Clifton trabajó finalmente en una agencia nueva y pequeña, en un puesto con sueldo fijo. Lo que ganaba por semana era menos de lo que había gastado antes en una noche en Romanoff.

Recordaba el primer día que entró en la agencia. La dirigían tres agresivos muchachos que aún no habían cumplido treinta años. Sus clientes eran artistas de rock. Dos de ellos usaban barba, y todos vestían vaqueros, camisas y zapatillas de tenis sin calcetines. A Clifton lo hacían sentirse como si tuviera mil años. Hablaban en un idioma que no comprendía. Lo llamaban «viejo» y «pa» y le daban ganas de llorar al pensar en el respeto que sentían antes por él en esa ciudad.

El agente, antaño elegante y jovial, se había vuelto desaliñado y amargado. Toby Temple había sido todo en su vida y Clifton hablaba permanentemente de esa época. Era lo único que ocupaba sus pensamientos. Eso y Jill. Clifton la culpaba por todo lo que le había ocurrido. Toby no había podido evitarlo: había sido influenciado por esa maldita mujer. La odiaba inmensamente.

Estaba sentado en el fondo del salón observando cómo la concurrencia aplaudía a Jill cuando uno de los que compartían su mesa dijo:

—Toby es un tipo de suerte. Ojalá yo tuviera una mujer así. Es sensacional en la cama.

—¿Ah, sí? —preguntó alguien cínicamente—. ¿Y cómo lo sabes?

—Trabaja en una película pornográfica que exhiben en el Pussycat Theatre. Dios mío, durante un momento creí que le iba a succionar el hígado al otro tipo.

Clifton sintió súbitamente la boca reseca y casi no pudo articular las palabras.

—¿Estás..., estás seguro de que era Jill Castle? —preguntó.

El desconocido se dio la vuelta hacia él.

—Por supuesto que estoy seguro. Pero tenía otro nombre... Josephine no sé cuánto. Un complicado apellido polaco. —Miró a Clifton y exclamó—: ¡Eh! ¿No era usted antes Clifton Lawrence?

Hay una zona del Santa Mónica Boulevard, entre Fairfax y La Ciénaga, que es territorio del condado. Parte de una isla rodeada por la ciudad de Los Ángeles y que se rige por las leyes del condado que son más tolerantes que las de la ciudad. En seis manzanas se alzan cuatro cines en los que se exhibe únicamente pura pornografía, media docena de librerías en las que los clientes pueden instalarse en cubículos privados y mirar películas utilizando proyectores individuales y otros tantos salones de masajes donde jóvenes núbiles son expertas en cualquier cosa menos en masajes. El Pussycat Theatre se encuentra en medio de todo eso.

Habría tal vez alrededor de veinte personas en la sala oscura, casi todos hombres, a excepción de dos mujeres que estaban tomadas de la mano. Clifton miró al público y se preguntó para sus adentros qué impulsaría a esa gente a meterse en esas cavernas oscuras en un día de sol radiante y pasar horas presenciando películas dedicadas exclusivamente a exhibir imágenes de otras personas fornicando.

Comenzó la proyección de la película principal y Clifton olvidó todo excepto lo que veía en la pantalla. Se inclinó hacia delante en el asiento concentrándose en la cara de todas las actrices. El tema giraba en torno de un joven profesor de colegio que hacía entrar subrepticiamente de noche a su cuarto a sus alumnas. Todas eran jóvenes, sumamente atractivas e increíblemente dotadas.

Realizaban una serie de ejercicios sexuales, orales, vaginales y anales, hasta que el profesor quedaba tan satisfecho como ellas.

Pero ninguna era Jill. *Tiene que estar ahí,* pensaba Clifton. Era la única oportunidad que conseguiría de vengarse por lo que le había hecho. Se las arreglaría para que Toby viera la película. Sufriría mucho, pero se repondría. Jill sería destruida. Cuando Toby se enterara de con qué clase de mujer se había casado, la echaría a patadas. Jill tenía que figurar en esa película.

Y de repente apareció, en la gran pantalla, en glorioso y vívido color. Había cambiado mucho. Ahora estaba más delgada, más bonita y sofisticada.

Pero era Jill.

Clifton permaneció sentado saboreando y disfrutando con el espectáculo, regocijando y deleitando sus sentidos, saturándose con una electrizante sensación de triunfo y venganza.

Permaneció en su asiento hasta que apareció la lista del reparto. Y ahí estaba. Josephine Czinski. Se puso de pie y se dirigió hacia la sala de proyección. Dentro del pequeño cuarto había un hombre en mangas de camisa leyendo una revista de carreras de caballos. Levantó la vista al ver entrar a Clifton y le dijo:

—No puede entrar nadie aquí, amigo.

—Quiero comprar una copia de esa película.

El hombre negó con la cabeza.

—No está en venta. —Y se dedicó nuevamente a su estudio hípico.

—Le pagaré cien dólares por una copia. Nadie se enterará.

El hombre ni siquiera levantó la cabeza.

—Doscientos dólares —dijo Clifton.

El proyectista dio vuelta a la página.

—Trescientos.

Levantó la vista y miró atentamente a Clifton.

—¿En efectivo?

—En efectivo.

Clifton Llegó a casa de Toby Temple a las diez de la mañana siguiente llevando una caja con un rollo de película bajo el brazo.

*No, no*, pensó alegremente, *dinamita. La suficiente como para mandar al infierno a Jill Castle.*

Le abrió la puerta un mayordomo inglés que Clifton no conocía.

—Dígale al señor Temple que Clifton Lawrence quiere verlo.

—Lo siento, señor. El señor Temple no se encuentra en casa.

—Lo esperaré —respondió Clifton con firmeza

—Mucho me temo que no será posible —contestó el mayordomo—. El señor y la señora Temple salieron esta mañana rumbo a Europa.

# 32

Europa fue una sucesión de triunfos.

La noche del debut de Toby en el Palladium de Londres, Oxford Circus estaba repleto de gente que pugnaba frenéticamente por ver a Toby y Jill. La policía formaba un cordón alrededor de Argyll Street. Cuando la multitud logró romperlo, hubo que recurrir rápidamente a la policía montada. La función comenzó exactamente a las ocho, en cuanto llegó la familia real.

Toby superó las expectativas de todos por más exageradas que fueran. Con una cara en la que se reflejaba una inocencia radiante, atacó brillantemente al gobierno inglés y a su tradicional y anticuada complacencia. Explicó cómo se las había arreglado para ser menos poderoso que Uganda y cómo ello no le habría ocurrido a otro país. Todos estallaron en carcajadas porque sabían que Toby Temple lo decía en broma. Nadie soñó con tomar en serio sus palabras. Toby se quedó encantado con ellos.

Y ellos fascinados con Toby.

La recepción fue más tumultuosa todavía en París. Jill y Toby fueron invitados por el presidente a su palacio y pasearon por la ciudad en un coche del gobierno. A diario figuraban en la primera página de todos los periódicos y cuando se presentaban en el teatro era necesario pedir refuerzos policiales para controlar a la multitud. Al final de la función, cuando Jill y Toby eran escoltados hasta el coche que los esperaba, la gente rompió de repente el cordón policial y cientos de franceses se abalanzaron hacia ellos gritando: «*Toby, Toby. On veut Toby!*» La multitud esgrimía lapiceras, libretas de autógrafos y se apretujaban para poder tocar al gran Toby Temple y a su maravillosa Jill. La policía no pudo contenerlos y esa masa humana se lanzó hacia ellos, arrancándoles la ropa, luchando por obtener algún recuerdo. Toby y Jill fueron casi aplastados por la avalancha, pero Jill no sintió miedo. Ese desorden era un homenaje a ella. Ella lo había hecho posible, ella les había devuelto a Toby.

La última etapa del viaje era Moscú.

Moscú en el mes de junio es una de las ciudades más bonitas del mundo. Elegantes *Lipa y berezka* blancos alzan sus copas sobre macizos de flores amarillas a lo largo de las avenidas llenas de público local y extranjero que pasea bajo el sol. Es la estación de los turistas. A excepción de las visitas oficiales, todos los turistas que llegan a Rusia deben pasar por Intourist, la agencia controlada por el gobierno que se ocupa de su transporte, alojamiento y visitas guiadas. Pero una gran limusina Zil esperaba a Toby y Jill en el aeropuerto internacional Sheremetyevo para conducirlos al Hotel Metropole, reservado por lo general para los VIP de los países satélites. La suite contaba con una provisión de vodka Stolichnaya y caviar negro.

El general Yuri Romanovitch, miembro importante del Partido, se trasladó al hotel para darles la bienvenida.

—No se proyectan muchas películas norteamericanas en Rusia, señor Temple, pero las suyas han sido exhibidas en repetidas ocasiones. El pueblo ruso considera que no existen fronteras para el verdadero talento.

\* \* \*

Toby había firmado un contrato para realizar tres funciones en el teatro Bolshoi. Jill compartió la ovación la noche del estreno. Como consecuencia de las barreras alzadas por los diferentes idiomas, la mayor parte de la actuación de Toby consistió en una pantomima que fue recibida entusiastamente por el público. Realizó una diatriba en su seudorruso desencadenando una verdadera tempestad de aplausos y risas que resonaron en el inmenso teatro como un canto de amor.

El general Romanovitch escoltó personalmente durante los dos días siguientes a Toby y Jill en una gira turística privada. Fueron al parque Gorki, montaron en la gigantesca rueda giratoria y visitaron la histórica catedral de San Basilio. Los llevaron al circo estatal de Moscú y fueron obsequiados con un banquete en Aragvi, que consistió en caviar rosado, el más raro de todos, *zakushki,* que literalmente significa pequeños bocados, y *pashteet,* ese exquisito paté cubierto por una capa de masa. Como postre comieron *toblochnaya,* esa deliciosa tarta de manzana con salsa de damasco.

Y más excursiones. Fueron al Museo de Arte Pushkin, al mausoleo de Lenin y al Detsky Mir, una encantadora tienda para niños.

Los llevaron a lugares cuya existencia ignoraba la mayoría de los rusos. La calle Granovsko, atestada de Chaikas y Volgas conducidas por choferes. Traspasaron una sencilla puerta en la que decía «Oficina de Pases Especiales» y entraron a una tienda repleta de lujosas mercancías importadas de todos los rincones del mundo. Era allí donde el *Nachalstvo,* la élite rusa, tenía derecho a hacer sus compras.

Visitaron una lujosa dacha donde se exhibían en privado películas extranjeras para unos pocos privilegiados. Fue una fascinante perspectiva interna del Estado Popular.

\* \* \*

Los Temple estaban preparándose para salir de compras la tarde en que Toby debía realizar su última actuación.

—¿Por qué no vas tú sola, querida? —sugirió Toby—. Creo que voy a descansar un rato.

Jill lo observó durante un instante y le preguntó:

—¿Te sientes bien, mi amor?

—Perfectamente. Sólo estoy un poco cansado. Ve a comprar todo Moscú.

Jill titubeó. Toby estaba pálido. Cuando terminara su gira se encargaría de que descansara un tiempo antes de empezar con su *show* en la televisión.

—Muy bien —respondió—. Duerme una siesta.

Jill atravesaba el vestíbulo del hotel cuando oyó una voz masculina que llamaba:

—Josephine. —Supo quién era aun antes de darse la vuelta y en menos de un segundo quedó presa del viejo hechizo.

David Kenyon caminaba hacia ella sonriendo y diciendo:

—Me alegro tanto de verte —y ella tuvo la sensación de que su corazón dejaba de latir. *Es el único hombre que ha conseguido hacerme sentir así,* se dijo para sus adentros.

—¿Quieres tomar una copa? —le preguntó David.

—Encantada —le contestó.

El bar del hotel era grande y estaba lleno de gente pero encontraron en un rincón una mesa donde podían hablar con relativa tranquilidad.

—¿Qué estás haciendo en Moscú? —quiso saber Jill.

—Me pidió el gobierno que viniera. Estamos tratando de firmar un convenio petrolífero.

Un camarero aburrido se acercó a la mesa y les preguntó qué iban a tomar.

—¿Cómo está Cissy?

David la miró un instante y luego dijo:

—Nos divorciamos hace unos pocos años. —Cambió deliberadamente de tema y agregó—: He seguido paso a paso todo lo que te ha ocurrido. He sido un gran admirador de Toby Temple desde mi infancia. —Toby parecía muy viejo después de esa afirmación—. Me alegro mucho de que esté bien otra vez. Me quedé muy preocupado por ti cuando me enteré de su enfermedad. —Sus ojos tenían esa expresión de deseo que Jill recordaba muy bien.

—Su actuación en Hollywood y Londres fue espléndida —prosiguió diciendo David.

—¿Estuviste allí? —preguntó Jill sorprendida.

—Sí —y agregó rápidamente—, por asuntos de negocios.

—¿Por qué no viniste a saludarnos?

Titubeó un poco antes de contestar:

—Porque no quería entrometerme. No sabía si tenías interés en verme.

Les trajeron unos vasos pesados y chatos con la bebida que habían pedido.

—Por ti y por Toby —dijo David. Pero la forma en que lo dijo transmitió cierta tristeza, cierto anhelo...

—¿Vienes siempre al Metropole? —preguntó Jill.

—No. En realidad me resultó muy difícil conseguir... —advirtió la trampa demasiado tarde. Sonrió tristemente y acotó—: Sabía que estarías aquí. Hace cinco días que debería haberme ido de Moscú. Pero me quedé con la esperanza de encontrarte.

—¿Por qué, David?

Pasó un buen rato antes de que contestara. Cuando lo hizo le dijo:

—Es ya demasiado tarde, pero de todos modos quiero decírtelo porque me parece que tienes derecho a saberlo.

Le contó entonces cómo fue su boda con Cissy, la forma en que lo había engañado, su tentativa de suicidio y lo que pasó esa noche en que debía encontrarse con Jill en el lago. Todo fue explicado en una forma tan emotiva que Jill quedó impresionada.

—Siempre estuve enamorado de ti.

Ella permaneció sentada escuchándolo, mientras una sensación de felicidad invadía su cuerpo como un cálido vino. Era como un maravilloso sueño convertido en realidad, todo lo que había querido y deseado durante su vida. Jill examinó al hombre que estaba sentado frente a ella, recordó las poderosas manos que la estrecharon, la rigidez y exigencia de su cuerpo y sintió un estremecimiento. Pero Toby se había convertido en una parte de ella, era su propia carne; y David...

—¡Señora Temple! —exclamó una voz a su lado—. ¡La hemos estado buscando por todas partes! —Era el general Romanovitch.

Jill miró a David y le dijo:

—Llámame mañana por la mañana.

La última actuación de Toby en el teatro Bolshoi fue uno de los acontecimientos más emocionantes que tuvieron lugar en esa sala. Los espectadores le tiraron flores, le gritaron vivas, patalearon y se negaron a abandonar el recinto. Fue la verdadera culminación de sus otros triunfos. Se había organizado una gran fiesta para después de la función, pero Toby le dijo a Jill:

—Estoy agotado, querida. ¿Por qué no vas tú? Yo volveré al hotel y trataré de descansar.

Jill asistió sola a la reunión, pero tuvo la sensación de que David estaba permanentemente junto a ella. Charló con sus anfitriones, bailó, agradeció las demostraciones de afecto que le tributaron, pero durante ese tiempo su mente estaba ocupada reviviendo el encuentro con David. *Cometí un gran error al casarme con esa chica. Cissy y yo nos divorciamos. Jamás he dejado de quererte.*

\* \* \*

El acompañante de Jill la dejó en su hotel a las dos de la mañana. Al entrar en la suite encontró a Toby caído en el suelo en medio de la habitación, inconsciente y con el brazo derecho estirado hacia el teléfono.

Toby Temple fue conducido en una ambulancia a la Policlínica Diplomática situada en el número tres del Sverchkov Prospekt.

Tres especialistas de primera línea fueron llamados a medianoche para examinarlo. Todos se mostraron sumamente cariñosos con Jill. El director del hospital la acompañó a una oficina privada donde se quedó a la espera de noticias. *Es como si volviera a repetirse lo mismo,* pensó Jill. *Ya he pasado antes por esto.* Todo tenía una calidad vaga, irreal.

La puerta de la oficina se abrió al cabo de varias horas dando paso a un ruso gordo y bajito. Estaba vestido con un traje mal cortado y parecía un plomero de segundo orden.

—Soy el doctor Durov —anunció—. Su esposo está a mi cargo.

—Quiero saber cómo se encuentra.

—Siéntese, por favor, señora Temple.

Jill ni siquiera se había dado cuenta de que se había puesto de pie.

—¡Dígame de una vez!

—Su marido ha sufrido un ataque, técnicamente se llama una trombosis cerebral.

—¿Es muy grave?

—Es sumamente peligroso. Si sobrevive, y es muy pronto aún para saberlo, nunca más podrá hablar ni caminar. Su mente está despejada, pero ha quedado totalmente paralizado.

David la llamó por teléfono antes de salir de Moscú.

—No puedo decirte cuánto lo siento —manifestó—. Estaré atento por si me necesitas. No lo olvides.

Fue lo único que ayudó a Jill a mantener la cordura en medio de la pesadilla que iba a empezar.

El viaje de vuelta fue una penosa repetición del anterior. La camilla en el avión, la ambulancia que los transportó desde el aeropuerto a la casa, y la habitación del enfermo.

Pero esta vez no era igual. Jill lo comprendió en cuanto la autorizaron a ver a Toby. Su corazón latía, sus órganos vitales funcionaban: era en todo sentido un organismo con vida. Y sin embargo no lo era. Era un cadáver que respiraba y cuyo corazón palpitaba, un muerto en una bomba de oxígeno, lleno de tubos y cánulas por todo el cuerpo, semejantes a antenas que le proveían de los fluidos necesarios para mantenerse con vida. Su cara estaba contorsionada en una horrible mueca que era una imitación de una sonrisa y sus labios contraídos permitían ver sus encías. *Mucho me temo no poder ofrecerle ninguna esperanza,* había dicho el médico ruso.

Y desde entonces habían transcurrido varias semanas. Ahora estaban nuevamente en su casa de Bel-Air. Jill llamó en seguida al doctor Kaplan y éste mandó buscar a unos especialistas que a su vez consultaron a otros especialistas. Pero la respuesta fue siempre la misma: un ataque muy grave que había dañado seriamente o destruido los centros nerviosos, con muy pocas probabilidades de recuperación por los daños sufridos.

Tenía enfermeras día y noche y varios especialistas en fisioterapia, pero todo fue en vano.

El centro de toda esa atención era algo grotesco. Su piel había adquirido un tono amarillento y se le caía el pelo en grandes cantidades. Los miembros paralizados parecían haberse encogido y adelgazado y su cara ostentaba esa horrible mueca que no podía controlar. Era un espectáculo monstruoso, un verdadero cadáver.

Pero sus ojos permanecían con vida. Y qué vida. Relampagueaban reflejando la terrible frustración de esa mente encerrada dentro de un inútil caparazón. Cada vez que Jill entraba en su habitación, Toby la seguía afanosamente con una mirada ansiosa, suplicante. ¿Para qué? ¿Para que lo hiciera caminar nuevamente? ¿Para poder hablar otra vez? ¿Para convertirlo nuevamente en un hombre?

Ella lo contemplaba en silencio pensando: *Una parte de mi ser está acostada en esa cama sufriendo atrapada.* Estaban unidos el uno al otro. Habría dado cualquier cosa para poder salvar a Toby y salvarse ella misma. Pero sabía que no era posible. Esta vez era inútil.

El teléfono sonaba incesantemente repitiendo todas las llamadas anteriores con insistentes manifestaciones de cariño.

Pero hubo una llamada diferente. David Kenyon telefoneó.

—Quería que supieras que estoy a tu disposición para cualquier cosa que necesites.

Jill recordó lo alto, hermoso y fuerte que era y pensó en esa deformada criatura que yacía en el cuarto de al lado.

—Gracias, David. Te aseguro que te lo agradezco de todo corazón. Pero no hay nada que pueda hacerse por el momento.

—En Houston tenemos unos médicos de primer orden —insistió—. De los mejores del mundo. Podría mandarlos allí en un avión.

Jill sintió un nudo en la garganta. ¡Oh, qué ganas tenía de pedirle a David que viniera a buscarla y la llevara lejos de ese lugar! Pero no podía hacerlo. Estaba unida a Toby y sabía que jamás podría abandonarlo.

Por lo menos mientras estuviera vivo.

El doctor Kaplan había terminado de reconocer a Toby. Jill lo esperaba en la biblioteca. Se dio la vuelta hacia él cuando lo oyó entrar.

—Bueno, Jill —dijo tratando de reflejar cierta alegría—. Tengo noticias malas y noticias buenas.

—Primero las malas.

—Mucho me temo que el sistema nervioso de Toby haya sufrido daños irreparables como para pensar en una rehabilitación. No cabe la menor duda al respecto. Esta vez es definitivo. Nunca más podrá caminar ni hablar.

Jill se quedó mirándolo un buen rato y finalmente le preguntó:

—¿Cuál es la buena noticia?

El doctor Kaplan sonrió.

—Toby tiene un corazón sorprendentemente fuerte. Si se lo cuida bien, podrá vivir otros veinte años.

Jill lo miró con incredulidad. Veinte años. ¡Y ésa era la buena noticia! Pensó en lo que le esperaba, cargando con esa horrible gárgola del otro piso, atrapada en una pesadilla de la que no podía escapar. Nunca podría divorciarse de Toby. Por lo menos mientras viviera. Porque nadie lo comprendería. Era la heroína que le había salvado la vida. Todos se sentirían traicionados y engañados si ella lo abandonaba en ese momento. Incluso David Kenyon.

David llamaba por teléfono todos los días y seguía hablándole de su magnífica lealtad y desinterés y ambos advirtieron la profunda corriente emotiva que fluía entre ellos.

La frase tácita era: *Cuando Toby muera.*

# 33

Tres turnos de enfermeras cuidaban a Toby noche y día. Bien dispuestas, competentes e impersonales como máquinas. Fueron un gran alivio para Jill porque le resultaba imposible acercarse a su marido. Esa horrible máscara sonriente le repelía. Encontró excusas para no entrar a su cuarto. Pero cuando hacía un esfuerzo y se acercaba a él, advertía inmediatamente un cambio en Toby, cambio que no pasaba inadvertido para las enfermeras. Yacía inmóvil e impotente, como si estuviera congelado dentro de una caja. No obstante, cuando Jill ponía un pie en la habitación, sus relucientes ojos azules parecían cobrar vida. Sus pensamientos le resultaban a Jill tan elocuentes como si los expresara en voz alta. *No me dejes morir. ¡Ayúdame! ¡Ayúdame!*

Jill miraba su cuerpo arruinado y pensaba: *No puedo ayudarte. No es posible que quieras seguir viviendo así. Quieres morir.*

Jill comenzó a reflexionar sobre esa idea.

Los periódicos relataban a diario casos de esposos sentenciados por enfermedades incurables cuyas mujeres los liberaban de sus sufrimientos. Incluso había ciertos médicos que admitían dejar morir deliberadamente a algunos pacientes. Se llamaba eutanasia. Muerte piadosa. Pero Jill sabía que también podía ser considerado como un asesinato, aunque lo único que siguiera con vida en Toby fueran sus malditos ojos que no se apartaban de ella.

Jill no salió para nada de la casa durante las semanas siguientes. La mayor parte del tiempo lo pasaba encerrada en su dormitorio. Se recrudecieron sus jaquecas y no podía encontrar alivio para ellas.

Las revistas y los diarios publicaban melodramáticas historias sobre el gran artista paralítico y su abnegada esposa que anteriormente había conseguido devolverle la salud. Todos los periódicos especulaban con la posibilidad de que Jill pudiera repetir el milagro. Pero ella sabía que ya no habría milagro. Toby no se curaría nunca.

*Veinte años,* había dicho el doctor Kaplan. Y David estaba esperándola. Tenía que encontrar una forma de escapar de esa prisión.

Todo comenzó un triste y oscuro domingo. Empezó a llover por la mañana y siguió lloviendo todo el día; el incesante golpeteo de la lluvia contra el techo y las ventanas puso en tal estado de nervios a Jill que creyó volverse loca. Estaba en su dormitorio leyendo, tratando de apartar de su mente el incesante repiqueteo del aguacero, cuando entró la enfermera de la noche. Se llamaba Ingrid Johnson. Era nórdica y parecía toda ella almidonada

—El hornillo de arriba no funciona —anunció Ingrid—. Tendré que bajar a la cocina para prepararle la comida al señor Temple. ¿Podría quedarse un momento con él?

Jill advirtió un tono de reprobación en la voz de la enfermera. Le parecía raro que una esposa no quisiera acercarse al lecho donde yacía su marido enfermo.

—Yo lo cuidaré —respondió Jill.

Dejó el libro, atravesó el pasillo y se dirigió al cuarto de Toby. En cuanto puso un pie en la habitación percibió el ya conocido hedor de la enfermedad. Al instante todo su cuerpo se sintió invadido por los recuerdos de esos largos y terribles meses durante los cuales había luchado para salvarlo.

Toby tenía la cabeza apoyada contra una gran almohada. Sus ojos se animaron y comenzaron a enviarle mensajes en cuanto la vio entrar. *¿Dónde has estado? ¿Por qué me has abandonado? Te necesito. ¡Ayúdame!* Era como si sus ojos estuvieran dotados de una voz. Jill contempló ese espantoso cuerpo retorcido y su sonrisa macabra y sintió náuseas. *¡Nunca te curarás, maldito! ¡Tienes que morir! ¡Quiero que te mueras!* Mientras Jill miraba a Toby notó un cambio en la expresión de sus ojos. Reflejaron asombro, incredulidad y luego comenzaron a llenarse con tanto odio, con una maldad tan desembozada, que Jill retrocedió involuntariamente un paso. Se dio cuenta entonces de lo que había ocurrido. Había expresado en voz alta sus pensamientos.

Dio media vuelta y salió corriendo del cuarto.

A la mañana siguiente ya había dejado de llover. La vieja silla de ruedas de Toby había sido rescatada del sótano. La enfermera de la mañana, Frances Gordon, llevaba a Toby en su silla hacia el jardín para que tomara un poco de sol. Jill escuchó el ruido de la silla que avanzaba por el pasillo hacia el ascensor. Esperó unos minutos y bajó al otro piso. Pasaba frente a la biblioteca cuando sonó el teléfono. Era David que la llamaba desde Washington.

—¿Cómo estás hoy? —preguntó con voz cariñosa y tierna.

Nunca se había sentido tan contenta de oír su voz.

—Muy bien, David.

—Cómo me gustaría que estuvieras conmigo, querida.

—A mí también. Te quiero tanto. Y te deseo tanto. Quiero que me estreches nuevamente entre tus brazos. Oh, David…

Un sexto sentido hizo que se girara. Toby estaba en su silla en el pasillo, donde lo había dejado momentáneamente la enfermera. Sus ojos azules la miraron con tanto rencor y tanta furia que fue como si Jill hubiera recibido un golpe físico. Su mente hablaba a través de sus ojos y le gritaba: *¡Voy a matarte!* Jill dejó caer el teléfono aterrada.

Salió corriendo de la biblioteca y subió la escalera sintiendo todo el tiempo que el odio de Toby la perseguía, como si fuera una fuerza violenta y maligna. Se quedó el día entero encerrada en su dormitorio negándose a comer. Permaneció sentada en una silla, en un estado casi de trance, recordando una y otra vez lo ocurrido mientras hablaba por teléfono. Toby lo sabía. Nunca más podría mirarlo.

Por fin llegó la noche. Era entrado ya el mes de julio y el aire conservaba todavía el calor del día. Jill abrió de par en par las ventanas de su cuarto para que pudiera entrar la brisa.

La enfermera Gallagher estaba de turno. Entró de puntillas en la habitación de Toby para echar una mirada a su paciente. La enfermera Gallagher ansiaba leer sus pensamientos para poder así ayudar al pobre hombre. Le arregló las sábanas y le dijo:

—Ahora a dormir tranquilito. Dentro de un momento volveré a verlo. —No advirtió reacción alguna. Ni siquiera movió los ojos para mirarla.

*Quién sabe si, a pesar de todo, no es mejor que no pueda saber lo que piensa,* se dijo para sus adentros la enfermera Gallagher. Le echó un último vistazo y se retiró al pequeño saloncito en el que tenía instalado un televisor. Le encantaban esos programas en que se hacían entrevistas a varios artistas y hablaban sobre ellos mismos. Le parecía que así cobraban más dimensión humana, que se asemejaban más a la gente común y corriente. Mantuvo el sonido bajo para no molestar a su paciente. Pero Toby Temple no lo habría oído de todos modos. Sus pensamientos estaban en otra parte.

La casa estaba dormida, custodiada por los tupidos bosques de Bel-Air. Apenas se oía el ruido del lejano tráfico que circulaba allá abajo por Sunset Boulevard. La enfermera Gallagher estaba mirando un programa de madrugada. Le habría gustado mucho que la película que proyectaban hubiera sido una de Toby Temple. Sería tan emocionante ver en televisión al señor Temple sabiendo al mismo tiempo que estaba en persona a pocos pasos de distancia.

La enfermera Gallagher se quedó dormida a las cuatro de la mañana en la mitad de una película de terror.

Un profundo silencio reinaba en el cuarto de Toby.

El único ruido que se oía en el dormitorio de Jill era el tictac del reloj. Jill estaba acostada en su cama, desnuda, profundamente dormida, agarrando la almohada con un brazo, con la oscura silueta de su cuerpo recortada contra las sábanas blancas. Apenas se percibía el ahogado ruido del tráfico en la distancia.

Jill comenzó a moverse en sueños y se estremeció. Soñaba que ella y David estaban pasando la luna de miel en Alaska. Se encontraban en medio de una llanura cubierta de hielo en el preciso momento en que se desataba una tormenta. Ráfagas heladas azotaban sus caras y resultaba difícil respirar. Se dio la vuelta hacia David, pero éste había desaparecido. Estaba sola en medio del frígido Ártico, tosiendo, luchando por recuperar el aliento. La despertó el ruido de alguien que se ahogaba. Oyó un jadeo espeluznante, un estertor de muerte. Abrió los ojos y constató que el ruido provenía de su propia garganta. No podía respirar. Un manto helado la cubría como una espantosa sábana, acariciando su cuerpo desnudo, sus pechos, besándole los labios con un aliento helado y nauseabundo que parecía provenir de una tumba. El corazón le latía aceleradamente mientras luchaba por conseguir un poco de aire. Sentía los pulmones resecos por el frío. Trató de sentarse, pero una mano invisible se lo impidió. Sabía que estaba soñando, pero al mismo tiempo podía oír esos horribles estertores que salían de su garganta en su pugna por respirar. Se estaba muriendo. ¿Pero podía morir una persona durante una pesadilla? Jill sintió unos fríos tentáculos explorando su cuerpo, moviéndose entre sus piernas, penetrándola, poseyéndola, y con súbito terror comprendió que era Toby. En cierta manera y no sabía cómo, pero era Toby. Y ese súbito pánico le dio fuerzas para arrastrarse hasta el pie de la cama, jadeando, luchando con su cuerpo y su mente para mantenerse viva. Puso los pies en el suelo, consiguió levantarse y corrió hacia la puerta, sintiendo que el frío la perseguía, la rodeaba, trataba de apoderarse de ella. Encontró la manija y la giró. Salió corriendo al pasillo, luchando por recuperar el aliento y llenar de oxígeno sus pulmones vacíos.

En el corredor hacía calor y reinaba gran calma y tranquilidad. Jill se quedó allí tambaleándose, sin poder controlar el castañeteo de los dientes. Se dio la vuelta para mirar su dormitorio. Estaba todo en calma y perfectamente normal. Había tenido una pesadilla. Titubeó un instante y luego entró pausadamente en su habitación. Hacía calor. No había nada que temer. Era imposible que Toby pudiera hacerle daño alguno.

La enfermera Gallagher se despertó, salió del saloncito y fue a ver cómo dormía su paciente.

Toby Temple estaba en su cama exactamente en la misma postura en que lo había dejado. Tenía los ojos fijos en el techo, mirando algo que la señorita Gallagher no podía ver.

\* \* \*

A partir de esa noche la pesadilla se repitió frecuentemente, como un negro presagio de una tragedia, un anuncio de un futuro drama. Jill comenzó paulatinamente a ser víctima del terror. Sentía la presencia de Toby en cualquier rincón de la casa en donde estuviera. Oía todas las veces que la enfermera lo sacaba al jardín. La silla de ruedas chirriaba y ese sonido agudo le destrozaba los nervios. *Tengo que mandarla arreglar,* pensó. Evitaba acercarse al cuarto de Toby, pero eso no importaba. Estaba presente en todas partes.

Las jaquecas se volvieron constantes, y esas intensas y rítmicas punzadas no le permitían descansar. Jill ansiaba que el dolor le concediera una hora, un minuto o un segundo de respiro. Tenía que dormir. Fue al dormitorio de la sirvienta situado detrás de la cocina, y lo más alejado posible del de Toby. Hacía calor en la habitación y reinaba gran tranquilidad. Se acostó sobre la cama, cerró los ojos y se quedó dormida casi instantáneamente.

La despertó el aire helado y fétido que había invadido el cuarto y que comenzó a rodearla, tratando de sofocarla. Jill pegó un salto y salió corriendo.

Los días eran bastante desagradables, pero las noches eran terroríficas. Seguían más o menos el mismo ritmo. Jill buscaba refugio en su dormitorio, se acurrucaba en la cama, luchando por permanecer despierta, aterrada de dormirse, sabiendo que inmediatamente aparecería Toby. Pero su cuerpo exhausto lograba imponerse y finalmente sucumbía al sueño.

La despertaba la misma sensación de frío. Se quedaba temblando en la cama, sintiendo que avanzaba hacia ella esa ráfaga helada, que una presencia maligna trataba de acorralarla como una terrible maldición. Se levantaba y salía corriendo espantada.

Eran las tres de la mañana.

Jill se había quedado dormida en la silla leyendo un libro. Se despertó lentamente, paulatinamente y abrió los ojos en el cuarto a oscuras comprendiendo que algo raro había ocurrido. Al instante se dio cuenta de lo que había pasado. *Se había quedado dormida con la luz encendida.* Sintió que su corazón comenzaba a latir apresuradamente y pensó: *No hay nada que temer. La enfermera Gallagher debe de haber entrado y apagado las luces.*

Y entonces oyó el chirrido. Avanzaba por el pasillo, *crick...*, *crick...*, la silla de ruedas de Toby se acercaba a la puerta de su dormitorio. Jill sintió que se le ponían los pelos de punta en la nuca. *Debe de ser una rama del árbol que roza el techo o las maderas que se contraen,* se dijo para sus adentros. Sin embargo sabía que no era así. Había oído muy a menudo ese mismo ruido. *Crick... crick...* era la música que anunciaba la llegada de la muerte. *No puede ser Toby,* recapacitó. *Está en su cama imposibilitado de moverse. Estoy volviéndome loca.* Pero lo oyó acercarse cada vez más. Estaba ahora junto a la puerta. Se había detenido y esperaba. De repente escuchó el ruido de algo que se rompía y luego reinó nuevamente el silencio.

Jill pasó el resto de la noche acurrucada en su silla en el cuarto a oscuras, demasiado asustada como para moverse.

A la mañana siguiente encontró tirado en el suelo un florero que había estado sobre una mesa junto a la puerta de su dormitorio.

Charlaba con el doctor Kaplan.

—¿Cree usted que la mente puede controlar el cuerpo? —preguntó Jill.

El médico la miró intrigado.

—¿En qué sentido?

—Si Toby quisiera... si lo quisiera con toda su alma, ¿podría levantarse de la cama?

—¿Quiere decir sin que nadie lo ayude? ¿En su estado actual? —preguntó mirándola con incredulidad—. No puede moverse en absoluto. En absoluto.

Jill no quedó satisfecha.

—Si..., si estuviera realmente *decidido* a levantarse..., si pensara que debe hacer algo...

El doctor Kaplan movió la cabeza.

—Nuestra mente imparte órdenes al cuerpo, pero si nuestros impulsos motores están paralizados, si no hay músculos que obedezcan esas órdenes, nada puede ocurrir.

Tenía que averiguarlo.

—¿Cree usted que la mente puede hacer mover un objeto?

—¿Quiere decir psicocinemática? Se han hecho muchos experimentos, pero nadie ha conseguido obtener una prueba que me convenza.

*¿Y el florero roto junto a su puerta?*

Jill quiso contárselo, y quiso contarle también que la perseguía esa ráfaga helada, que había oído la silla de ruedas de Toby llegar hasta su puerta, pero pensaría que estaba loca. *¿Lo estaba? ¿Había una tara en ella? ¿Estaría perdiendo la razón?*

Cuando el doctor Kaplan se fue, Jill se miró al espejo. Se quedó espantada por lo que vio. Los pómulos estaban hundidos y los ojos parecían enormes en medio de su cara pálida y seca. *Si sigo así*, pensó Jill, *moriré antes que Toby.* Inspeccionó su pelo lacio y opaco y sus uñas rotas y agrietadas. *No puedo permitir que David me vea en este estado. Tengo que empezar a ocuparme de mi persona. De ahora en adelante,* se dijo a sí misma, *irás todas las semanas al salón de belleza, comerás tres veces por día y dormirás ocho horas.*

Por la mañana pidió hora en el salón de belleza. Estaba exhausta y se quedó dormida bajo el secador de pelo, como consecuencia del agradable aire caliente. Y empezó nuevamente la pesadilla. Estaba en la cama, durmiendo. Oyó acercarse a Toby en la silla de ruedas... *crick... crick...* Se levantó lentamente, avanzó hacia ella, con una sonrisa macabra y estirando sus manos esqueléticas en dirección a su garganta. Jill se despertó gritando desaforadamente y originando un gran alboroto en la peluquería. Salió corriendo sin esperar siquiera a que la peinaran.

Después de esa experiencia tuvo miedo de salir nuevamente de casa.

Y miedo de quedarse en ella.

Había algo en su cabeza que no funcionaba bien. No se trataba solamente de sus jaquecas. Estaba empezando a olvidarse de las cosas. Bajaba a la cocina en busca de algo y se quedaba parada allí sin saber para qué había bajado. La memoria comenzó a jugarle malas pasadas. Un día en que la enfermera Gordon se presentó en su cuarto para hablar con ella, Jill se puso a pensar qué demonios hacía allí una enfermera. Hasta que de repente se acordó. El director esperaba a Jill en el estudio. Ella trató de recordar las palabras que debía decir. *Me temo que no muy bien, doctor.* Tenía que hablar con el director y preguntarle cómo quería que lo dijera. La enfermera Gordon le sacudía la mano y le decía:

—¡Señora Temple! ¡Señora Temple! ¿Se siente bien? —Y Jill regresó al mundo que la rodeaba, volvió otra vez al presente, aterrorizada por lo que estaba pasando. Sabía que no podía seguir así. Tenía que averiguar si realmente su mente fallaba o si Toby podía moverse, si de alguna manera había descubierto una forma de atacarla, de tratar de asesinarla.

Tenía que verlo. Hizo un esfuerzo y recorrió el largo pasillo hasta llegar al dormitorio de Toby. Se quedó de pie frente a la puerta un momento y luego se armó de coraje y entró.

Toby estaba en la cama y la enfermera estaba lavándolo con una esponja. Levantó la vista, vio a Jill y dijo:

—Vaya, si es la señora Temple. Estamos lavándonos un poco, ¿no es así?

Jill se dio la vuelta para mirar al cuerpo que yacía en la cama.

Los brazos y piernas de Toby se habían encogido y se asemejaban a delgados apéndices sujetos a su torso hundido y retorcido. El inútil, fláccido y feo sexo descansaba entre sus piernas como una larga e indecente serpiente. Su cara no tenía ya esa máscara amarilla, pero todavía conservaba la sonrisa idiota. El cuerpo estaba muerto, pero los ojos resplandecían llenos de vida. Perspicaces, inquietos, calculadores, planeando y odiando; agudos ojos azules saturados de planes secretos, de mortales decisiones. Lo que veía era la mente de Toby. *Lo importante es recordar que su mente no ha sufrido daño alguno,* le había dicho el médico. Su mente podía pensar, sentir y odiar. Esa mente no tenía más ocupación que planear su venganza, elucubrar la forma de destruirla. Toby quería verla muerta, tal como ella le deseaba a él la muerte.

Jill contempló esos ojos resplandecientes de desprecio y le pareció oírle decir: *Voy a matarte.*

Y las oleadas de odio la golpearon con tanta fuerza como si hubiera recibido una bofetada.

Jill siguió mirándolo, recordó el florero roto y comprendió que ninguna de las pesadillas habían sido ilusiones. Había encontrado una forma.

Ahora sabía que se trataba de su vida contra la de Toby.

# 34

El doctor Kaplan terminó de reconocer a Toby y fue en busca de Jill.

—Creo que debería suspender la terapia en la piscina —le dijo—. Es una pérdida de tiempo. Esperaba obtener una leve mejoría en el tono muscular de Toby, pero no ha sido así. Hablaré personalmente con el terapeuta.

—¡No! —exclamó vehementemente.

El doctor Kaplan la miró sorprendido.

—Jill, no he olvidado lo que hizo antes por Toby. Pero ahora es inútil. Yo...

—No podemos darnos por vencidos. Todavía no.

Su voz reflejaba una gran angustia.

El doctor Kaplan titubeó y luego se encogió de hombros.

—Bueno, si lo considera tan importante, pero...

—Exactamente.

En ese momento era para Jill lo más importante en todo el mundo. Su vida dependía de eso.

Ahora sabía por fin qué era lo que debía hacer.

El día siguiente era viernes. David la llamó por teléfono para avisarle que tenía que ir a Madrid por unos negocios.

—Tal vez no pueda llamarte este fin de semana.

—Te extrañaré mucho —dijo Jill—. Muchísimo.

—Yo también. ¿Estás bien? Me pareces algo cambiada. ¿Estás cansada?

Jill luchaba por mantener los ojos abiertos, por olvidar el terrible dolor de cabeza. No podía recordar cuál había sido la última vez que había comido o dormido. Estaba tan débil que le resultaba difícil mantenerse de pie. Hizo un esfuerzo para hablar con voz enérgica.

—Estoy perfectamente, David.

—Te quiero, mi amor. Cuídate bien.

—Así lo haré, David. Te quiero mucho. No lo olvides. Pase lo que pase.

Oyó el ruido del coche del especialista en fisioterapia que avanzaba por el camino de entrada y se precipitó escaleras abajo, sintiendo unas terribles punzadas en la cabeza y temiendo que sus débiles piernas no pudieran sostenerla. Abrió la puerta justo cuando el fisioterapeuta iba a tocar el timbre.

—Buenos días, señora Temple —dijo adelantándose, pero Jill le cerró el paso. Levantó la vista sorprendido.

—El doctor Kaplan decidió suspender el tratamiento —le comunicó Jill.

El hombre frunció el ceño. Eso significaba que había hecho el viaje hasta allí en vano. Alguien debía haberle avisado antes. Normalmente se habría quejado por la forma en que había sido tratado, pero la señora Temple era una gran dama y tenía problemas muy graves. Esbozó una sonrisa y le dijo:

—Muy bien, señora Temple. No se preocupe.

Acto seguido se dirigió a su coche.

Jill esperó hasta oír que se alejaba. Subió nuevamente la escalera y cuando estaba en mitad de camino sintió otro mareo y tuvo que agarrarse del pasamanos hasta que se le pasó. No podía detenerse ya. Si lo hacía era como darse por muerta.

Se dirigió hacia la puerta del dormitorio de Toby, hizo girar la manija y entró. La enfermera Gallagher estaba sentada en un sillón bordando un tapiz. Alzó la vista sorprendida al verla de pie en el vano de la puerta.

—¡Vaya! —dijo—. Ha venido a visitarnos. Qué buena idea.

—Se dio la vuelta hacia la cama y agregó—: Sé que el señor Temple está muy contento. ¿No es así, señor Temple?

Toby estaba sentado apoyado y sujeto por varias almohadas, y sus ojos parecían decirle a Jill: *Voy a matarte.*

Jill apartó la mirada y se acercó a la enfermera Gallagher.

—He llegado a la conclusión de que no he dedicado mucho tiempo a mi marido.

—Pues, eso es precisamente lo que pensábamos nosotros —replicó la señorita Gallagher—. Pero como advertí que usted parecía algo enferma, pensé...

—Ahora estoy mucho mejor —la interrumpió Jill—. Me gustaría quedarme a solas con el señor Temple.

La enfermera recogió su labor y se puso de pie.

—Por supuesto —dijo—. Estoy segura de que nos gustará mucho —y dándose la vuelta hacia la figura que sonreía sarcásticamente en la cama le preguntó—: ¿No es así, señor Temple? —Y agregó dirigiéndose a Jill—: Bajaré a la cocina para prepararme una taza de té.

—No. Su turno termina dentro de media hora. Puede retirarse en seguida. Yo me quedaré aquí hasta que llegue la señorita Gordon —respondió Jill sonriendo tranquilizadoramente—. No se preocupe, que no lo dejaré solo.

—Bueno, no sería una mala idea ir de compras...

—Perfecto —insistió Jill—. Pues váyase ya.

Jill se quedó de pie sin moverse hasta que oyó cerrarse la puerta principal y escuchó el ruido del coche de la señorita Gallagher que se alejaba por el camino de entrada. Cuando el ruido del motor se perdió en el aire estival, se dio la vuelta para mirar a Toby.

Sus ojos estaban fijos en su cara y la miraban sin pestañear. Hizo un esfuerzo para acercarse a la cama, retiró las sábanas y contempló su cuerpo paralizado y consumido y sus piernas fláccidas e inútiles.

La silla de ruedas estaba en un rincón. Jill la acercó junto a la cama y la colocó de forma que pudiera deslizar a Toby hacia ella. Se inclinó sobre él pero se detuvo. Le fue necesario recurrir a toda su fuerza de voluntad para poder tocarlo. La cara momificada con esa mueca macabra estaba a pocos centímetros de distancia, y la boca sonreía estúpidamente mientras los vivos ojos azules lanzaban destellos de odio. Jill se inclinó hacia delante haciendo un verdadero esfuerzo para levantar a Toby tomándolo de los brazos. No pesaba nada, pero dado el estado lamentable de Jill, le resultó bastante difícil manipularlo. En cuanto tocó su cuerpo, sintió que la envolvía el aire helado. La presión que sentía dentro de su cabeza se hizo insoportable. Veía manchas de colores que comenzaban a bailar y dar vueltas cada vez más deprisa, hasta que finalmente se sintió mareada. Iba a desmayarse nuevamente, pero comprendió que no debía permitir que ello ocurriera, si realmente quería seguir con vida. Haciendo un esfuerzo sobrehumano consiguió arrastrar el cuerpo inerte de Toby hasta la silla de ruedas y sujetarlo con las correas. Miró la hora en su reloj. Le quedaban solamente veinte minutos.

Tardó cinco minutos en ir a su cuarto, ponerse un traje de baño y volver al dormitorio de Toby.

Soltó el freno de la silla de ruedas y comenzó a empujarla por el pasillo, hacia el ascensor. Permaneció de pie detrás de Toby mientras bajaban, para no ver sus ojos. No obstante, podía sentir su mirada. Y podía sentir también el frío húmedo de ese aire malsano que comenzó a invadir el ascensor, sofocándola, acariciándola, llenándole los pulmones con su fetidez hasta que comenzó a ahogarse. No podía respirar. Cayó de rodillas, jadeando, luchando para no perder el conocimiento, atrapada en esa jaula con Toby. La puerta del ascensor se abrió justo cuando iba a desmayarse. Salió arrastrándose hacia la cálida luz del sol y se quedó tirada en el suelo respirando profundamente, inspirando el aire fresco, recuperando lentamente sus energías. Se dio la vuelta entonces hacia el ascensor. Toby seguía sentado en la silla de ruedas, observándola, esperando. Jill lo sacó sin pérdida de tiempo y lo empujó hacia la piscina. Era un día precioso, templado y apacible, y el sol que brillaba en un cielo sin una sola nube se reflejaba sobre el agua azul de la piscina.

Jill empujó la silla hasta el borde de la parte más profunda y puso el freno. Dio la vuelta a la silla. Toby tenía los ojos fijos en ella y la miraba atentamente y con desconfianza. Jill aseguró con más fuerza las correas que lo sujetaban en su asiento, tirando lo más que podía, sintiendo que se desvanecía por el esfuerzo. Por fin consiguió su propósito. Jill advirtió el cambio de expresión en la mirada de Toby al comprender finalmente lo que estaba pasando y vio cómo un pánico desenfrenado y demoníaco se reflejaba en sus ojos.

Soltó el freno de la silla de ruedas y la empujó hacia el borde de la piscina. Toby trataba de mover sus labios paralizados, luchando por gritar, pero no consiguió emitir sonido alguno y el efecto resultó aterrador. No podía mirarlo a los ojos. Prefería ignorarlo.

Empujó la silla hasta el mismo borde del agua.

Y ahí se atascó. El reborde de cemento le impidió seguir avanzando. Empujó con más fuerza pero no consiguió hacerla caer. Era como si Toby la sujetara con su voluntad. Jill podía verlo luchando por levantarse, luchando por su vida. Conseguiría aflojar las correas, levantarse, estrujarle la garganta con sus dedos huesudos... Le pareció oír su voz que clamaba... *No quiero morir... no quiero morir,* y no sabía a ciencia cierta si era su imaginación o si era real, pero en medio de su pánico encontró las fuerzas necesarias para empujar con toda su alma la silla de ruedas. Esta se inclinó hacia delante, dio una vuelta en el aire y permaneció suspendida durante un instante que le pareció eterno, hasta que finalmente cayó a la piscina salpicando de agua a su alrededor. La silla flotó un buen rato en la superficie y luego comenzó a hundirse lentamente. El remolino le hizo dar la vuelta, de forma que lo último que vio Jill fueron los ojos de Toby condenándola al fuego eterno mientras desaparecía en el agua.

Se quedó parada allí durante un momento, tiritando bajo el cálido sol de mediodía, esperando hasta que su cuerpo y su mente recuperaran las fuerzas perdidas. Cuando pudo finalmente moverse, bajó los escalones de la piscina para mojar el traje de baño.

Y acto seguido regresó a la casa para llamar a la policía.

# 35

La muerte de Toby Temple apareció en la primera página de todos los diarios del mundo. Si Toby había sido un héroe popular, Jill se convirtió entonces en su heroína. Cientos de miles de palabras se escribieron sobre ellos, y sus fotografías aparecieron en todos los periódicos. Su gran historia de amor fue narrada una y otra vez, y el final trágico le brindaba mayor emotividad.

Llegaron infinidad de cartas y telegramas de jefes de Estado, amas de casa, políticos, millonarios y secretarias. El mundo había sufrido una gran pérdida; Toby había compartido el precioso don de su gracia con sus admiradores y ellos siempre se lo agradecerían. Las emisoras de radio repetían sus panegíricos y todos los canales de televisión le rindieron tributo.

Nunca más habría otro Toby Temple.

La investigación se llevó a cabo en el edificio de los tribunales situado en la Grand Avenue, en el centro de Los Ángeles, en una sala pequeña pero repleta de gente. Un fiscal tuvo a su cargo las audiencias, asistido por seis jurados.

La sala estaba abarrotada. Jill fue asediada por fotógrafos, periodistas y admiradores a su llegada. Vestía un traje de lana negra muy sencillo. No tenía ninguna clase de maquillaje y jamás había estado tan bonita. Durante los pocos días transcurridos desde la muerte de Toby, parecía haber recuperado nuevamente su anterior belleza. Por primera vez en varios meses pudo dormir profunda y tranquilamente. Tenía un apetito voraz y sus jaquecas habían desaparecido. El demonio que había estado succionándole la vida se había desvanecido.

Hablaba diariamente con David. Éste había querido estar presente durante la investigación, pero Jill insistió en que se mantuviera alejado. Después tendrían tiempo de sobra.

—El resto de nuestras vidas —le había dicho David.

La vista preliminar contó con la presencia de seis testigos. La enfermera Gallagher, la enfermera Gordon y la enfermera Johnson prestaron testimonio sobre la rutina diaria de su paciente y sobre su estado. La enfermera Gallagher ocupaba en ese momento el estrado.

—¿A qué hora debía terminar su turno la mañana en que ocurrió el accidente? —preguntó el fiscal.

—A las diez.

—¿A qué hora se retiró exactamente?

—A las nueve y media —respondió luego de un ligero titubeo.

—Señora Gallagher, ¿acostumbraba usted a dejar a su paciente antes de que terminara su turno?

—No, señor. Fue la primera vez.

—¿Podría explicarnos por qué se retiró ese día más temprano?

—Lo sugirió la señora Temple. Quería quedarse sola con su marido.

—Gracias. Eso es todo.

La enfermera Gallagher bajó del estrado. *Por supuesto que la muerte de Toby Temple fue un accidente,* pensó. *Qué pena que tenga que pasar por esto una mujer tan maravillosa como Jill Temple.* La señorita Gallagher miró a Jill y sintió un pequeño remordimiento de conciencia. Recordaba la noche que había ido al dormitorio de la señora Temple y la había encontrado dormida en una silla. La enfermera Gallagher había apagado las luces y cerrado la puerta para que nadie la molestara. Cuando salió al pasillo oscuro tropezó con un florero colocado sobre una mesa, se cayó al suelo y se rompió. Había pensado decírselo a la señora Temple, pero el florero parecía muy valioso y como la señora no mencionó para nada el accidente, la señorita Gallagher prefirió guardar silencio.

El especialista en fisioterapia pasó a declarar como testigo.

—¿Usted era el encargado de realizar diariamente el tratamiento del señor Temple?

—Sí, señor.

—¿El tratamiento se hacía en la piscina?

—Sí, señor. La temperatura del agua es de treinta y cinco grados y...

—¿El día del accidente le administró el tratamiento al señor Temple?

—No, señor.

—¿Podría decirnos por qué?

—Porque ella me despidió.

—¿Por ella se refiere a la señora Temple?

—Eso es.

—¿Le dio alguna explicación?

—Dijo que el doctor Kaplan no quería que siguiera realizando el tratamiento.

—¿De modo que usted se fue sin haber visto al señor Temple?

—Exactamente.

Le tocó el turno de testigo al doctor Kaplan.

—La señora Temple lo llamó por teléfono después del accidente, doctor Kaplan. ¿Examinó usted el cadáver cuando llegó?

—Sí. La policía había retirado el cuerpo de la piscina. Seguía todavía sujeto con las correas a la silla de ruedas. Lo examiné junto con el médico forense y llegamos a la conclusión de que era demasiado tarde para llevar a cabo una tentativa para reanimarlo. Sus dos pulmones estaban llenos de agua. No descubrimos ningún indicio de vida.

—¿Y entonces qué hizo usted, doctor Kaplan?

—Atender a la señora Temple. Estaba en un estado de histeria aguda. Me preocupaba sobremanera.

—¿No discutió usted previamente con la señora Temple respecto de la continuación del tratamiento de fisioterapia?

—En efecto. Le dije que lo consideraba una pérdida de tiempo.

—¿Cómo reaccionó la señora Temple?

El doctor Kaplan miró a Jill Temple y dijo:

—Su reacción fue poco usual. Insistió en seguir adelante —titubeó ligeramente y agregó—: Ya que estoy bajo juramento y ya que el jurado de esta investigación tiene interés en conocer la verdad, me parece que tengo la obligación de decir algo más.

Un silencio total reinó en la sala. Jill tenía los ojos fijos en el doctor Kaplan y éste se dio la vuelta hacia el jurado.

—Me gustaría agregar, para que quede constancia, que la señora Temple es posiblemente la mujer más buena y valiente que he tenido el honor de conocer. —Todas las miradas del recinto se concentraron en Jill—. La primera vez que su marido sufrió un ataque nadie creyó que tendría posibilidad de recuperarse. Pues bien, ella se ocupó de devolverle la salud perdida sin recurrir a nadie. Hizo por él algo que ningún médico que conozco habría podido hacer. Jamás podré describirles con la exactitud que se merece la dedicación y abnegación con que cuidó a su marido. —Miró a Jill y prosiguió diciendo—: Es un ejemplo para todos nosotros.

El público irrumpió en aplausos.

—Eso es todo, doctor —dijo el fiscal—. Quisiera llamar como testigo a la señora Temple.

Todos la miraron levantarse y caminar lentamente hasta el estrado de los testigos para realizar el juramento de rigor.

—Comprendo lo duro que debe de ser todo esto para usted, señora Temple, y trataré de hacerlo lo más breve posible.

—Gracias —contestó en voz baja.

—¿Por qué quiso seguir adelante con el tratamiento a pesar de que el doctor Kaplan le había aconsejado lo contrario?

Levantó la vista y sus ojos reflejaron un profundo dolor.

—Porque quería brindarle a mi esposo todas las posibilidades para curarse nuevamente; Toby amaba la vida y yo quería que volviera a disfrutar de ella. Yo... —Su voz se quebró pero siguió hablando—: Tenía que ayudarlo personalmente.

—El día en que murió su esposo, el especialista en fisioterapia se presentó en su casa pero usted lo despachó.

—Sí.

—Sin embargo, un poco antes nos explicó que quería seguir con el tratamiento. ¿Puede explicarnos su actitud?

—Es muy simple. Me pareció que nuestro amor era lo único realmente fuerte como para curar a Toby. Lo había logrado antes... —Se interrumpió y durante unos segundos le fue imposible seguir, pero después de un visible esfuerzo consiguió continuar hablando con voz áspera—: Tenía que hacerle saber cuánto lo quería, cuánto deseaba verlo bien otra vez.

Todos los presentes en la sala estaban echados hacia delante, tratando de no perder ni una sola palabra.

—¿Podría contarnos qué fue lo que ocurrió la mañana del accidente?

Se hizo un silencio que duró un largo minuto, y durante el cual Jill juntó fuerzas para continuar con la explicación.

—Entré en el cuarto de Toby. Pareció alegrarse de verme. Le dije que iba a llevarlo a la piscina yo misma y que me encargaría de que se curara. Me puse un traje de baño para poder trabajar con él en el agua. Cuando lo levanté de la cama para sentarlo en la silla de ruedas, sentí un mareo. Supongo que debí haberme dado cuenta de que no estaba lo suficientemente fuerte como para poder hacer lo que quería. Pero no pude detenerme. Tenía que ayudarlo. Lo senté en la silla y le hablé durante todo el trayecto hasta la piscina. Lo empujé hasta el borde...

Se interrumpió y nuevamente se hizo un gran silencio en la sala, quebrado solamente por el rasgueo de los bolígrafos de los periodistas mientras escribían presurosamente en sus blocs de notas.

—Me agaché para aflojar las correas que sujetaban a Toby a la silla, sentí nuevamente un mareo y comencé a caer. Debí... debí de haber soltado accidentalmente el freno. La silla empezó a rodar hacia la piscina. Traté de agarrarla pero... pero cayó al agua con... con Toby atado a ella. —Con voz ahogada continuó diciendo—: Me tiré a la piscina y traté de soltarlo, pero las correas estaban demasiado apretadas. Hice lo posible para levantar la silla hacia la superficie, pero era... demasiado pesada. Era... demasiado... pesada... —Cerró los ojos un instante para ocultar su profunda angustia y luego agregó casi en un susurro—: Traté de ayudar a Toby pero lo maté.

El jurado no se retrasó más de tres minutos en pronunciar su veredicto: Toby Temple había muerto en un accidente.

Clifton Lawrence estaba sentado en el fondo de la sala y escuchó el veredicto. Estaba seguro de que Jill había asesinado a Toby. Pero no había forma de probarlo. Se había salido con la suya.

El caso fue cerrado.

# 36

El entierro se realizó en el cementerio de Forest Lawn, una soleada mañana de agosto, el mismo día que Toby Temple debería haber comenzado su nueva serie de televisión. No cabía ni un alfiler. Miles de personas circulaban por el bonito y accidentado parque, con la esperanza de poder echar un vistazo a todas las celebridades que se habían congregado para despedir los restos. La ceremonia religiosa fue televisada y los cámaras de la televisión tomaron primeros planos de artistas, productores y directores reunidos junto a la tumba. El presidente de los Estados Unidos había enviado un representante. Los gobernadores se mezclaban con los directores de estudios, presidentes de importantes sociedades y representantes de las distintas agrupaciones a las que había pertenecido Toby. El presidente de la Sección de Veteranos de Guerra de Beverly Hills estaba presente luciendo su uniforme. Concurrieron además dotaciones de la policía y los bomberos locales.

Y también fueron a despedir a Toby Temple encargados de guardarropa dedicados al vestuario, dobles y extras que habían trabajado con él. Los cuidadores del guardarropa, los carpinteros, los electricistas y los ayudantes de los directores. Y muchos otros más que habían concurrido a rendir el último homenaje a ese gran norteamericano. O'Hanlon y Rainger se hicieron presentes y recordaron al muchachito delgado que había entrado un día en su oficina de la Twentieth Century Fox. «Tengo entendido que ustedes van a escribir unos chistes para mí... Usa las manos como si estuviera dando hachazos. Tal vez podríamos escribir una secuencia de un leñador para él... Insiste demasiado... ¿Y acaso no lo harías tú si tuvieras ese material?... Un cómico dice cosas graciosas; un comediante dice las cosas con gracia.» Y Toby Temple había trabajado y aprendido y alcanzado la cumbre. *Era insoportable,* pensaba Rainger. *Pero era nuestro.*

Clifton Lawrence estaba presente. El pequeño agente había ido al peluquero y su ropa estaba recién planchada, pero sus ojos lo traicionaban. Ante sus compañeros eran los ojos de un fracasado. Clifton tenía mucho que recordar también. Esa primera y absoluta llamada telefónica. «A Sam Goldwyn le gustaría que fuera a ver a un joven cómico, y la actuación de Toby en la escuela. No es necesario comer todo el pote de caviar para saber si es bueno, ¿no es así...? He decidido tomarte como cliente, Toby... Si consigues meterte en el bolsillo a los bebedores de cerveza no tendrás problemas con los que toman champaña... Puedo convertirte en el artista más importante de todo Hollywood.» Todos soñaban con tener a Toby Temple: los estudios, los canales de televisión, los clubs nocturnos. «Tienes tantos clientes que a veces pienso que no me dedicas suficiente atención... Es como hacer el amor en grupo, Cliff. Siempre hay uno que queda insatisfecho... Necesito tu consejo, Cliff... Respecto de esta muchacha...»

Clifton Lawrence tenía mucho que recordar.

Alice Tanner estaba de pie junto a él.

Revivía mentalmente la primera actuación de Toby en su oficina. «Y en algún lugar, oculto bajo todas esas estrellas cinematográficas, se oculta un joven con mucho talento... Después de haber visto anoche a esos profesionales no creo tener pasta de actor. Y cómo se enamoró de él después. Oh, Toby, te quiero tanto... Yo también te quiero, Alice.» Y luego desapareció. Pero estaba agradecida porque en un momento dado había sido suyo.

Al Caruso se presentó a rendirle homenaje. Estaba encorvado y con el pelo gris y sus ojos castaños como los de Santa Claus estaban llenos de lágrimas. Pensaba en lo bueno que había sido Toby con Millie.

Sam Winters recapacitaba en la gran alegría que Toby Temple le había brindado a millones de personas y se preguntaba a sí mismo cómo podía compensarse eso con el sufrimiento que les había ocasionado a unos pocos.

Alguien le dio un codazo y Sam se dio la vuelta. Una muchacha de dieciocho años, pelo negro y muy bonita le dijo:

—Usted no me conoce, señor Winters, pero me he enterado de que busca a una chica para la nueva película de William Forbes. Yo soy de Ohio y…

David Kenyon se encontraba entre la concurrencia. Jill le había pedido que se abstuviera de ir pero él insistió. Quería estar junto a ella. Jill pensó que a esas alturas ya no podía ser peligroso. Había dado por terminada su representación.

La obra había sido sacada de la cartelera y su papel había terminado. Jill se sentía muy contenta y muy cansada. Parecía que la dura prueba a la que se había visto sometida había consumido la dura corteza de amargura que tenía en su interior, como si todas las heridas hubieran sido cauterizadas junto con todas las desilusiones y odios.

Jill Castle había muerto en el holocausto y Josephine Czinski había renacido en las cenizas. Estaba nuevamente en paz, llena de amor y comprensión por todos, como no lo había estado desde su infancia. Jamás se había sentido tan feliz. Quería compartir esa felicidad con el mundo entero.

El entierro terminaba. Alguien tomó a Jill del brazo y ella se dejó guiar hasta el coche. Al llegar allí vio a David que la miraba con adoración. Jill sonrió. David le tomó las manos entre las suyas e intercambiaron unas pocas palabras. Un fotógrafo de una revista les sacó una fotografía.

Jill y David decidieron esperar cinco meses antes de casarse, por respeto al sentido de decoro del público. David pasó la mayor parte del tiempo en el extranjero, pero hablaban por teléfono diariamente. Cuatro meses después del entierro de Toby, David llamó por teléfono a Jill y le dijo:

—Tengo una idea. No esperemos más. Debo asistir a una reunión en Europa la semana próxima. Embarquémonos en el *Bretagne*. El capitán podrá casarnos. Pasaremos la luna de miel en París y de allí iremos a donde quieras todo el tiempo que quieras. ¿Qué te parece?

—¡Oh, sí, David!

Echó una última y larga mirada a la casa pensando en todo lo que había pasado allí. Recordó su primera cena, todas las otras maravillosas fiestas que le siguieron y luego la enfermedad de Toby y la lucha para lograr su total restablecimiento. Y luego... eran demasiados recuerdos.

Estaba contenta de irse.

# 37

Jill voló a Nueva York en el avión de David y allí la esperaba un gran coche que la condujo al Hotel Regency situado en la Quinta Avenida. El administrador del hotel acompañó personalmente a Jill al enorme departamento del último piso.

—El establecimiento está enteramente a su servicio, señora Temple —dijo—. El señor Kenyon nos encargó que cuidáramos de que no le faltara nada.

David la llamó por teléfono a los diez minutos de haber llegado.

—¿Estás cómoda? —le preguntó.

—Es un poco apretado —respondió Jill riendo—. Tiene cinco dormitorios, David. ¿Qué voy a hacer con todas esas habitaciones?

—Si estuviera allí te lo mostraría —afirmó.

—Promesa, promesa —acotó bromeando—. ¿Cuándo te veré?

—El *Bretagne* zarpa mañana a mediodía. Tengo que terminar unos asuntos aquí. Te encontraré a bordo. Reservé la suite nupcial. ¿Estás contenta, querida?

—Nunca en mi vida me he sentido tan feliz —contestó. Y era cierto. Todos los sufrimientos y disgustos del pasado habían valido la pena. Ahora parecían lejanos y borrosos, como un sueño imposible de recordar con exactitud.

—Mañana pasará a buscarte un coche. El chofer te entregará el pasaje.

—Estaré preparada —anunció Jill.

Mañana.

El origen pudo haber sido la fotografía de Jill y David tomada durante el entierro de Toby Temple y que luego había sido vendida a una agencia de prensa. O un comentario indiscreto de uno de los empleados del hotel donde se alojaba Jill o de algún miembro de la tripulación del *Bretagne*. De todos modos, era muy difícil que permanecieran en secreto los planes de boda de una persona tan famosa como Jill Temple. La primera noticia sobre su inminente boda apareció en un comentario de Associated Press. Y después ocupó las primeras páginas de todos los diarios del país y de Europa.

La noticia salió también en el *Hollywood Reporter* y en el *Daily Variety*.

El coche llegó al hotel a las diez en punto. Un portero y tres botones cargaron el equipaje de Jill en la limusina. El tráfico matinal era rápido y tardaron menos de media hora en llegar al muelle noventa.

Uno de los oficiales con más antigüedad del barco esperaba a Jill en la pasarela.

—Es un honor tenerla a bordo, señora Temple —le dijo—. Todo está preparado. Sírvase acompañarme por aquí, por favor.

Escoltó a Jill hasta la cubierta principal y la hizo pasar a una amplia y aireada suite que tenía su terraza privada. Numerosos ramos de flores adornaban las habitaciones.

El capitán me encargó que le enviara sus saludos. La verá esta noche en la cena. Me dijo que le comunicara que está entusiasmado con la idea de celebrar la boda.

—Muchas gracias —respondió Jill—. ¿Sabe si ya está a bordo el señor Kenyon?

—Acaba de llamar por teléfono anunciándonos que salía en ese momento del aeropuerto. Su equipaje ya está aquí. Por favor, avíseme cuando necesite cualquier cosa.

—Gracias —contestó Jill—. Por el momento nada.

Y era la pura verdad. No había nada que precisara que no lo tuviera. Era la persona más feliz del mundo.

Llamaron a la puerta de la cabina y entró un camarero trayendo otro ramo de flores. Jill miró la tarjeta. Las enviaba el presidente de los Estados Unidos. Cuántos recuerdos. Pero los hizo a un lado y comenzó a deshacer las maletas.

Estaba apoyado contra la barandilla de la cubierta principal, estudiando a los pasajeros a medida que subían al barco. Todos parecían contentos, listos para unas vacaciones o reuniéndose a bordo con familiares. Unos pocos le sonrieron, pero él no les prestó atención. Estaba observando la pasarela.

A las once y cuarenta, veinte minutos antes de la hora de zarpar, un Rolls Royce conducido por un chofer se acercó al muelle noventa y se detuvo allí. David Kenyon saltó del coche, miró el reloj y dijo:

—Un cálculo perfecto, Otto.

—Gracias, señor. Permítame desearle a usted y a la señora Kenyon una feliz luna de miel.

—Gracias. —David Kenyon caminó rápidamente hacia la pasarela donde presentó su pasaje. Fue acompañado a bordo por el mismo oficial que escoltó a Jill.

—La señora Temple está en su camarote, señor Kenyon.

—Gracias.

David la imaginó esperándolo en la suite nupcial y su corazón latió aceleradamente. Cuando se dirigía allí una voz dijo:

—Señor Kenyon...

Se dio la vuelta y el hombre que estaba apoyado contra la barandilla de la cubierta se le acercó sonriendo. No lo conocía. David poseía la instintiva desconfianza de los millonarios por los desconocidos que se mostraban amistosos. Casi siempre querían algo.

El hombre le tendió la mano y David la estrechó cautelosamente.

—¿Nos conocemos? —le preguntó.

—Soy un viejo amigo de Jill —dijo el hombre y David se sintió más tranquilo—. Me llamo Lawrence. Clifton Lawrence.

—Encantado, señor Lawrence —estaba impaciente por seguir su camino.

—Jill me pidió que viniera a recibirlo —dijo Clifton—. Ha planeado una pequeña sorpresa para usted.

—¿Qué clase de sorpresa? —inquirió David.

—Acompáñeme y lo verá.

David titubeó un instante.

—Muy bien. ¿Será muy largo?

Clifton Lawrence lo miró y sonrió.

—No lo creo.

Bajaron en el ascensor hasta la cubierta S, en medio del tumulto de los pasajeros que embarcaban y los acompañantes que los despedían. Recorrieron un largo pasillo que desembocaba en una puerta doble. Clifton la abrió e hizo pasar a David a un teatro grande y vacío. Miró alrededor sorprendido y preguntó:

—¿Aquí?

—Aquí —respondió Clifton sonriendo.

Se dio la vuelta y le hizo una seña al proyeccionista que estaba en la cabina. El proyeccionista era codicioso. Clifton tuvo que darle doscientos dólares para que consintiera en ayudarlo.

—Me quedaré sin trabajo si llegan a descubrirme —protestó.

—Nadie se enterará —le aseguró Clifton—. Es sólo una broma. Todo lo que debes hacer es cerrar las puertas con llave cuando entre con mi amigo y proyectar enseguida la película. Saldremos en diez minutos.

Finalmente consintió.

David miraba a Clifton asombrado.

—¿Una película? —preguntó.

—Siéntese, por favor, señor Kenyon.

David se instaló en una butaca que daba al pasillo y estiró sus largas piernas. Clifton se sentó frente a él. Sus ojos no se apartaban de la cara de Kenyon cuando se apagaron las luces y empezaron a aparecer las brillantes imágenes en la gran pantalla.

Sintió como si alguien le pegara en el plexo solar con mazas de hierro. David miraba las obscenas imágenes que aparecían en la pantalla y su mente se negaba a aceptar lo que veían sus ojos. Jill, Jill muy joven, tal como era cuando se había enamorado de ella, estaba acostada desnuda sobre una cama. Podía ver claramente todos sus rasgos. Observó en silencio y sin poder creerlo, cómo un hombre se instalaba a horcajadas sobre la muchacha de la pantalla e introducía el pene en su boca. Ella comenzaba a chuparlo amorosa y cariñosamente y entonces aparecía otra muchacha que le separaba las piernas e introducía la lengua en su vagina. David se sintió descompuesto. Durante un esperanzado momento pensó que tal vez era un truco fotográfico, una mentira, pero la cámara registraba todos los movimientos de Jill. Entonces entró en escena el mejicano, y cuando se acostó sobre Jill una turbia cortina roja cubrió los ojos de David. Tenía quince años nuevamente y la que veía allí era su hermana Betty sentada sobre el desnudo jardinero mejicano diciendo: «Oh, Dios, cómo te quiero, Juan. Sigue haciéndome el amor. ¡No te detengas!», mientras David permanecía de pie en la puerta sin poder creer que la que tenía frente a él era su hermana adorada. Sintió una furia ciega y violenta, agarró un abrecartas de metal del escritorio, corrió hacia la cama, hizo a un lado a su hermana y clavó el cortapapeles en el pecho del jardinero una y otra vez hasta que las paredes quedaron cubiertas de manchas de sangre y Beth comenzó a gritar: «No, ¡Dios mío, no! ¡Detente, David! ¡Lo amo! ¡Vamos a casarnos!». Había sangre por todas partes. Su madre entró corriendo en el cuarto y lo hizo salir. Luego se enteró de que ella había llamado por teléfono al fiscal del distrito, que era muy amigo de la familia Kenyon. Tuvieron una larga conversación en el despacho y el cuerpo del mejicano fue llevado a la cárcel. A la mañana siguiente anunciaron que se había suicidado en su celda. Tres semanas después, Beth había sido confinada en una clínica para enfermos mentales.

David revivió todo eso ahora, y la insoportable sensación de culpa por lo que había hecho le hizo perder la cabeza. Agarró al hombre que estaba sentado frente a él y le encajó un puñetazo en la cara insultándolo, diciéndole cosas desprovistas de sentido, atacándolo por Beth y por Jill y por su propia culpa. Clifton Lawrence trató de defenderse, pero no había forma de detener los golpes. Un puño golpeó su nariz y sintió que algo se rompía. Otro se incrustó en su boca y comenzó a chorrear sangre. Se quedó de pie indefenso, esperando otro golpe, pero de repente cesaron. No se oía más sonido en la sala que su respiración entrecortada y los quejidos sensuales que provenían de la pantalla.

Clifton sacó un pañuelo y trató de detener la hemorragia. Salió del teatro tambaleándose, cubriéndose la nariz y la boca, y se dirigió a la cabina de Jill. Al pasar por el comedor abrió la puerta de vaivén de la cocina y entró en ella, empujando a los cocineros, los pinches y los camareros. Encontró una máquina de hielo, envolvió unos trozos en una servilleta y la puso sobre su boca y su nariz. Acto seguido se dirigió a la puerta. Pasó frente a una enorme torta nupcial adornada con las figuras de la novia y el novio. Clifton estiró la mano, arrancó la cabeza de la mujer y la aplastó entre sus dedos.

Fue entonces en busca de Jill.

El barco había zarpado. Jill sintió el movimiento del transatlántico de cincuenta y cinco mil toneladas al alejarse del muelle. Se preguntó qué le pasaría a David que no llegaba.

Estaba terminando de vaciar las maletas cuando alguien llamó a la puerta. Jill corrió hacia ella exclamando:

—¡David. —La abrió y tendió los brazos.

Clifton Lawrence estaba de pie al otro lado con la cara destrozada y sanguinolenta. Jill dejó caer los brazos y le preguntó:

—¿Qué estás haciendo aquí? ¿Qué... qué te ha pasado?

—Sólo quería saludarte, Jill.
No podía comprender lo que le decía.
—Y darte un mensaje de parte de David.
Jill lo miró sin poder entender nada.
—¿Un mensaje de David?
Clifton entró al camarote.
Jill comenzó a ponerse nerviosa.
—¿Dónde está David?
Clifton se dio la vuelta hacia ella y le dijo:
—¿Recuerdas cómo eran antes las películas? Estaban los tipos buenos que usaban sombreros blancos y los malos que usaban sombreros negros y uno siempre sabía que al final los malos recibirían su merecido. Yo me crié en medio de esas películas, Jill, pensando que la vida era realmente así, que siempre ganaban los de los sombreros blancos.
—No entiendo una sola palabra de lo que dices.
—Resulta reconfortante saber que de vez en cuando la vida real se asemeja a esas películas. —Sonrió a pesar de sus labios destrozados y agregó—: David se ha ido. Para siempre.
Jill se quedó mirándolo sin poder dar crédito a sus palabras.
En ese momento ambos sintieron que el barco se detenía. Clifton se acercó a la terraza privada y miró hacia el lado del barco.
—Ven aquí.
Jill titubeó un instante pero luego obedeció y se asomó muerta de miedo. Vio allá abajo cómo David se subía a la lancha del práctico, abandonando el *Bretagne*. Se aferró a la baranda para no caerse.
—¿Por qué? —preguntó con incredulidad—. ¿Qué ha pasado?
Clifton Lawrence se dio la vuelta hacia ella y le dijo:
—Le hice ver tu película.
Comprendió enseguida el significado de sus palabras y exclamó:
—¡Oh, no, Dios mío! ¡No, por favor! ¡Me has matado!
—Entonces estamos en paz.

—¡Fuera de aquí! —gritó—. ¡Fuera de aquí! —Se abalanzó contra él, incrustó las uñas contra sus mejillas arañándolo con todas sus fuerzas. Clifton giró sobre sí mismo y la abofeteó violentamente. Jill cayó de rodillas agarrándose la cabeza

Clifton se quedó mirándola durante un buen rato. Así era como quería recordarla.

—Hasta la vista, Josephine Czinski —dijo.

Salió de la cabina y subió hasta la cubierta de los botes, cuidando de ocultar la parte baja de su cara con un pañuelo. Caminaba lentamente, estudiando las caras de los pasajeros, buscando un rostro nuevo, un tipo distinto. Era imposible saber a ciencia cierta en qué momento uno podía tropezar con un nuevo talento. Se sintió dispuesto para empezar a trabajar nuevamente.

¿Quién podía saberlo? Tal vez tendría una racha de suerte y descubriría un nuevo Toby Temple.

Claude Dessard llegó hasta el camarote de Jill y llamó a la puerta minutos después de haber salido Clifton. Nadie le contestó, pero el primer comisario oía ruidos dentro de la habitación. Esperó un momento y luego preguntó en voz alta:

—Señora Temple, soy Claude Dessard, el primer comisario. Quería saber si podía ayudarla en algo.

Pero no obtuvo respuesta alguna. A esa altura de la partida, Dessard se sentía sumamente preocupado. Su instinto le advertía que había ocurrido algo terrible, y tenía la impresión de que en cierto sentido todo se relacionaba con esa mujer. Una serie de disparatados y horribles pensamientos cruzaron por su mente. La habían asesinado o secuestrado o... Tanteó el picaporte de la puerta. No tenía echada la llave. Dessard abrió lentamente la hoja. Jill Temple estaba apartada en el extremo más alejado del camarote, mirando por el ojo de buey de espaldas a él. Dessard abrió la boca para hablar, pero enmudeció al advertir la helada rigidez de esa silueta. Se quedó durante un momento sin saber qué hacer, pensando retirarse silenciosamente, cuando de pronto un grito penetrante y aterrador, semejante al de un animal herido, resonó en la cabina. Sintiéndose impotente ante esa demostración de sufrimiento, Dessard decidió retirarse, cerrando cuidadosamente la puerta.

Se quedó un momento en el pasillo, escuchando ese alarido que parecía provenir de otro mundo, y luego dio media vuelta y presa de una gran preocupación se dirigió al teatro situado en la cubierta principal.

Esa noche quedaron dos asientos vacíos en la mesa del capitán. A mitad de la comida el capitán le hizo señas a Dessard que presidía una mesa con pasajeros menos importantes. Dessard se excusó y se acercó rápidamente a la mesa del capitán.

—Buenas noches, Dessard —dijo el capitán cordialmente, y bajando el tono de la voz le preguntó—: ¿Qué pasó con la señora Temple y el señor Kenyon?

Dessard miró a los otros comensales y susurró:

—Como usted sabe, el señor Kenyon se volvió con la lancha del práctico. La señora Temple está en su camarote.

El capitán lanzó un juramento en voz baja. Era un hombre metódico al que no le gustaba que rompieran su rutina.

—*Merde!* Ya había hecho todos los arreglos para la boda —añadió.

—Lo sé, capitán. —Dessard se encogió de hombros Y alzó los ojos al cielo—. Estos norteamericanos… —agregó.

Jill estaba sentada sola en la oscura cabina, acurrucada en una silla, con las rodillas apoyadas contra el pecho, mirando al vacío. Sentía una terrible pena, pero no por David Kenyon, ni por Toby Temple, ni siquiera por ella misma. Sentía mucha lástima por una niñita llamada Josephine Czinski. Jill había querido hacer tantas cosas por ella y ahora se habían desvanecido definitivamente los maravillosos planes que había organizado.

Se quedó sentada sin ver ni oír, paralizada por una derrota que superaba su entendimiento. Pocas horas antes había tenido el mundo en sus manos, era dueña de todo lo que se le antojara, y ahora no tenía nada. Se dio cuenta paulatinamente de que su jaqueca se había recrudecido. No lo había advertido antes porque el otro dolor era tan intenso que hacía desaparecer todo lo demás. Pero ahora sentía que le presionaba cada vez más la banda que apretaba su frente. Acercó más las rodillas al pecho, adoptando la posición fetal y tratando de aislarse de todo. Estaba tan cansada, tan terriblemente cansada. Todo lo que quería hacer era permanecer allí sentada para siempre sin tener que pensar. Entonces tal vez el dolor cedería, aunque no fuera más que por un momento.

Se arrastró hacia la cama, se acostó y cerró los ojos.

Y entonces la sintió una vez más. Una ráfaga de aire helado y maloliente se acercaba a ella, la rodeaba, la acariciaba. Y oyó su voz, que la llamaba por su nombre. *Sí*, pensó, *sí*. Jill se puso de pie lentamente, casi como si estuviera en un trance, y salió de la cabina siguiendo las indicaciones de la voz.

Eran las dos de la madrugada y no había nadie en las cubiertas cuando Jill abandonó su camarote. Se puso a mirar el mar, observando el suave golpeteo de las olas contra el casco del barco que avanzaba por el océano, escuchando su voz. El dolor de cabeza había empeorado y se había convertido en una verdadera agonía. Pero la voz le decía que no debía preocuparse. *Mira hacia abajo*, le ordenó.

Jill miró al agua y vio algo flotando. Era una cara. La cara de Toby que la miraba sonriendo con sus ojos azules. La brisa helada comenzó a soplar empujándola suavemente contra la borda.

—Tuve que hacerlo, Toby —susurró—. Lo comprendes, ¿no es verdad?

La cabeza que flotaba en el agua asentía y se sacudía invitándolo a reunirse con ella. El viento se hizo más frío y Jill comenzó a temblar. *No tengas miedo*, le decía la voz. *El agua es profunda y caliente... Estarás conmigo aquí abajo... Para siempre. Ven, Jill.*

Cerró los ojos un instante, pero cuando volvió a abrirlos la cara seguía todavía allí avanzando a la misma velocidad que el barco, los miembros mutilados flotando en el agua. *Ven a mí,* insistía.

Se inclinó con la intención de darle una explicación a Toby para que la dejara en paz, pero el viento helado la empujó y súbitamente se encontró flotando en el suave y aterciopelado aire de la noche, girando en el vacío. La cara de Toby se acercaba más y más, sintió que sus brazos paralizados abrazaban su cuerpo y la estrechaban. Y quedaron unidos para siempre jamás.

Y entonces solamente permanecieron la suave brisa nocturna y el mar infinito.

Y las estrellas del cielo, en las que todo había estado escrito.